# 喪の領域

## 中上健次・作品研究

浅野　麗

Urara Asano

翰林書房

喪の領域——中上健次・作品研究——◎目次

## 凡例

一、中上健次の本文からの引用については、集英社版『中上健次全集』を底本とし、「 」で示した。

一、作品名については、単行本によっている場合には『 』で示し、新聞雑誌によっている場合には「 」で示した。また新聞紙名・雑誌名は『 』で示し、それらに発表された文章の題名は「 」で示した。

一、中上健次の本文以外の引用については、〈 〉で示した。

一、年号は、西暦で示した。

一、注は、各章の末尾に付した。

# 喪の領域——中上健次・作品研究

# はじめに

本書には、一九七〇年代半ばから一九八〇年代半ばに至る、およそ一〇年のあいだに発表された、中上健次（一九四六—一九九二）の中篇小説と長篇小説に対する分析と考察を収めた。そのテーマは、《被差別者》や《死者》をめぐる想像、およびそれを《書くこと》の倫理、である。同時代状況と積極的につなげたものもあるが、それをいったん留保したものもある。これは、それぞれの作品の研究状況に左右される。特に《秋幸もの三部作》とよばれる「岬」、『枯木灘』、『地の果て至上の時』については、意図的にテマティックな分析に限定している。

とはいえ、本書で検討の対象とした作品が発表された同時代の、《部落解放運動》の言説と関わらせて考察を行ったものもある。まず、このことについて説明したい。

和歌山県新宮市に生れた中上健次は、《被差別部落》と呼ばれる地区で幼年期を過ごした。その地区をモデルとした「路地」という虚構空間を舞台として小説を書き続けたことは、もはや言うまでもないことだろう。ただ、私は、それがいかなる虚構空間としてあったのかがよくわからなかった。何のために、このようなトポスを必要としたのか。

考察の前提としたのは、次のような柄谷行人氏の指摘である。柄谷氏によれば、中上は差異と差別を区別していたし、《被差別者》の同一性の獲得を、差別からの「解放」にみたのではなく、個人が差異としてあることにみていた〈柄谷行人ほか「差異／差別／そして物語の生成　繁茂する「路地」のテクストをめぐって」柄谷行人・渡部直己編『中上健次と熊野』太田出版、二〇〇〇・六〉。

そして、私が考察したいと思ったのは、柄谷氏の指摘の先にある問題だった。〈差別〉の問題を度外視せず、どのように〈差異〉としての《被差別者》の生を〈解放〉しようとしたか。また、その生を担保する場をいかに描き出そうとしたか。もちろんここで、《書くこと》の倫理も問題となる。

中上健次の小説が、同時代の部落解放運動の平準化思想を批判的にとらえ、〈差異〉としての路地の文化や、《被差別者》の固有の生を確保しながら、〈差別〉を相対化しうる人間や共同体をいかに描き出そうとしたのかという観点を持ちつつ、また一方で、《他者》――《被差別者》――に対する書く主体の倫理的な強度を検証すること。そしてそこに、《アウシュビッツ以後》における、表象不可能性をめぐる倫理的な問題系と、中上の関心事である物語論の地平を視野に入れつつ、人間の共同性の端緒を見出すことを試みたい。

原理的に、《共同体》が差別を再生産することでしか維持されてゆかないのだとすれば、その排除のシステムをどう乗り越えることができるのか。この問いにおいて、中上健次の小説をとらえ、この問いに応答するような考察を行おうとすれば、《他者》はどのように表象され得るのか、という問題を切り離すことができない。《共同体》と《他者》についての検討は、いわゆるポストモダンの潮流が、あらゆるものを差異化することで平準化してしまったその先で、いかに《他者》と出遭い得るのか、という問いに応じる思考を重ねるものでもある。この過程で、《他者》・《共同体》・《倫理》といった主題系と深く切り結ぶ中上健次の小説を系譜的に読み解くこと。このような立場から、テクスト分析を行い、いわば神話的にもみえるテクストが、その深層においてきわめて緻密な論理を持つこと、そしてこの論理が、不断の倫理的省察によって支えられていることを明らかにすることが、本書のねらいである。

少し長くなるが、以下に本書の見取り図を示しておきたい。

中上の「路地」が、《被差別部落》の歴史的、社会的条件を持つ場所として現れるのは、『千年の愉楽』である。ここに収められる短篇が発表された頃、「路地」のモデルである新宮市の春日地区を含む地域は、大規模な《地方改善事業》を完了させようとしていた。《地方改善事業》とは、一九六九年七月一〇日に公布・施行された同和対策事業特別措置法に基づき、同和対策事業の一環としてスタートした、新宮市中心部の再開発事業と連動した事業である。高澤秀次『評伝 中上健次』（集英社、一九九八・七）等の調査に拠れば、一九五四年に始まった《地方改善事業》のうち、本格的な土地改造を中心とした事業は一九七七年、事業費一六億七千万円を投じて大規模に始まった。そこで、春日の長屋は〈不良住宅〉として買収、撤去され、八〇年代初頭までに〈「路地」空間は前近代的要素のあらかたを一掃〉された。春日地区が、中上の慣れ親しんだ土地ではなくなり、その共同体が再編成される時期、初めて《被差別部落》の相貌が与えられた「路地」が、『千年の愉楽』に登場する。

『千年の愉楽』は、「路地」でたった一人の「産婆」として、「路地」の者たちの出生と死を見届けた老婆が、臨死の床で、第二次世界大戦後の「路地」で「若死」した者たちを回想する形式を持っている。老婆は、「路地」が「駄目」になったと語り、その背景にある「平等思想」は「まやかし」だと述べる。これは、「平等思想」に基づく《地方改善事業》との関係に意識を向けさせる。「平等思想」に基づく《地方改善事業》を可能にした同和対策事業特別措置法公布・施行に、大きな力を果たした《部落解放運動》言説と小説とを交差させ、「平等思想」は「まやかし」だと言う、一見不穏な言葉の、どこに「解放」の端緒を読めるか。『千年の愉楽』は、「平等思想」を援用し、

「路地」の歴史を忘却する「路地」の者のありようとともに、そのありように寄与する文化を批評的に示しつつ、他方で、「路地」が自らの文化的記憶にいかに依拠して維持されるかという問題系に置かれる。それゆえ、土地の再編成に伴って露わになった「路地」の文化的限界から、いかに自律的な文化を新生させられるかという根源的な問いへとひらかれている。

《被差別部落》という条件下で生きさせられたからこそ、生まれ、また引き継がれねばならなかった文化がある。しかし他方、そこで形成された主体に馴染みやすい「思想」が浸透したとき、その「思想」によって崩れ行くものもある。しかしむしろ、この崩れのなかに、人びとの生の自律性を担保する可能性が萌すかもしれない。『千年の愉楽』を読むことは、この可能性を読むことに他ならない。

しかし、「路地」が「駄目」になる様相を、特権的な位置を与えられる老婆を通して《書くこと》の問題はなかったか。この特権性は、《小説家》のそれとも重なる。この問いに応じる作品が『熊野集』だろう。『千年の愉楽』とほぼ同時期に発表された『熊野集』は、「私」を視点人物とした《私小説的系列》と、古典に材を取った《物語的系列》の作品群により構成される。

本書では主に、《私小説的系列》と呼ばれる作品群を対象とし、解体事業が進行する「路地」をさまよう「私」の叙述の特異性に注目した。ここには、《文化》と「路地」の人びとの関係、その関係を介した「路地」の人びとの主体化、そしてつながりの変化が詳細に叙述される。一方で、『千年の愉楽』の老婆のように、「路地」を批評的に捉える「私」が現れる。その「私」が、「路地」を書けるとはどういうことかと問いながら、「路地」を批評し得る小説家の優位性を脱臼し、「路地」とともに変成し続ける「私」を構築する。

「私」は、「路地」を自らの斥力の源泉としかできないという条件に制約され、それゆえ「路地」を書く「小説家」の「私」に「帝国主義」的性格を付与し、「路地」を、その「植民地」とする。この権力関係を組み換えること、「路地」を批評的に捉える叙述が交錯することで生じる緊張感を、『熊野集』はたたえる。そしてこの緊張感は、「路地」でも周縁化されていた、《死者》へのまなざしによって強められることになる。

この《死者》とは何だったか。《死者》へのまなざしは「路地」への批評性と絡み合い、「排除のシステム」を顕在化させるようになった「路地」と、その顕在化に強く関わる《地方改善事業》と、そしてそこで成長した「小説家」の「私」の特異性とを浮かび上がらせる。ここで《書くこと》は、廃墟と化した「路地」の現実とぶつかりハレーションを起こすことで、「路地」の者も自らも、《生きているのに死んでいる》ような世界を導く。《地方改善事業》に潜む、近代化・都市化の矛盾にさらされ、《生きているのに死んでいる》境界性を付与された《人間》に巻き込まれざるを得ない「私」を表象するテクストは、《書くこと》に、《他者》への倫理を不可欠とするからこそ生じるダイナミズムをみせる。

この倫理の萌芽は、すでに『紀州　木の国・根の国物語』（以下、『紀州』と略記）にも現れている。例えばそこには、《物語》――《語り物》――を語る者の生成変化に強く関わり、語る者の自己同一性を固定しない《物語》を、「切って血の出る物語」とする箇所がある。《被差別部落民》の生存に関わる物語行為は、その行為主体を「切って」、「血」を流させるものでありつつ、その人びとの生存戦略に組み込まれている。このことへの洞察と、他方で「差別・被差別」を確定する「構造としての差別」をめぐる洞察がどのように交錯したのかを検証することは、先に示した《倫理》を検証することに他ならない。

しかし、「物語」や「差別」をラディカルに問い詰める志向は、そもそもどこから生じるのか。本書では、この問いに対して、《死者》との関係に焦点をあてて検討する。

「補陀落」、「岬」、『枯木灘』を、《死者》を語る、そして《死者》を一方的に表象する暴力性に直面し、それでも言葉を発することの可能性を考察の対象とした。

例えば『紀州　木の国・根の国物語』で「小説」が規定される箇所で、「言葉によって地霊と話し、言葉によって頬すりよせ地霊と交感し、私は傷ついた地霊を慰藉しようとも思う。私は［……］小説という本来生きている者の死んだ者の魂鎮めの一様式を、現代作家として十全に体現する者であらんと思う」（『紀州』「伊勢」篇）という文言がある。

「小説」は、「地霊」、死者の「魂」との関わりを動力として書かれるという。そして、その死者は、初期小説で繰り返し言及される、自死した兄であり、その兄に重ねてみられる存在である。

本書では、初期小説の一つである「補陀落」と「岬」、そして『枯木灘』を、自死した兄と主人公との交渉に焦点を据えて分析し、《死者》をいかに体内化し得る／し得ない論理があるのかを考察した。

いわゆる《秋幸三部作》については、主人公秋幸と、その父である浜村龍造との父子の物語が前景化される場合が多い。しかし、中上の初期作品に示される、自死した兄というモチーフを踏まえ、《死者》の存在に力点を置いた考察を行い、後の小説作品が、《死者》との関係をいかに描出していくのかを見定める道標ともした。

まず、「補陀落」を通して、自死した兄を語り続ける「姉」の語り――女語り――と主人公の関係、また、自死した兄をめぐる記憶の構造化のありようを明らかにし、その延長に「岬」を置いた。その上で、『枯木灘』を対象に、自死した兄と主人公との関係が、いかなる物語へも還元できないものにされることの意味を考察する。

「補陀落」、「岬」、そして『枯木灘』も、男性主人公と「兄」の死、そしてその死を語る物語と男性主人公の抗争を指し示すが、その《死者》の《他性》はまた、《被差別者》の《他性》にも重なるものとなる。この《他性》との関わりを読む観点は、『紀州』、『千年の愉楽』、『熊野集』の分析に引き継いでいる。

だからこそ『地の果て至上の時』では、《地方改善事業》が完遂し、完全な「更地」となった「路地跡」を「腐乱死体」のメタファーで指し示すこと、その「路地跡」から「新たに生き直す意志」を持つ主人公の形象をめぐって考察することとなった。

「更地」になった「路地」は「路地跡」と呼ばれ、アルコール中毒者や「浮浪者」らが住む。また、「路地跡」を彷徨する老婆たちのあいだに、妖しげな新興宗教が蔓延している。そして、立ち退きを迫られ「路地」を退去した元「路地の住人」らが、新たに「傾斜地」と呼ばれる場所に居住し始めている。「腐乱死体」のような「路地跡」から新生する生の様式とはどのようなものなのか。これを考えるために、〈細い声〉(古井由吉)の主である、圧倒的な弱者たちと秋幸との交渉を読み解く。

そして『日輪の翼』、『野性の火炎樹』は、「路地」なき後の「路地」的共同体の臨界に、いかに「路地」の記憶が含まれ、そこに、いかなる「路地」の者の生の契機が成されるのかを考察するものである。

『日輪の翼』は、「路地」の立ち退き金を運転資金として、一台の冷凍トレーラーで日本全国の《聖地》を巡る老婆の集団と若者たちの交流を描き出す。そして『野性の火炎樹』は、黒人兵と路地の女性の間に生まれた無国籍の少年が、「路地」を立ち退いた者たちが集う場を離れて行う「路地」の回想や、その少年に寄り添う「亡霊」の老婆の語りにまみれて、様ざまな位相にある「路地」の者たちと交流するありようが、幻想的に描き出される。

『日輪の翼』も『野性の火炎樹』も、「物語」を聞くことで、「路地の者」であるとの認識を持たされ、帰属する場もないまま「路地の者」となる者の生の内実を照らし出す。この問題は、帰属の場を失ってなお「路地」の者とされる存在が、「路地」の外部でその《他性》をどのように担保できるのかを問うものであろう。

＊

本書では、《ポストモダニズム》に随伴する、日本の知的潮流を作り上げた一人とも言える中上の諸作品が、近代の人間中心主義的な知の体系の《限界》を指し示すことを、あらためて言いたいわけではない。蓮實重彥氏は、『枯木灘』を論じたとき、その「小説」では、物語の構築そのものが、構築の不可能性それ自体を指し示していることを指摘したし（『小説から遠く離れて』一九八九・四、日本文芸社）、また、柄谷行人氏は『奇蹟』を論じて、構造的同一性に回収され得ない時間性や、多数性の露出を指摘した（『終焉をめぐって』一九九〇・五、福武書店）。そして、批評の時代とも呼ばれる一九八〇年代以降、この両氏の思想や理論と深く共鳴し、中上作品における、既存の物語体系や説話論的構造の解体、そして脱構築の傾向を検証する先行研究もうまれた。この枠組を否定しない。ただし、差別の構造に捕縛され、死に至らしめられる危機に直面させられる《被差別者》に要請された物語もある、という事実を度外視しないことで生じるテクストの動きに、ある倫理が生じる可能性を考察したいと思った。この枠組において、脱構築の局面を関係創造の可能性をはらむ場ととらえ、それを記述し、《被差別者》としての「路地」の者と、そこで語られる物語や、それと不可分の文化との関わりを丁寧に解きほぐし、小説が、《被差別者》の生を、いかに活性化させる磁場となるのかを考えること。本書の主軸はここにある。

# 第一章　《被傷者》の苛立ち——「補陀落」・「岬」

## 1

# 初期小説をめぐって——自死した兄の記憶

中上の評伝を記した高澤秀次氏は、〈兄の所有する謎を背負い、それを解くために小説を書き始めた〉中上にとって、〈書くこととは、この兄の悲しみを書き続ける〉ことであり、また、〈兄・木下郁平（行平）の悲しみを他者にわからせてやる〉ために、〈「路地」という虚構空間を創造した〉と述べる。[*1] たしかに、そうだろう。では、〈兄の悲しみを書き続ける〉とは、どういったことだったのだろうか。

次第にぼくは兄が死んだ年齢（二十四歳）に近づきはじめ、死ぬということのほんとうの理由がわからないまま三十歳になり、四十歳になり、そして老衰をはじめる。ぼくはいまのいまを書きとめておきたい。死んだ兄のことを百年後に生きている人々にも、木下郁平はこういう具合に生きていて、首をくくって死んだとわからせてやりたい。おめおめと歳をとってたまるか、と思うのである。わかってくれ、わかってくれ、と叫んでみ、その声に気づいてなれなれしくよってこようものなら、簡単にわかってたまるか、と思うのである。[*2]

「木下郁平はこういう具合に生きていて、首をくくって死んだとわからせてやりたい」という言葉は、たしかに、「悲しみを他者にわからせてやる」使命のうちに、小説を位置づけようとするものかもしれない。しかし一方ではまた、「わかってくれ、わかってくれ、と叫んでみ、その声に気づいてなれなれしくよってこようものなら、簡単にわかってたまるか、と思う」という言葉もみられる。つまり他者にわからせまいとする、わかるはずのないかけがえのない出来事として、兄の自死は位置づけられている。そして、他者にわからせようとすることと、わかるはずがないとすることとに引き裂かれている言葉は、そのまま発話主体の分裂に作用するだろう。ここからは、《死者》を書くことの困難さに逢着することが予想される。次の引用に、それは顕著だろう。

その公衆電話の横にうずくまっている男は、兄に似ても似つかなかった。二十四の歳で兄は死んだが、あれから十六年経ち、その時間の分だけ、顔をくたびれさせ皺をつくったとしても、けっしてこのようになるまい。その時、男は、またかすかに辛うじて眼が効いた。その眼に涙をためた。「あ、あああ」と声を出し、抱きついた。人の頭を、さもいとおしいというように撫ぜた。男が、つんぼでおしだということを知った。「……」「なんでおれに電話した」／アイタカッタ。／「おれの兄は首をつって死んだんだ。おまえは兄じゃない」／アニダ。「火葬場で、焼いたの見たぞ、おれが、みんなの代表で火をつけた」／ダケド、イキタ。「嘘だ」ホントウダ。[*3]

「兄」と名乗る男は、視点人物の「おれ」の識域への闖入者であり、「おれ」の記憶とは異なる事実を語って去るという役割を担う。また、「おれ」が兄を思うことは、「おれ」にとって「兄」が存在すると思わされることであり、しかしこの思いに引きずられれば、「兄」を「火葬場で、焼いた」という事実に基づく記憶が攪乱される。このような揺らぎの持続は、「おれ」の生命そのものを脅かす以外のものではない。

「兄」と名乗る「男」は「兄」に似ても似つかず、それでも「兄」だと名乗りを上げてやってくる。レヴィナスの〈他者〉、〈顔の裸性〉において迫る者として「兄」はある。その名乗りだけが《死者》——《他者》——の声として残響し、「兄」のものだと確証できないまま「おれ」に届けられ、その曖昧さのなか、「おれ」の生存が宙吊りになる。

《死》や《喪失》をいかに体内化せず、いかに「わかっ」ていないこととして書くか、しかしその一方で、書くことで、書き手の生存の宙吊りをいかに回避するか。

この隘路こそ《死者》――《他者》――との間に分かち持たれる倫理的基盤となるだろう。《わかる》ことと、生きのびることは一致しない。このような命題を得て初期小説は、この不一致を軸とする揺らぎを抱え込んでいる。このことを初期小説の幾篇かを対象に整理しながら、その揺らぎを収める方法として《女語り》を採用した「補陀落」を検討し、そして、この延長に「岬」を捉え、読み解いていきたい。

《自死した兄》を「一番はじめの出来事」として記した小説・「一番はじめの出来事」[*4]。これは、兄の自死という出来事を、「子供」の「僕」の視点から描く。第二次世界大戦で父を失った家族のなかで、《父》の役割を代行してきた兄が、母の再婚によってその役割を失い、アルコール中毒に陥り自死した経緯が描き出される。そして、「一族の長」として「新しい家を建てた」ことのある兄に対抗するように、「新宮中で一番高い建て物である〈秘密〉」の塔をつくる「僕たち」が描き出される。この「〈秘密〉」の「塔」は、どのような理由から建てられようとしているのか。

「僕」は、「〈秘密〉」の塔を建てることで「僕もそれから仲間も僕の母も兄も姉も生きのびれるはずだ」と確信し、一方で、このように「〈秘密〉」の塔を建てるしかない「子供とはいったいなんなのか?」と問い、「新宮の＊＊康二、和歌山県新宮の＊＊康二、それから日本の和歌山県の新宮の＊＊康二、太陽系地球日本国和歌山県新宮の＊＊康二、ずっと言っていくと僕はわからなくなる」という実存的「不安」を抱える。「〈秘密〉をつくるということがなんの意味ももた」ず、それが「僕たちのだまし絵」だと理解しながら、「〈秘密〉」の塔を建設する主人公の「不安」。この「不安」を、強く規定するのが「兄」である。

「兄」は、母の再婚相手である「僕」の義父を「嘘の父やん」と呼ぶ。そして、「時々電波で」「大魔王から指令」されているという幻聴を語り、大魔王から「おまえらの一統はみんな裏切者」である、それゆえ「母やんもそれからミチコも康二もいまに罰をあてたる」と言われていること、だからこそ「いっつもみんなのためにみのがしたってくれとたのむんや」と「僕」に語る。「兄」は、「僕」を愛し、そして保護する使命感を持つが、「僕」の生きる環境の消滅、そして「僕」に「罰」をあてる可能性を示すメタ・メッセージで「僕」を囲繞する。この「兄」の呪文に脅かされる「不安」を覆い隠すように、「僕」は、「〈秘密〉」づくりに没頭するのだ。注目したいのは、「〈秘密〉」の塔に象徴される「嘘の生活」を選び取る「僕」の特異性である。

子供がおおきくなるのには嘘の生活以外になにがあるか？　僕も白河君もまだまだ子供なのだ。

兄が自死した後、「僕」は、それ以外の「生活」を「子供」は選び取ることができないという理由から、兄の呪文の圏域から逃れるための「嘘の生活」で、自らの現実を覆わせようとする。「僕」の「嘘」は、自己決定権を奪われた「子供」の生存という理由から合理化される。が、この理路は、その理路によって解消されるかにみえる「不安」を、むしろ「僕」の実存を担保する核心として延命させるだろう。それは、「〈秘密〉」と「嘘」を生きる「僕」と、「不安」に担保される「僕」との乖離を促す理路でもあるからだ。

兄の自死とは、「兄」の呪文から逃れ、「嘘の生活」を仮構する「僕」の二重生活において、むしろ「兄」の呪文から逃れられない「不安」に強く規定されなければならない「僕」を温存する「出来事」である。「出来事」に対抗する《秘密》や「嘘」が、逆に「不安」から「僕」を解放しない状況をつくるという悪循環は、「一番はじめの出来事」のみならず、初期小説にはよくみられるだろう。この悪循環に留めおかれる主人公たちについて、もう少し素描したい。

例えば「眠りの日々」[*5]。東京から故郷に帰り、そこで自死した兄の記憶を強迫的に喚起する、二十三歳の青年を視点人物とする。彼は、自死した兄を思い起こして覚える死への恐怖を、次のように語る。

> なぜ人間は、死んで柩の中にとじこめられ、焼かれるのかわからなかった、誰もぼくを恐がらせることはないのに、ぼくは眠りの延長のように自分が死んでしまい、永久に眼覚めることができなくなるのを恐れた。

「誰もぼくを恐がらせることはない」のに、「ぼくは眠りの延長にように自分が死んでしま」うことが恐ろしい。「眠りの日々」とは、この死を恐れる「日々」である。一方で、現実に存在する「誰」かに脅かされることに恐れを持たない「ぼく」がいる。ここには、「誰か」とともにある世界のリアリティを稀薄にし、その他者を上回る死への恐怖がある。

この「日々」の位相にある「ぼく」は、先の「一番はじめの出来事」で、兄の呪文に制約される「不安」を抱えた「僕」の延長にあろう。「不安」は、「眠りの延長のように自分が死んでしまい、永久に眼覚めることができなくなる」「恐れ」へと発展し、死と生とを分かつ分割線を「ぼく」に意識させず、死の領域なのか生の領域なのか、判別しがたい曖昧な世界を「ぼく」に生きさせる。「〈秘密〉」を覆い隠す「嘘の生活」と、「〈秘密〉」に直結する「不安」な生活との二重性を生きる「僕」（「一番はじめの出来事」）の生存戦略は、他者の他者性を感知できないほどのぼんやりとした、曖昧な「眠りの日々」を生み出す。

そして物語は、東京での「眠りの日々」を分析してしまうことで破綻を迎える「ぼく」を導く。「兄が首をくくって自殺したこと」と切り離せない「郷里」について、「物語」のような「嘘」のように、「ぼく」は東京で、人に語って聞かせ、「ぼく」は「ぼく」の「内部になにがあるのかのぞいてみようなどとは思わな」いように日々を過ごしていた。この「物語」の舞台であった「郷里」での自己分析によって、「ぼく」は、当の分析の遠近法を狂わせることになる。「ぼく」の「内部になにがあるのかのぞいて」みた分析は結局のところ、自死以前の兄を「肉体をもつ生きて動いている人間」として思い描けない「ぼく」を導き、「眠りの日々」を裏書きすることになる帰結を導くからだ。そして、「兄」の記憶を鮮明に描き出せないことだけが浮上してきたとき、「ぼく」は、「一人の若い人間が首をくくって死ぬほどの理由」を把握しようと、兄の自死を真似て首に革バンドを巻き、「兄のように、眼にみえぬ彼方から送られてくる電波による指令をきこう」とする。しかし、この自覚的な擬装体験は、「ぼく」が知りたい本当の「理由」ではなく、その死に際して覚えた「ぼく」の「内部」の発見を惹起するだけである。

これでなにもかもすべてうまくいくと思い、安堵して柔らかく弛緩した感情が体の内部にひろがっていくのを感じとめた。／なぜおまえはその時、安堵のような感情を抱いたのか？　なぜおまえはその時、黒い地面をおしあげて頭をもたげる雑草の芽のように柔らかくあたたかく幸せな感情につつまれたのか？　ぼくは自問する、依然として犬のように幅の広い革バンドで自分の首をくくりつけ両手で引っ張っている。苦しい、涙が眼尻にたまっている。なぜなのか？

「ぼく」を「おまえ」と呼ぶ「兄」を仮構して、その呼びかけに応じようとするとき、兄が死に、「ぼく」が「あたたかく幸せな感情につつまれた」ことが思い起こされる。擬装体験を通して到達したのは、「兄」の死の「理由」ではなく、苦しみを覚えながら死んだであろう「兄」の死に対する「ぼく」の感情の発見である。引用にみられるように、この感情の理由を探りあてようとするのは、兄の死を想起することを抑制するためのものだが、もちろん

「ぼく」は、「なぜなのか?」と問うてしまう。苦しんで死んだであろう「兄」の死の「理由」は相変わらず問う対象であり続け、その死を前に、「安堵」と「幸福」を覚えた「ぼく」の残酷さだけが、説明不可能なこととして残される。この感情を基盤として、兄を「ぼくとぼくの母親が殺した」との解釈が生まれ、加害者の「ぼく」を立ち上げる事態も生じる。しかし、実際に手を下したわけではない「ぼく」を加害者とすることも擬装である。「ぼく」の解釈は、自死の事後に覚えた感情から遡及的に成されたものであり、「兄」の死の「理由」を補うことはできない。たとえ解釈が妥当でも、どのような害が死の「理由」となったか、その「理由」を持つのか持たないのかすら判別しがたい「兄」の「内部」を代弁することはできない、という説明や解釈の不可能性がわだかまる。

「ぼく」が問うことに追い立てられているのは、「ぼく」の解釈と、解釈から導かれる、「兄」の自死の「理由」をわかることができないという認識とに引き裂かれる「ぼく」をどうにかして統御しようとするためだ。

このような「眠りの日々」は、どうしたら突破できるか。「灰色のコカコーラ」[*6]では、「兄」の自死の「理由」をめぐる問いを封じ、そして、死の擬装にこそ、生きる意欲を担保させるという倒錯的方法があらわれる。

ぼくは手をのばし、ジャックナイフをとった。兄やんみたいに死にたいよおと髪ふりみだし汽車にとびこんでいこうとした姉のように、気違いになるのはいやだ。兄のように二十四歳になって首つり自殺するのはいやなのだ。ぼくは生きて生きて生き抜きたい。年をとりたくないのだ。ぼくはジャックナイフの刃を出して右手にもった。[……]ジャックナイフの先がぼくの左手の手首につきささり、つめたく硬い異物が肉を切りさくのを感じとめた。全身が燃えはじめるような衝撃があった。[……]ぼくは生きて生きて、生き抜きたいのだ。血が、手首からとめどなく流れだした。

「兄」を追慕して「気違い」を生きる「姉」を牽制し、また否認するように行われる「ぼく」のリストカットは、「生きて生きて生き抜きたい」という強い願望からしても、「眠りの日々」における「ぼく」の自傷行為と異なる。このリストカットは、「兄」の苦しみを擬装するためではなく、その苦しみを否認して生きるための自傷である。「眠りの日々」を過ごしていた「ぼく」は、死の擬装において、縊死した兄とは異なる苦しみを「ぼく」にもたらし、死んだ兄との差異を刻むように「生き抜」く状態を引き寄せようとしている。

ただし、これがやはり擬装とならざるを得ない以上、ここでの生の充実は、結局生きているのか死んでいるのかを不分明とする「眠り」の領域にあって、一時的に「ぼく」を生の側に位置づけることにしかならない。生とも死ともつかぬ「眠りの日々」の起源（兄の死の「理由」）も明らかではない。このリストカットは、「眠りの日々」の圏域で、「生き抜きたい」と思う「ぼく」を一時的に充実させるものとなろうが、その一時的充実はかえって、いかに「ぼく」が生きるか、という生の具体性に即した持続的思考とは無縁となる。それはただ、死の反動としての生に「ぼく」を放り込むだけだ。「他人が死のうが生きようが知ったことではな」く、「他人が首をくくって死んだからといってぼくはおどろき悲しんで涙を流したりしない」とあえて言い、そしてさらに、「昔、ぼくの兄が首つりをやった時も、ぼくは泣かなかった」し、むしろ兄に殴られた「くやしさをくり返しくり返し思い出し、絶対に忘れない」からこそ生きのびたのだと確認しているからだ。そして、「みんな死んでしまえば良い」という文言がまさに、いかなる生をも、具体的に想定できない「ぼく」を指し示す。ただみんな生きる・ただみんな死ぬという振幅にあって、「みんな嘘」、「みんな死んでしまえば良い」と吐き捨てることは、死の反動としての生をしかイメージできない「ぼく」を裏書きするだろう。

「灰色のコカコーラ」のリストカットは、死への反動としての生への欲望を「ぼく」に喚起する。死の反措定としての生という構図は、「兄」の死の個別的「理由」がわからないことと、「ぼく」がいかに生きるか、つまり「ぼく」

の生の様式を具体的に創出できないこととが平行して交わらない状況を指し示すだろう。

だからこそ「ぼく」は、どのような生を成すかという思考の回路ではなく、「嘘」を生きることを「人間」の欠陥とし、「ぼくはいままでなにをやって生きてきたのだろうか?」、「ぼくはこんなところでなにをやっているのだろうか?」という懐疑に裏づけられて、「ほんとう」に生きることを目指す回路にはまる。いかなる生か、ではなく、「嘘」ではない「ほんとう」の生を見つけ出そうとすることの問題は、あり得べき「ほんとう」の生に向かって、強制的に成長していかなければならないという機制をつくりだしてしまうだろう。

この危うさを裏面から支えるのが、「兄」の自死という「呪いにあてられたように性病にかかり、具体的に体が腐りはじめている」「ぼく」を示す幻想である。「ほんとう」の生を希求する「ぼく」において、「体が腐」るような生を持つ「ぼく」が幻想されるということは、死に引かれる「ぼく」の周縁化、ないしは排除の遂行である。

死に引かれる「ぼく」を幻想へと周縁化する一方で、直情的に生を肯定する回路で自らの生存を煽ることは、現状追認にしかならない。つまり、兄の死を起源とする「眠りの日々」を、意識的であれ無意識的であれ肯定することにしかならない。「灰色のコカコーラ」の結末は、「ぼく」が「母のため」、「兄のため」、「姉のため」、そして仲間たちの「ため」に「錠剤」を「二十錠」飲んで仮死状態となることを導く。これは、生きてもいない、死んでもいない、という「ぼく」が抱える「日々」の印象が現実化する事態だ。「眠りの日々」を否定的契機として現実を追認してしまう生の志向は、結局「眠りの日々」の現実化をもたらしている。ここから「ぼく」が切り離されるためには、何が必要となるのか。ここで「眠りの日々」をつくり出した「出来事」との関わり方そのものを変える方法が求められてくる。

「灰色のコカコーラ」以降の作品、「十九歳の地図」、「蝸牛」、そして「補陀落」を抜いて「黄金比の朝」は、それぞれ、兄の自死に関係づけられる一人称男性主体のアポリアを描く変奏形とみることができるが、その検証はここではひとまず措く。ここで「補陀落」は、記憶を共有する「姉」（他者）に、兄の自死を語らせる機会を物語世界に構成したという点だけでも、初期作品の流れにおいて重要だと思われる。

兄の自死を共通体験とする「姉」の言説によって、その「出来事」を男性主人公に現前させる「補陀落」。それは、男性主人公を聞き手とする語りを設け、兄の死という出来事を複層的に指し示し、相対化させる仕掛けを持った。男性主人公と、その兄の死という出来事との関係はいかに示され、また、「眠りの日々」を破る契機はどのようにもたらされるのか。

## 2 「補陀落」(1)――読解の意義

「補陀落」[*7]は、中上の小説作品で初めて、女性一人称語りを中心に据えたものである。東京で「ニセ学生」として暮らす「ぼく」が、金を借りに大阪・天王寺のそば「はり中野」に住む姉・文子の元を訪れ、そこで「若死」した「兄」の記憶をめぐって対話しつつ、その後、姉に金を借りてその家を去るというシンプルなあらすじである。これは、「ぼく」の郷里・「熊野」での、「兄」や家族との出来事を再現的に示す「姉」の語りと「ぼく」との語りで構成される。四方田犬彦氏は、〈姉と弟の対話〉において、〈行為者として夭折して逝った兄の物語〉を捉える〈多元的な視座の導入〉を果たし、「補陀落」は、〈夭折者の物語〉を〈弟の特権的な所有物〉とはせず、〈ある匿名的な原型としての性格〉を帯びさせたと述べた[*8]。

その指摘は、初期作品群における、自死した兄とその後を生きる弟との関係を、〈行為者として逝った兄の物語を表象する劣位の弟という図式〉で捉えることを前提に、その弟との関係における〈物語〉の位置を作品系譜において割り出す文脈に置かれる。しかし、この文脈を勘案しても、「補陀落」に限れば、〈弟の特権的所有物〉たりえない〈夭折者の物語〉が〈匿名的な原型〉たりえているのかは疑わしい。「姉」の語りでは、兄が「姉」の〈特権的所有物〉としての〈夭折者〉として語られるためにむしろ、聞き手の「ぼく」には、より強大な固有名を持った〈夭折者〉として再帰してくる可能性もある。また、四方田氏の指摘の枠組みでは、〈姉と弟の対話〉に表象される、〈夭折者〉をめぐる両者のパワーバランスも見落とされる。

「補陀落」の〈姉と弟の対話〉は、「兄」の「若死」を経験化する方法において、姉と弟の差異を鮮明にする場であり、〈夭折〉という出来事に対する「姉」と「弟」との記憶の質、および量の不均衡に基く権力関係を浮き彫りにする。このように〈対話〉を捉えるなら、むしろ「姉」の語り、またその語りを前にする弟の言葉、そして両者の相互作用のなかで定位される、《死者の記憶》をめぐる、「姉」と「弟」の差異が含意するものを記述しなければならない。「補陀落」において、「姉」が〈夭折者の物語〉を中心的に語ることは、男性主人公と自死した兄の記憶との関係にいかに交差するのか。

なお、このような検討は、「補陀落」の「姉」と同じように、語られる「兄」と語る「女」たちを登場させた「岬」に対して、《女語り》と男性主人公との関係に焦点を据えた読解の妥当性を浮かび上がらせるだろう。

では、「補陀落」を読む具体的な観点を示したい。「補陀落」は次の四つのレベルの言説で構成されることを確認しておく。①「姉」・女性一人称視点の発話 ②場の描写を担う「ぼく」・男性一人称視点のナレーション ③「ぼく」視点の内言 ④「姉」と「ぼく」による「対話」の四つである。そして先に、「補陀落」が中上作品において初めて女性一人称視点の語りを採用していると述べたのは、叙述の4分の3以上を①が占めるからである。

さて、「わたし」を主語にする「姉」の語りは、過去に「若死」した「兄」がもし生きていたならば、という仮想現実を設定し、なぜ「兄」は「若死」を選ばねばならなかったのか？　という答えられない問いを呼び起こしながら、その「謎」への執着をエネルギーとして持続する。それは、「兄」や家族と過ごした「熊野」での過去を再現し、またその過去の場へと「もどりたい」欲望を繰り返し提示するものであるため、ノスタルジックな志向に貫かれているようにもみえる。しかし、そもそもノスタルジック、ノスタルジアとは何か。

たとえばベル・フックスはそれを、〈何かをかつてあったかたちで求める無用な行為〉を促す情念と述べた。[*9] たしかに、「姉」の語りは出来事の再現を目的とする〈無用な行為〉にもみえる。ただし、仮にその語りが〈無用な行為〉でも、その無用さが、「姉」の語る現在へ、いかなる作用を及ぼすかという点にまで踏み込めなければ、「兄」の記憶をめぐる男性主人公との差異は、明らかになってこない。

したがって本論は、エリザベス・ウィルソンが述べるノスタルジアの意味を踏まえておくことにする。[*10] ウィルソンによれば、ノスタルジアは、それを発動する者を〈感傷という感情的な自己耽溺〉に陥らせず、その者に〈変化の現実〉を意識させ、そこで〈過去とともに未来に対する積極的な責任〉の意識を誘う場合があるという。そのノスタルジアに彩られた語りにおいて、〈責任〉に対する開かれを促す機能が「姉」の語りには持たれる可能性もあろう。

「姉」の語りが、在日朝鮮人一世の男性と、その男性との間にもうけた子ども二人との生活に占められる「現実」をも、「弟」である「ぼく」が語る対象としていることに留意すれば、過去再現の語りに誘われる「現実」をめぐる語りとして「姉」の語りをとらえ、それが、いかなる「責任」の場となっているか、という観点を用意してもよいだろう。

したがって「姉」の語りが、語る主体である「姉」の「現実」といかに関わるかという点に着目して分析を進める。その語りは、現在を対象にする部分も含め、太平洋戦争末期からおよそ三〇年にわたる時間幅を持ち、その歴史に関わる問題も忘れる事はできない。そして、このような「姉」の語りと関わる「ぼく」にとって、自死した兄の記憶がどのようなものとして浮上してきているのか、考察したい。

## 3　「補陀落」(2)——「姉」の語りの位相

「ぼく」を聞き手とする「姉」の語りは、「あんなに早く若死しなくっても、と何遍も何遍も思う」「兄」の「若死」を、無念に「思う」日常を伝えることに始まる。そして、

夜半、二人の子供らの布団かけなおして、それっきり眼がさめて、あの人は仕事に出かけてるし、明け方にならんと帰ってきえへんから、ああもしてたな、こうもしてたな、生きてたら、もうええおっちゃんやな、と思う。「ふみこお、悪りけど金貸してくれへんかあ？　ようもの喰うガキャ泣くし、カカア金ない、金ないと日がな一日騒ぎくさる」生きてたら、そんなこと言うて金を無心にくるかもしれへんし、嫁が栄養失調でかさぶたのできた子供ネンネコにおぶって、「すみませんなあ」といかにも悪いというふうにあやまって、そのくせ本心ではあんたの実の兄がかいしょうなしなんや、あたりまえやと、金もっていくかもしれん。かまん、かまん、それでもええ、世の中にはそんなこと、しょっちゅうある。わたしらが、自分の母親にそんなふうにして育ててもろたし、わたしらの母さんも、古座の婆にそんなにして育ててもろた。

というように、「若死」したはずの兄とのあいだでは成されない理想的関係を語る。この語りは、貧困のために「金を無心にくる」兄の「嫁」をめぐる想像を介して、「自分の母親」や「古座の婆」の子供の養育方法を想起し、そして、兄の「嫁」が無心する姿にこそ、姉の「母親」や「婆」と同じ母性を見出す姉の姿を浮き彫りにする。そして「兄」の「嫁」は、「自分の母親」や「古座の婆」の系譜に置かれる存在として表象されている。

ここで注意したいのが「兄の嫁」の造型である。想像上の「嫁」は、言わば「母親」や「古座の婆」の母性の継承者として表象されており、それが姉にとっての理想の「嫁」と《母》を表象するものである。「自分の母親」や、そのまた母である「古座の婆」のありようを投影したフィクションとしての「兄」の「嫁」は、「貧乏のどん底」だった「熊野」での生活とは異なり、「ヤクザ」で在日朝鮮人の「あの人」の「賭博の仕事」に支えられ、「二人の子ども」を中心にした日常のなかから生み出される。では、その生活は、「姉」にとっていかなる「現実」なのか。《母》としての「姉」の位置を中心に整理したい。

姉は結婚式をあげなかったし、義兄とこの国やあの国の法律の下での夫婦ではなかった。つまり姉は、姉たちの父の姓のまま木下文子だった。二人の子供は、朝鮮人と日本人の夫婦の子供ではなく、そうかといって、木下文子の私生児ではなかった。実際は半チョッパリだが、法律上は、最初の子供が名古屋の姉夫婦の子供、二番目が熊野に住む姉夫婦の子供としてとどけでて、養子、養女として姉がもらいうけた形をとった。

複雑な法的手続きを経て、「姉」は「二人の子ども」と関係しているようだ。この手続きは、「姉」をどのような《母》にしているのか。

まず、「義兄とこの国やあの国の法律下での夫婦ではなかった」とあるように、「義兄」と「姉」は婚姻関係にない。国籍法《改正》[*11]以前が物語の舞台であることを踏まえれば、「ぼく」の「義兄」にあたる男と「姉」は、今で言う旧国籍法に規定される関係にある。日本の旧国籍法は、父系優先血統主義に拠り、また韓国国籍法も同じであったため、もし二人が婚姻関係にあれば、「二人の子供」は自動的に韓国籍を持つ。すなわち、母系にあたる「姉」の国籍＝日本籍を獲得することはない。[*12]引用に拠れば、「二人の子供」が日本国籍を取得する措置を「姉」は講じており、「二人の子ども」が在日朝鮮人になることを避ける選択が取られたことがわかる。

周知のように、戦後日本において在日外国人、とくに在日朝鮮人の諸権利は在日朝鮮人に不利益が生じるかたちで、主に日本政府によって規定されてきた。その規定が、日々の営みにおいて在日朝鮮人を、常に国家的暴力にさらさせたことは言うまでもない。「義兄」は、渡日してから「三十数年」を日本で過ごす、いわゆる《在日一世》であり、《在日一世》およびその子孫はいつ、どのようにしてその日本在留資格や在留期間が変更されるのかわからない不安定な在留環境にあった。[*13] このことを踏まえるなら、「姉」が義兄とのあいだに婚姻関係を持たなかったことは、《在日一世》の子どもという法的身分を与えられる「子供」が韓国籍を持つことで、日本での安定した養育と共生を奪われる可能性を封じる手段だったといえる。

しかし日本でのその選択は、「二人の子供」を「私生児」、すなわち《婚外子》とする。「補陀落」の発表時期、およびそれ以前の社会的状況を踏まえるなら、その立場により「二人の子供」は社会的偏見の目にさらされることは必至である。[*14] このような立場を回避するため、さらに「姉」は、「二人の子供」の出生届と戸籍を偽装する非合法の手続き（いわゆる〈藁の上の養子〉制度）によって、「名古屋の姉夫婦」、「熊野の姉夫婦」の《実子》とした。これを経て、「姉」は自らを「二人の子供」の〈養親〉とし、「二人の子供」を「養子」・「養女」として「もらいうけ」、擬制的血縁関係としての《養母子関係》を成り立たせたのだ。

「姉」は、「二人の子供」の日本国籍取得によって、別離の可能性を限りなくなくすために婚姻を拒否し、そしてまた、養育のために、「二人の子供」との擬制の血縁関係をつくり、「二人の子供」に不利益が生じない最大限の配慮を実現した。では「姉」はどのような《母》か。

端的に言えば、「姉」は、出産という事実に拠る《実母》身分の公的抹消、という国家的暴力にさらされた《母》である。「姉夫婦」の《実子》として登録された「二人の子供」と自分との養子縁組を国家に承認させ、養育と共生の条件を整える一方、出産という行為それ自体を私秘化する代償をはらっている《母》である。

そして「姉」は、生物学的に子である者を、作為的に《養子》とするねじれにおいて、「二人の子供」と関わるフィクショナルな《母》である。「姉」は、「二人の子供」に対し、生物学的《母》の位置を持ちながら、それを隠蔽して《母》となっている。

「姉」が、「自分の母親」や「古座の婆」の《母》（実母）の子育てを継承する、フィクションとしての「兄」の「嫁」を肯定的に語っていたことを思い出したい。

その語りは、いま確認したように、「姉」自らが、その母系の系譜から逸脱した「現実」にあって、その系譜に属す存在を理想的な《母》として位置づけるものなのだ。したがって姉の語りは、「二人の子ども」に対する、「姉」の《養母》としての法的身分と、《実母》であるための事実関係に関わる国家的抑圧との係争関係に置かれるものだと言えるだろう。理想の世界に「兄」が生き続け、そして「兄」の「嫁」がいる世界を物語ることは、「姉」の単なる妄想、すなわち現実に代替される世界を創出することではなく、「現実」を生き延びるための補足領域を形成する営みと言えるだろう。では、このような性格を持つ「姉」の語りは、自死した「兄」の記憶を、どのように取り扱うものなのか。

## 4　「補陀落」(3)――「姉」の語りのシステム

「姉」の語りは、時系列に即していないが、断片的なエピソードを時間軸に即して整理すると、「兄やん」の自死に関わるいくつもの条件に先だつ原因として、「アメリカ」に「日本が戦争にまけた」ことを位置づけていることに気づく。それは、決して赦されない出来事として語られる。

「兄やん、アメリカて遠いのんかあ?」とわたしは、兄やんの横に坐ってきく。「遠いなあ、そうやけどあいつらはこのあたりまでやってきて、艦砲射撃した」兄やんはパンパンと鉄砲を撃つまねをする。兄やんの眼には、いま、この熊野のきらきら光る海に、いままで敵だったアメリカの軍艦が浮かんで、この海をとりかこみ、日本人のわたしらを一歩も外に出さないようにしてみんなことごとく滅ぼすつもりにみえる。[……]兄やんのその時の気持考えると、つらい。パンパン、パンパン、兄やんは撃つ。そのときの気持、いまとなってみたらわかりすぎるほどわかる。みんなアメリカが悪い。日本が戦争に敗けたのが悪い。

たとえば「姉」の語りで、「兄やん」の自死の一因とされ、責めを負うべきとされた母の子捨ては、次のような理由で赦される。「おまえ〔「弟」の「ぼく」—浅野注〕だけをつれていまの父さんに嫁いだ」「母さん」は、「いっつもいっつも若死した兄やんを想い出し」、呻きながら「つらい眠り」をすることで、その責めを負っている、だから兄は「母さん」を赦した——。この語りとは対照的に、「アメリカ」と「日本」の敗戦は、憎悪の要因として示されるのである。

さて、引用において、「艦砲射撃」の記憶を語りながら「鉄砲を撃つまね」をした兄が再現されることに注意したい。この兄の行為の動機が、「いままで敵だったアメリカの軍艦」が「日本人のわたしらを一歩も外に出さないようにしてみんなことごとく滅ぼ」そうとすることへの抗いとされ、「遠足」に行った「三輪崎の海岸」にいる「日本人のわたしら」を守ることにあるとされている。「姉」が、決して知ることのできない兄の内的動機を予断していることである。つまり「姉」は、「三輪崎の海岸」での時空間を「滅ぼ」そうとする「アメリカの軍艦」を仮想敵化し、その時空間を守る「兄やん」をこそ強く対置し、「みんなアメリカが悪い」、「日本が戦争に負けたのが悪い」と思う「兄やん」の「気持」を、「いまとなってはわかりすぎるほどわかる」もの、すなわち共感と理解の対象として創出している。
「姉」は「兄やん」の、「アメリカ」と敗戦への憎悪を「いま」こそ「わかる」と語り、「アメリカ」への憎悪を増幅する。「姉」は、先にみたように「兄やん」の自死の一因を担った者の責任が感じられれば、赦しの体系に組み込むロジックを持っていたはずだ。
語る現在の姉によって見出され、増幅される「アメリカ」と敗戦への憎悪とは、「アメリカ」と、そして敗戦を体験した「日本」が、その責めを負うことを実感することができない「現実」として、「姉」の「いま」があることを浮き彫りにするだろう。「兄やん」の憎悪は、《母》という境遇に相乗してつくられているとも言えるのだ。この憎悪は、《実母》の位置を非社会化され、その属性を生ききれない「姉」が「いま」、示さねばならなかったものである。したがって、そこで語られる過去も、たとえ先のように兄の内面を創出するものでも、現実政治への憎悪を暗示するという点で、単なる妄想にとどめられない。では、そこで語られる過去とは、どのようなものなのか。

世界がそこでとまったらよかった。時間がそこでとまってしまったらよかった。もちろん、時間がそこでとまってしまったら、わたしらは永遠に大人にならんわねえ、充宏も加代子も産まれてさえきへんわねえ、そうなったらそうなったで困るけど、あのあとの兄やんとシイちゃんのことなどおこらん。わたしのことは良え。わたしは、これからどうなろうと、あの人についていくだけや。わたしはもう覚悟もできとる。あの人といっしょに他所のヤクザの組のものにピストルで撃ち殺されても、それはいややしこわいけど、あぶない橋わたってぜいたくなくらししとるんやさか、しょうないとあきらめる。あの時に、ほんまにできるならもどりたい。

姉は、「兄やん」の自死も、妹の「シイちゃん」の発狂もなかった頃の「世界」と「時間」、すなわち、「母さんの子供みんな」で行った「三輪崎の海岸」で「とまってしまったらよかった」と言う。その一方で、「大人にならん」まま、出産した二人の子供「充宏と加代子も産まれてさえきえへん」のも「困る」と言う。このジレンマは、姉が「充宏と加代子」の出産以後の自らの生を自明視できず、「兄やん」の自死、「シイちゃん」の発狂を代償にしているという罪障感を抜きに、「充宏と加代子」との関係を肯定できない状況を浮かび上がらせるだろう。したがって「いま」こそ強められる「アメリカ」への憎悪とは、「アメリカ」に侵されようとする「三輪崎」での時空間を守る「兄やん」の「気持」を「わかる」ものとすることで、兄の憎悪を共有することができる自らを証し、そうすることで自らの罪障感を浄化し、「兄やん」にゆるされる存在へと自らを解放する手続きとなる。

しかし、「姉」は、「あの時に、ほんまにできるならもどりたい」。「もどりたい」場所とは、具体的には「あの時」の「母さんの子ども」の位置である。しかし「姉」が、「母さんの子ども」にもどることは、物理的のみならず、その認識のレベルでも不可能だ。なぜなら「姉」は、すでにみたような「子供」との関係の作り方において「母さん」の系譜には属さないのであり、「母さんの子ども」として不適格な自分と向き合う「現実」を生きているからだ。姉の「もどりたい」という願望は、もどることが真に不可能であることを再認する契機でしかない。したがって、「もどりたい」場所での出来事の再現はむしろ、その場所へのもどれなさをこそ再認させる機会として「姉」に現前している。

「アメリカ」から、三輪崎での時空間を守ろうした「兄やん」の意志を仮構し、そのフィクションに呼応できる自らを立ち上げることで罪障感を浄化し、そしたまた、「もどりたい」場所へのもどれなさをこそ再認する「姉」の語り。これは、「充宏と加代子」という「二人の子供」との関係において、常に意識せざるを得ない、自らの不安定な《母》のポジションに条件づけられる生を、かろうじて先に繰り延べていく場なのである。

そして、「アメリカ」と敗戦に向けられる「姉」の憎悪には、「アメリカ」に「戦争でまけた」「日本」が、責めを負っているとは感じられない「いま」に連なる、敗戦以後の時間に対する憎悪ともなる。それは、「アメリカ」と「日本」が責めを負わずにある「いま」を批判的に浮かび上がらせるだろう。この語りによって、自死もせず発狂もせずに生きる「姉」と「弟」の「ぼく」とのあいだには断絶が生じるのであり、その断絶に規定される「ぼく」のありようが指し示すことを、以下に検討したい。

## 5 「補陀落」(4)——「ぼく」のまなざしが示唆する断絶

「姉」は、「母さん」が「おまえだけをつれて、あの家をでて、いまの父さんといっしょになった」出来事を「はっきりしたわたしらのきょうだいの不幸のはじまり」とする。そして彼女は、その「はじまり」の起源に、「アメリカ」に「日本が戦争にまけた」ことを置いた。この「憎い」気持を、「アメリカ」の恩恵を受けるために「絶対にわからん」と言われる「ぼく」は、「姉」の憎悪の対象として包摂される。

ただし「姉」は、「一人だけ幸せに育ったおまえ」を「憎い」とは思わないと明言し、「立派な人間」に成長することを「願」うと言う。「一人だけ幸せにわがままいっぱいに育」ち、「大学へいまいっとる」のだから、「立派な人間」にならなければならない。「ぼく」が選択できたわけではないが、「わがまま」に育てられたことの代償に「立派」になることを願う姉の語りは、状況への憎悪とともに見出された「不幸のはじまり」と「ぼく」が無縁であることを擬装しつつ、「弟」である「ぼく」への情愛を伝える。

その情愛は、「おまえ」を「アメリカやろう」と呼んだ「兄やん」でさえ、「おまえがかわいくってしかたがなかった」という「兄」の思いに呼応するものとなる。「姉」は、「アメリカ」の恩恵を受けた「おまえ」は憎悪の対象ではない、と言うが、この語りと裏腹に、「おまえ」を憎悪の対象とすることを根本的に解除し得ないまま「ぼく」に対峙している。

この「姉」を前に「ぼく」は、ほぼ発話することがない。しかし、数少ない発話やその代わりの内言を通して、「姉」やその語りとの関わりがみえる。

「ぼく」が、かつて発狂したもう一人の「姉」に、「自殺したらあかん」と言われたこと、そして、そこで「兄」に対して、「オレハオマエニ許シテクレナンドト言ワンゾ、ダケドオマエハナゼ姉タチニトリツイタリスルンダ?」と思った過去を、「姉」との対話において思い出している箇所に注目しよう。「兄」への「ぼく」の苛立ちは、「子供のまま」「首つって死んだ」「兄やん」の純粋さを語る姉に対し、「他人の顔をうかがって」、「ぬくぬくときた」自分の不純さを対置して語ることに結びつく。しかし、その内言では、子どもの頃、「血のつながらない父」の「経済力」から解放され、「大人になった自分の姿を想像」して過ごしたこと、また、「殺してやると暴れに来た兄」が「首くくって死んでいると聞き」、「世間の、人並みの、死に方がなかったものだろうか」と「はずかしくなった」ことも示される。

「ぼく」は、母に置き去りにされた、母系兄姉たちの「気持」の共有を拒絶しており、その上で、「兄やん」を美化する「姉」の語りに反する「ぼく」自身と兄を、想像的に立ち上げる。「兄やん」のありように対して感じた「うらみ」や「恥し」さに依拠する「ぼく」は、この内言に即す限りにおいて、「兄」の姿が、「姉」の語りで美的に一元化されることに抗うことができ、この位相で、母系の血の緊密さに寄与する《秘密》としての「兄」の死を、姉とは異なる《秘密》とする、という自己保存の論理を持つことができる。

この論理が支える内言を、仮に「姉」の語りに対する抗いとみることもできよう。ただしそれは、抗いそれ自体を目的とする、反動的な承認要求にしか見えないだろう。そしてもちろん、この承認が実現することはない。

「ぼく」は、「兄」をめぐる出来事に対し、子どもの頃に抱いた感情の延長で、兄に殺される対象となったことを

「家族」の「複雑」さに由来させ、その「複雑」な家族の被害者として自己措定している。それは、姉が語るものとは異なる《秘密》(=傷)において、過去のポジションと受苦を、いまの「ぼく」に反映させることに等しいからだ。「ぼく」が、《なぜ「兄」が殺しに来たのか?》、《なぜ殺される対象であったのか?》という問いの契機を持たないことも、「ぼく」が姉の語りと、そこに表象される兄の姿に、反動的に関わらざるを得ないことを裏づけるだろう。しかし「ぼく」には、ある「ムジュン」した気持ちがある。

ぼくは姉のはなしを聞きつづけることがたまらず苦痛なのに、まだ蜿々と早死した兄や、姉たちや母のはなしをきいていたいという二つのムジュンした気持があるのを知っていた。いや、その二つのムジュンは、こういう複雑な家族のただ一人残った男の子なら抱いて当然だし、それを姉にわかるように顔の表情にあらわしてゆく、そんな計算がかすかにあった。つまりぼくは、姉のはなしを聞きにわざわざ大阪のはずれに位置するこの針中野にきたのではなく、フーテン女と遊びまわる金がほしいためにここに来たのだった。

「兄やん」を「はずかしく」思い、姉の語りによる美化に耐えられない「ぼく」の「苦痛」と、「早死した兄や、姉たちや母のはなし」を「ききたい」という「二つのムジュン」した「気持」を持つ「ぼく」。「ムジュン」は、「複雑な家族のただ一人残った男の子なら抱いて当然」のものとして一般化され、また、「それを姉にわかるように顔の表情にあらわ」す「計算」(=自己演出)において、「複雑な家族」の苦悩を抱く子として自己表象する「ぼく」は、この「ムジュンした気持」の特異性を念入りに打ち消そうとしているようだ。そして「ムジュン」は、「ぼく」は「姉のはなし」を「聞きに」きたのではないという拒否の態度において止揚されてしまうだろう。「兄やん」をめぐる気持ちと、それを聞いていたいと思う気持ち、この「ムジュンした気持」の振幅を静定し、

「兄やん」を「苦痛」に思う者として自分を統御する「ぼく」の振る舞いは、「姉」と異なる《秘密》において、「姉」の語りに反発できる自己を成り立たすことに奉仕する。つまり「ぼく」は、兄に殺されかけた記憶、そして、兄の死に方に対して抱いた恥ずかしさを誰にも告げぬ《秘密》を内言に留め、反発すべき対象として「姉」の語りに表象される「兄」と自分との示差においてしか、「ぼく」を成り立たせないのだ。

そして「補陀落」は、この「ぼく」を、現在の「姉」に対する共感や理解の障壁となるように構造化している。たとえば「ぼく」は、「朝鮮人」を「人なつっこい善え人」とする姉に、「彼らはあんたのことチョッパリだと思てんのや」と語り、その理由として姉が、「夫の故郷」で「義兄の出世物語の頂点を証明する」ため「手ごめにされた日本の女の象徴」となっていること、また「植民地時代」に「人間の感情をもっているものではない」と思われた「日本人」の一人として「朝鮮の田舎で」みられているに過ぎないことを思う。

「朝鮮人」を「みんな善え人」とする姉の善良性に、異を唱える「ぼく」の発話や内言は、「朝鮮人」に対する姉の態度から、日朝間の歴史を度外視している無知と錯誤しかくみ取らない「ぼく」を示すだろう。そして「ぼく」は、姉の「幸福」を思う者でもある一方で、この把握に関わって、「姉」の法的地位こそ「姉」の「不幸」の源泉とし、「姉」の「幸せ」を望む、という抽象的な願いを思うようになる。

その「不幸」は、「姉」の現在を規定する、法的地位の例外性に根拠づけられるものだと「ぼく」は思い及び、「敵は日本人」だと「姉」は「わかっていた」と予断したまま、「日本」と敵対的に生きる「姉」を措定していく。「朝鮮人」を「善え人」とする「姉」の言葉は、言葉通りに「ぼく」に受け止められることはなく、「ぼく」によれば、「不幸」を強いる「敵」の「日本」国家との関係にもたらされたもののように位置づけられる。さらに「ぼく」は、「朝鮮服を着た姉と背広姿の義兄」が映る写真をみて、逆に「朝鮮服」の「自然さ」、そして「故郷の海を背にしたときのようなかげり」もなく「楽しげ」な姉の様子を「悲惨」とし、「故郷」では「かげり」を伴う「姉」が、「楽しげ」であるという落差をこそ、痛ましいこととして規定する。このまなざしは、結局「姉になにをしてあげることができるというのか」という問いに結び、「ぼく」にとって「姉」は、憐憫の対象として決定づけられてしまうのである。

「ぼく」にとって「姉」の語りは、「ぼく」に「姉」を、痛ましい存在として位置づける触媒となる。その位置づけは、「姉」を「不幸」な国家的犠牲者と位置づけることに支えられるものでもあった。このような被害者であるからこそ、「姉」は、「熊野」での過去や、「兄やん」の美化を中心とする語りによって、「姉」自身が被害者であることの痛みを慰藉しようとしている存在となる。このように「姉」を映す「ぼく」のまなざしは、そして「おれはね、死んだ兄やんの霊魂のようなものがあるんやったら言いたい、おまえは弟のおれにうらみはあっても、母さんや女のきょうだいにとりつくことないと言ってな」と述べる「ぼく」と、「とりついたりせん、わたしらが兄やんにとりついているんよ」と自覚する「姉」との差異に示されるように、「いま」における「兄やん」の捉えかたの違いに接続するだろう。

「ぼく」は、「姉」に「とりつく」「兄」を批判する。「姉」は「兄」に「とりついている」自分を対象化する。つまり、「殺される」対象とされた「ぼく」は、「兄」に働きかけられた動線を重視し、そして逆に「姉」は、「姉」の側から「兄」に働きかける動線を重視して語る。「兄」を対象化する方向性のずれは、現在に対する、「姉」と「弟」の認識の落差を物語るだろう。

「補陀落」は、記憶をめぐって「姉」と「弟」との差異を鮮明に指し示す。「姉」は確かに「不幸」を語るが、「不幸」な者の《被害者》性に回帰し、またそれを前景化する語りは行わない。しかし「ぼく」は、かつて「殺される」対象となった記憶に由来する《被害者》性に基づく解読格子で、「姉」の語り、そして「姉」を把握してゆくことになってしまう。この解読格子において、「姉」を憐憫の対象とし、「姉」の語りを捉え損ねる「ぼく」を表象し、語る自らの位置をも相対化し得る「姉」の語りを捉え損ねる「ぼく」の限界を指し示すのが「補陀落」の特徴である。「姉」は「いま」の生存を補完するように、自死した「兄」の記憶を用いて、過去の再現を行う。しかし「ぼく」は、「姉」を「兄やん」に「とりつかれ」、「故郷」では「かげり」を見せる被害者としてしかとらえていかない。そのまなざしは、自分と「兄やん」との関係を相対化する契機を持てぬ「ぼく」が、その《被害者性》に自己同定していく一方で、「姉」の語りや、そこで表象される「兄」に反発するしかない「ぼく」を明らかにしているのだ。「ぼく」にとって加害者である「兄」を、被害者とする「姉」の語りを受ける「ぼく」は、その語りを錯誤とみなして反発する。それが真実である可能性ももちろんある。一方で、それが錯誤であると発話出来ない「ぼく」のなかで、「姉」は、国家的犠牲者であるために、自死した「兄」という強大な被害者をつくり、その存在を語ることを通して、自らの痛みを慰藉している者となる。この「ぼく」に必要なのは、《秘密》を取り置く内言ではなく、一つの記憶をめぐる発話の交差ということになるのだろうが、しかし「補陀落」は、この局面を示さない。

中上健次の作品に初めて登場した《女語り》は、男性主人公において、その志向性を取り損ねられるものとして構造化された。〈変化の現実〉をこそ再認し、その現実を構成する自らの「いま」を、どうにか繰り延べる志向を持つ「姉」の語りは、「不幸のはじまり」という過去の延長に、「充宏と加代子」との関係を位置づけまいとする、すなわち「不幸」というプログラムに必然化されないようにする「子」への責任に開かれていると言えば言い過ぎか。その一方、「ぼく」は、「姉」の「二人の子供」に「不幸」を「予知」し、「日本」に敵対する「姉」を位置づけ、その語りを被害者のそれとして位置づける。

より踏み込んでおこう。それゆえに「補陀落」は、「兄」の暴力の被害者としての自己同一性に帰着してしまう男性主人公が、その自己同一性を担保する「兄」の記憶と、いかに争わねばならぬのかを課題としてあぶり出す。すなわち、兄に対する被害者としての自己同一性を解除し、「姉」の語りの欲望を取りこぼすことのないところで、それでもなお、「兄」を語る「姉」らの語りとの抗争を行うことが求められるだろうということだ。

以下の節では、「岬」を対象に、いま、課題として挙げたことについて検討していきたいと思う。「岬」を、父子関係を主軸にするような観点からではなく、初期作品との連関から、死者の記憶をめぐる生者の抗争に力点を置いて読み解きたい。

## 6 「岬」――〈殺されかけた子供〉の抵抗

> 「兄やんの死んだ齢やもん」姉は言った。姉は彼の体をみまわした。／「おうよ」と母は言った。卓袱台の前に坐り込んだ。[……]「さっき、ここへ来る時、兄やんがおる、と思たんやだ。びっくりしたよ」姉は坐った。「よう似て来て」／「おうよ」とまた母は言った。[……]兄や姉たちとも、母の血でしかつながっていなかった。[……]彼は、母や姉たちが、父さんの事を口にするたびに、あの男のことを想い浮べた。[……]彼は、体つき、顔の造りが自分と似ていると思った。そう思い、それを認めるたびに、一体そんな事がなんだ、と彼は思った。

「岬」[*15]の「彼」（以下、秋幸と表記）は、渡部直己氏が言うように、〈何かに似たものであることを強いる彼女ら「母系の血でつながる母や姉―浅野注」の無言の命令を受けとめつつ、誰にも似ずに〈いま・ここ〉に在ることに固執する存在として登場する〉[*16]。

では、もし「彼」が、女たちの〈命令〉にそむく、すなわち、「兄」に似ないようにするなら、どうすればよいか。死なないことだ。しかし、この選択しかないからこそ、秋幸は、〈いま・ここ〉にあることに固執せざるを得ない。

死なないこと、を命題とする生は、消極的にしか意味づけられず、だからこそ〈いま・ここ〉で生きることに固執し、積極的に生を意味付けなければならない。

では、死なない生という命題を破るために、秋幸は〈命令〉の圏域、すなわち土地を離れればよいのではないか。「補陀落」の主人公は、姉の語る場から逃れた。ただ、その姉は、「岬」の姉と異なる性格の存在だ。「岬」の姉は、秋幸に自死した「兄」を重ね見ることを生き甲斐とする存在である。「岬」の主人公は、土地を離れることが、姉の生を損なうことを知っている。土地から逃れる余地を主人公に与えない、この設定を「岬」の特徴として意識しておこう。ところでこの土地のことに関わって、柴田勝二氏は次のように指摘する。

秋幸が路地に対して取ろうとする微妙な距離も、龍造のみならず郁男と、彼が抱えていた狂気から自己を引き離そうとする情動から派生している。郁男を自壊的な狂気に陥らせ、美恵にも巫女的な狂気を付与している源泉は、この路地という空間にあるともいえるからだ。[*17]

〈狂気〉の〈源泉〉である土地から主人公を逃れさせない設定が、初期小説と「岬」を画すのはたしかだ。しかし、その土地と秋幸との〈微妙な距離〉ということに即して言えば、重要なのはむしろ、兄の死と不可分の、土地との〈微妙な距離〉を持つ者として、姉たちと秋幸とを並置した遠近法である。したがって、自死した兄の記憶と直結した土地で、語る姉（美恵）と、その語りの言葉を受ける秋幸との〈距離〉は、自死した兄と秋幸との関係をどのように指し示し、また、そこで秋幸は、どのように造型されることになるのかを考えたい。

さて、喪われた「兄」を語ることを生き甲斐とする女たち（秋幸の母系の血でつながる女たち）、特に姉（美恵）の語りに囲繞される秋幸は、「補陀落」の「ぼく」とは異なる距離を、姉の語りとのあいだに持つ。渡部氏が述べるような

〈命令〉、すなわち、「兄」に似るように強いる語りを美恵らは持ち、また秋幸を媒介として兄の記憶を語ることこそが、彼女（たち）の生存と、抜き差しがたく関わっている。〈無言の命令〉があるにしても、「母の血」でつながる者の生存に関わる以上、その語りを否認することを秋幸は許されない。問題は、兄の死の記憶の共有を生存の条件とし、また、秋幸を媒介として、その蘇生を擬制的に語ることを生存戦略とする女たちの生を損なわない距離が、秋幸と自死した兄の記憶との関係にどう作用すると言えるのか、ということだ。この距離を記述することは、そのまま自死した兄の記憶の編成を、「岬」の秋幸がどのように行ったかを明らかにすることにつながる。では、具体的にみよう。

秋幸と母系の者らの距離が鮮明になるのは、秋幸が彼女たちを「不思議」とする場面、「岬」の物語の中程である。秋幸が美恵を「不思議」とするのは、秋幸が、語る「女」らの欲望や《狂気》、そして語りに示される「姉」と「兄」の紐帯をこそ《謎》とし、読解対象にする起点である。

そこで「彼」は、身内に起った殺人事件によって土地の様子が「なにかが大きく変わった」理由を知ることと、姉と兄の関係に関わる《謎》解きの欲望を重ね、「兄」を忘却することのない「姉」の変化について、読解を進める。

葬儀の翌日から、そのまま、姉は、風邪と過労のため、寝込んでしまったのだった。突発した事件のほとぼりがさめないうちだったから、人々は、姉に同情する。刺した本人や、刺されて死んだ古市より、風邪と疲労と心労で寝たきりになった姉こそ、事件の一番の被害者だと言った。医者は、肋膜の再発だ、とみたてた。それを聞いて、姉は泣いた。姉にしてみれば、なによりも一番恐ろしい病気だった。

周囲の「人々」は「姉」を、身内に起こった殺人「事件の一番の被害者」としている。「姉」の病の徴候が、その

「被害者」性を読み解く人びとのまなざしを誘発する。この「人々」の言説は、秋幸には侵すことのできない存在へと、「姉」が成ることを助ける。つまり、秋幸が「生れた時の話」を語ることのできる姉が、秋幸を、「請負師」という仕事に就かせようと望む母系親族の要望を語ることの正統性を補強する。では、秋幸は、「姉」、母系親族、そして「人々」の言説に、どのように応じるか。

かつてこの家に、姉たちの父は、住んでいた。ここで姉たちの父は死に、そして兄も首をつった。ここでこそ死んだ者をなぐさめるための法事をやるべきだった。〔……〕もし死んだ者の魂があるなら、いまここに本当に立ち現われ、美恵をなだめ、そして芳子もなだめてやってほしい。母をもなだめてやってほしい。

秋幸は、女たちが「なだめ」られることを「死んだ」兄のみならず、「姉たちの父」の「魂」に求めるしかない。ここで注意したいのは、秋幸が、すでに女たちが女たち自身を慰謝するものとして語る死者の表象を共有し、また、死者をめぐる女たちの語りのロジックに即して女たちが救われることを望んでしまうということだ。このことは、「何かが大きく変わった」ことを顕在化させる現在において、父や兄を語ることそのものを慰謝とした女たちの語りが持つ以上の慰謝を、もたらすことはできない秋幸を示唆するものである。

したがって、ここには、現在の状況の変化に対する秋幸の無力、そしてさらに言えば、状況の変化に応じて、より強く慰謝する存在を求めて語り続ける女たちのありように従属せざるを得ない秋幸が浮き彫りになるだろう。

このような局面に至って、「岬」の秋幸は、「姉の変りよう」を「滑稽」とする。

姉を「滑稽」とすることと、現在に回帰してきている「十二年前」の雰囲気に動揺する女たちが「なだめ」られ、救われることを秋幸が望むこととは、相補的である。そして秋幸は、自分を「誰かが見つめている」という匿名化された視線を意識することで、「彼」を「彼」たらしめている「あの男」の「血」を思い起こす。この局面で、「血」の二重性を意識し、自らの分裂を想像することで、もう一つの《謎解き》――「あの男」の娘と言われる「新地に住む女」を「確かめ」ること――に没頭しようとするのである。秋幸の認識上に起こる、この力点の移動は、女たちを「滑稽」と表現して、女たちの存在を周縁化することと並行して起こる。このように、秋幸の生を規定するもう一つの「血」との関係について秋幸が思考することは、女たちを狂わせ、語らせる現実から秋幸自身を離脱させようとする回路として召還される。そして秋幸に、母系親族の父と兄という《死者》を顧みることそのものを否定する事態が起こる。この否定は、特に、自分の日常が乱されていることを、「ことごとく、狂っていると思」うことに補完される。

いったい、どこからネジが逆にまわってしまったのだろう、と思った。夜、眠り、日と共に起きて、働きに行く。そのリズムが、いつのまにか乱れてしまった。自分が乱したのではなく、人が乱したのだった。ことごとく、狂っていると思った。死んだ者は、死んだ者だった。生きている者は、生きている者だった。一体、死んだ父さんがなんだと言うのだ、死んだ兄がなんだと言うのだ。

「十二年前」、兄が自死した時の雰囲気にはまり、子供のようになってしまう「姉」のありようは、秋幸にとって、現在を「生きている者」を冒瀆する姿である。だからこそ、それは「滑稽」どころか《狂気》の沙汰として位置づけられなければならない。姉のありようを《狂気》に封じ込める秋幸は、「死んだ者」と「生きている者」とを無関係とし、現在「生きている者」の生にのみ目を向けるまなざしに依存する。秋幸の〈いま・ここ〉に在ることに固執〉（前掲・渡部氏）するありようは、このように、「死んだ者」にこだわって《狂気》に陥ることを、「滑稽」なものとして否定的に措定することに担保されるものである。

ただし注意したいのは、「彼」がこの事態を「のみ込め」ない、そしてわからない異物、つまり《謎》として維持している側面も残っていることだ。姉は、「あんなにも病気をおそれ、死ぬことをおびえたのに」、十二年前の雰囲気がに満たされている現在、「死のうとした」。この姉の意志を、母もまた、異常なこととして周縁化することが明るみに出るとともにこの局面は現われる。秋幸と異なる理路において、母が「姉」を周縁化しようとする事態が起こるわけだが、ここで秋幸は「死のうとした」「姉」の意志を、《謎》――異物――として浮上させることになるのだ。

「死のうとした」「姉」をみて、「母は泣きもしな」いで、それを「阿呆なこと」だと言う。先にみたように、秋幸も姉の行為を「滑稽」としたのだった。秋幸の対応と「母」の対応は、「姉」に対するものとして似てしまう。そして秋幸は、ここで、ある欺瞞を抱えて飛躍してしまうのである。

秋幸は、「母」らが守ってきた、父や兄という死者の魂の拠り所としての「家」は、「嘘だ」から「必要がない」と言う。また、これとともに、自分には「父などいなかった」とする。この「父」とは「あの男」のことを指す。ここで秋幸は、生物学的に存在するはずの「父」がいる現実を、「父などいな」い非現実へと想像的に転倒させる。秋幸が意識していた「血」の分裂を想像的に解消すること、そして、死者たちの魂とともにある「家」を「嘘」とすること、この二つの主張において、秋幸は「母だけの子」であることを確定しようとする。姉を《狂気》に陥らせる現実に関わる「家」の問題を「嘘」とすること、そしてまた、秋幸自身に意識されている「あの男」の「血」をなかったことにすることに、欺瞞がはらまれないわけがない。しかし、この上で秋幸は、「母の子」としての視点から、「姉」を変化させた環境を思考しようとしはじめる。もちろん、ここで「母の子」としての視点はフィクティブにならざるを得ないが、その「母と子」としての立場を、虚構的に一元化できるからこそ、秋幸は次のように主張できてしまう。

一体、おまえたちはなにをやったのか？　勝手に、気ままにやって、子供にすべてツケをまわす。おまえらを同じ人間だとは思わない。おまえら、犬以下だ。もし、ここにあの男がいるものなら、唾をその顔に吐きかけてやりたかった。

これは、「変化」に直面し「狂気」に陥り、不条理を生きる「姉」の側に立ち、「母の子」でもある自らを「姉」の側に位置づけ、そして「被害者」である「子供」に還元する述懐である。「子供」のうちの差異を抜き、「おまえたち」大人と「子供」の分割を設定すれば、「おまえたち」の犠牲者としての固定的被害者像がつくられる。そしてそこで、「兄」も姉たちも《大人》の犠牲者として一元化でき、その枠組に自らを置くこともできる。

そして「岬」の最終局面で秋幸が、「あの男」に似る「酷いこと」として、異母妹と性交する事態が起こる。この近親姦を通して秋幸は、異母妹に対して「獣のように尻をふりたて、なおかつ愛しいと思う自分を、どうすればよいのか、自分のどきどき鳴る心臓をとりだして、女の心臓の中にのめり込ませたい、くっつけ、こすりあわせたいと思」う。「あの男」がするかもしれないような「酷いこと」――近親姦――は、異母妹を「愛おしいと思う自分」を創出する機会であり、その自分に「いま、あの男の血があふれる」というように、「あの男」の「血」を可視化することになる局面である。

遠点から監視する視座としてのみ意識され、その実体を摑みたいと思われていた「あの男」の「血」を実感する秋幸は、近親姦を介した「血」の可視化において、「あの男」を知るという欲望を充足させているようにみえる。ただし、この快楽は、「母の血」と「あの男」の「血」を持つ分裂体として自らを措定した秋幸の葛藤を解消するはずはない。異母妹との近親姦において、「あの男」を知ることの充足を仮構し、その上で「あの男の血があふれる」自らを発見することは、この直前に指摘した、秋幸の「母の子」としてのポジションを後景化するとしても、「親」に対する「子」の位置を攪乱するものではない。異母妹との近親姦を通して、その妹を「愛しいと思う自分」を認識することは、「母の子」であれ父の子であれ、「子」としての秋幸の立場を補完することにしかならない。

「岬」に構造化されるのは、「子」としての「姉」、「子」としての「兄」、「子」としての秋幸の差異を抹消された「子供」たちの悲劇である。「子供」というカテゴリーにおいて均質化された「姉」や「兄」を、秋幸は、自らとの差異において捉えることができるのかどうか。それは、「親」の被害者という枠組を、相対化することからしか始まらないだろう。自死した兄の記憶を語り、そして狂うしかなかった姉を産出したまま、秋幸をその語りの被害者のままにする「岬」の一面——死者の記憶をめぐる《女語り》と男性主体との関係——は、「補陀落」の圏域を超えていないのではないか。

ただし、「母の子」というイメージを破るように、「あの男の血があふれる」自らを可視化することそのものが、母系親族の共同性を取り持つ姉の語りを、相対化する機縁となることはたしかだ。だからこそ問題は、「母の子」というイメージの枠組に、この後、どのように「あの男の血」を持つ自らを交錯させるのか、ということだ。この局面が、母系親族の語りの影響下に留められた、秋幸の生成変化の起点となるのは間違いなく、そして、自死した兄を語る母系親族の語りとの対決が図られる場所となるのは言うまでもない。

「岬」の続編とされる『枯木灘』に、「子」としての差異に担保された《女語り》がいかに構造化されるか、そこで秋幸の生成変化は《被害者》の「子供」という規定をいかに攪乱するのか、次章で検討したい。

## 注

＊1　高澤秀次『評伝　中上健次』（集英社、一九九八・七）
＊2　中上健次「犯罪者永山則夫からの報告」（『文藝首都』一九六九・六）（引用：『中上健次全集14』集英社、一九九六・七）
＊3　中上健次「町よ　善光寺」（『日本読書新聞 Dommunication』一九七四・一二）（引用：『中上健次全集14』集英社、一九九六・七）
＊4　中上健次「一番はじめの出来事」（『文藝』一九六九・八）（引用：『中上健次全集1』集英社、一九九五・八）
＊5　中上健次「眠りの日々」（『文藝』一九七一・八（原題：「火祭りの日に」／単行本『十八歳、海へ』（集英社、一九七七・一〇）収録の際に改題）（引用：『中上健次全集1』集英社、一九九五・八）
＊6　中上健次「灰色のコカコーラ」（『早稲田文学』一九七二・一〇）（引用：『中上健次全集1』集英社、一九九五・八）
＊7　中上健次「補陀落」（『季刊藝術』一九七四・四）（引用：『中上健次全集1』集英社、一九九五・八）
＊8　四方田犬彦『貴種と転生』（新潮社、一九九六・八）
＊9　Hooks, Bell. *Yearning, Race, Gender and Cultural Politics*. South End Press, 1990.
＊10　Wilson, Elizabeth, 'Looking backward,nostalgia and the city'. Sallie Westwood and John Williams（eds）, Imagining Cities: Scripts, Signs, Memory. Routledge, 1997.
＊11　現行の国籍法に改正されたのは、一九八四年である。
＊12　西山慶一ほか『「在日」の家族法Q＆A』（日本評論社、二〇〇一・五）
＊13　姜徹『在日朝鮮人の人権と日本の法律』（雄山閣、二〇〇六・九）
＊14　榊原富士子『子どもの人権叢書10　戸籍制度と子どもたち』（明石書店、一九九八・九）
＊15　中上健次「岬」（初出：『文学界』一九七五・一〇、のち『岬』（文藝春秋、一九七六・二）に所収）（引用：『中上健

次全集3』一九九五・五）
＊16　渡部直己『中上健次論　愛しさについて』（河出書房新社、一九九六・四）
＊17　柴田勝二『中上健次と村上春樹　〈脱六〇年代〉的世界のゆくえ』（東京外国語大学出版会、二〇〇九・三）

# 第二章　誤読の効能――『枯木灘』

## 1　《不在の権力》をめぐる二重の闘争

蓮實重彦氏はかつて、〈大がかりに反復されている〉法則に対して〈無力な自分を発見する〉『枯木灘』の秋幸を〈物語の秋幸〉と呼んだ。

［……］浜村龍造は、語られる言葉の中にしか存在してはおらず、自分がそれを前にしてひたすら動揺し続けているのは、何度も聞かされた噂話によって不可視の輪郭を与えられた父親のイメージがあたりに遍在しているからである。しかも、言葉によって表象されたものである以上は徹底した不在にほかならぬその人物の行動の軌跡に自分が深く犯され、その臨終の光景を夢にみたり、記憶すら定かでない幼時の体験までをもまざまざと思い描いてしまうのだから、それは、中心を欠いた不在の権力といったものであり、まわりの者たちが飽きずにそれを話題にしているイメージを払拭しない限り、その権力から自由にはなれないだろう。［……］彼はイメージとしての父親から捨てられてはいないのである。[*1]

『枯木灘』[*2]の秋幸が〈物語〉に対して〈無力〉だという指摘に関わって注目したいのは、蓮實氏が〈それ［浜村龍造―浅野注］を話題にしている〉〈権力から自由にはなれ〉ない秋幸のことを、〈イメージとしての父親から捨てられてはいない〉と結論づける点である。そうなのか。このように問うことから始めよう。そして、〈父〉を語る〈権力〉と、それに拠る〈イメージとしての父親〉から不自由であるとは、そもそもいったいどのようなことかを明らかにしつつ、〈父〉を語る〈権力〉と、《表象としての父》から解放されようとする秋幸そのものに注目して『枯木灘』を読み解きたい。

たしかに『枯木灘』の秋幸は、父との分離を模索する。そして、それは蓮實氏の述べるように〈イメージとしての父〉、すなわち《表象としての父》から自由ではない秋幸として受け止めるべきである。そうであればなおさら、〈イメージとしての父〉から自由でない秋幸の軌跡について、踏み込んだ検討が行われてもよい。それはまた、〈父〉を語る〈権力〉を持つ女たちから〈自由〉にはなれていないことが、いかなる不自由な秋幸を示すのかを再考し、その不自由さ——限界——に刻まれる問題を浮上させることにもなる。したがってこの検討は、死んだ兄と狂った姉という「きょうだい」(=子ども)と秋幸との関係を焦点とし、あらためて〈イメージとしての父〉と秋幸との関係を読み返してみる、という順で行う。『枯木灘』において、「父」をめぐる〈イメージ〉を語る女たちは、それと同時に、自死した「兄」を語る。この語りの「権力」に拠る兄の〈イメージ〉、それらと秋幸との葛藤の過程を分析することで、この「権力」に拠る「物語」が「路地」の規範と不可分であることに留意しながら、テクストにおいて「路地の私生児」あるいは蓮實氏によって、〈物語の秋幸〉とされる秋幸を新たに定義してみたい。

## 2 《女語り》と秋幸の距離

「岬」の「彼」の苦悩の原因だった《複雑な家族関係》は、『枯木灘』の秋幸において、次のように認識される。秋幸は、姉や兄の父系親族としての西村、母の再婚相手である義父の親族としての竹原、秋幸の生物学的父の親族としての浜村の「三つの名前のちょうど真中に位置」し、「どういう事件からも無傷」だった。「無傷」と思える理由は、例えば竹原との関係を、義父との「本当の親子のよう」だと思うこと、また、浜村との関係を、実父である龍造のことも「さと子のことも、頭の中で考えた架空の秋幸の物語」とし、秋幸の現実から切り離しているところにある。

では、母系の血でつながる「路地」の西村家との関係は、なぜ秋幸を「無傷」にするものなのか。母系の親族である姉の美恵に対して「安堵」を覚える秋幸をみよう。

美恵は、秋幸に「二十四で独り身のまま死んだ兄を見ている」。秋幸にとって、その姉の「眼がうっとおし」くある一方、「兄」をめぐる語りが「安堵」をもよおさせる。どのような「安堵」か。次の引用をみよう。これは、美恵の娘（美智子）の連れ合い（五郎）が、浜村龍造の息子（秀雄）に殴られ、美智子が龍造への悪意を秋幸にぶつける場面で、美智子の悪意から美恵が秋幸をかばう箇所で起こる、美恵に対する秋幸の解釈である。

［……］美恵はまた何かを思い出し、それと重ね合わせようとしている、と秋幸は思った。／それは二年前、美恵の夫の実弘の兄古市が、実弘の妹光子の夫安雄に兄弟喧嘩の末、刺されて死んだ時もそうだった。［……］美恵は気がふれた。誰かが自分を殺しに来る、と言った。秋幸はその時、美恵をなだめながら、美恵が畏れおびえているのは、兄の郁男なのだ、と思った。／郁男が安雄と重なり、刺し殺しに来るのだと、思った。郁男は美恵にはきれいなままなのだった。純粋で無垢なままだった。

秋幸の解釈によれば、美恵は、かつて自死した兄の郁男を「純粋で無垢なまま」とし、身の回りで起こる暴力沙汰や殺人事件を、自分が郁男に殺されることであるかのように捉え、自分を罰することであるかのように措定する存在である。美恵にとって数々の事件は、死者となった郁男を「畏れ」る機会となり、「畏れ」の対象となる郁男は、「純粋で無垢なまま」であらねばならない。

郁男、美恵、秋幸の実母（フサ）の出奔後、「路地」にある西村の家で郁男と暮らし、その後に別の男性と駆け落ちして家を出た美恵は、そのようにして生きのびた罪障感との感情的均衡をはかるように、兄を美化し続けて語る。そうでなければ生きられないからだ。しかし秋幸は、郁男が「湿った空気のように」存在し、「死んだ者、生きた者が同居」する西村家に美恵がいることを彼女の語りの基盤に見出しながら、死んだ郁男が「美恵、さびしことないど、死んだんと同じくらいまた生まれるんじゃ」と語りかけてくることを伝える美恵に、苛立つと同時に安堵をおぼえるのだ。

美恵は、死んだ郁男の主張がそうであったかのように、「死んだんと同じくらいまた生れる」こと、すなわち、あらゆる出生を肯定する理念を語る。これは、一人だけ竹原家で成長した秋幸を赦すことを含意するが、この理念にも守られて、秋幸は「無傷」で生き延びてきたことの「安堵」を覚えるわけである。

秋幸は、「本当の親子のよう」な竹原と、「架空の秋幸の物語」としての浜村と、そして、「死んだんと同じくらいまた生まれる」者として秋幸を肯定する理念において、秋幸の生を許容する「路地」の西村に囲まれて「無傷」である。

しかし、秋幸にとって西村の家に住まう美恵の視線は「うっとおしい」。その苛立ちが指し示すことは、「生まれる」者すべてが、「死んだん」と「同じくらい」のものとされること、すなわち、生の個的差異を抜き、計量化できるものとして肯定されるからだろう。例えば秋幸は、「路地」の西村家から竹原家にやって来て、秋幸を殺そうとした憎悪を持つ郁男の記憶を持っている。この秋幸の記憶と異なる郁男を、「純粋で無垢」とする語りを行う美恵から肯定されるということは、美恵と異なる郁男の記憶を持つ秋幸との齟齬を来す。この齟齬はもちろん、母系の語りの〈権力〉の産物と言える。

この〈権力〉の圏域との距離を得て、苛立ちを解消して秋幸が生きるためには、秋幸は、竹原とも浜村とも西村とも無縁の審級を取らざるを得ない。竹原の父を「本当」の親のように思うこと、浜村の父を「架空の秋幸の物語」

の位相に留めないこと、そして、西村の生存の理念を脱構築することが、その具体的な方法となる。

ここでまず、西村と秋幸との関係に焦点をあてる。秋幸が、「路地」の西村家の生存の理念に回収されず、自らの生を肯定することは、「死んだ」兄と「生まれ」て来た自分を違う者とすることによって適うものだ。そして秋幸は、母系の語りの重力に引かれ、自らを「郁男のよう」に思うものの、「浜村」という父系の「汚れた血」を意識することで、自分が郁男のように「死ぬ事も出来ない」とすることもできる存在である。

しかし、このような認識も、父系の血を「架空」として疎外することを前提とした上で、「死ぬ事も出来ない」という消極的な生の肯定に支えられるものでしかない。そうであれば、秋幸には、否定を介して自らの生を肯定することとは異なる肯定が求められてくるだろう。《死者》の代償としての肯定でもなく、また、排他択一を通した肯定でもない論理によって、自らの生を肯定するとともに、郁男との差異を指し示すこと、これが秋幸に求められる。

『枯木灘』において、この端緒は、秋幸が「路地」の視線を意識するところに生じる。「死んだんと同じくらいまた生まれる」という、美恵の語りを通して示される理念は「路地」の理念でもあるが、この理念を抱く（と美恵に思われている）「路地」の者の視線に則ることで、美恵の語りにおける郁男と距離を取ろうとする秋幸が、『枯木灘』には示される。どういうことか。秋幸が「路地」の者の視線を意識する箇所をみたい。

路地の者らに、郁男と二人で「若夫婦」のようだと呼ばれた美恵は、「家を郁男と二人で守ってい」た頃を、現在の不遇を慰藉することとして語る――。秋幸は、美恵の語りをこのように捉え、郁男と美恵の関係を「路地」に流布する《きょうだい心中》の伝承（以下、《路地の物語》と記す）の枠組に置き、そうして美恵が美恵自身の生を肯定すると理解している。

他方、秋幸は、この《路地の物語》を共有する人びとの視線の暴力性を、すべての生を肯定することの裏面として見出してもいるようである。郁男と美恵を「若夫婦」のようだと語る「路地」の人びとは、郁男が「首をつった」

瞬間を「のぞいていた」だけだとも、秋幸には認識されているからだ。この視線に照らされて、秋幸は次のように自己規定する。

［……］路地の草のにおい、花のにおいがした。まだ薪で風呂を焚く家があるのか、木を燃やすけむりのにおいがした。美恵の家の四件隣の暗がりの中に置いた涼み台に三人ほど坐っていた。歩き出した秋幸を見ていた。いや、人の心の中をのぞき込もうとさえしている、と秋幸は思った。秋幸がこの路地の家に暮らしたのは、生まれてから八歳まで、小学二年生の春までだった。［……］一度も一緒に暮らしたことはない。秋幸は思った。まぎれもなくその男は実父だった。郁男や美恵らがきょうだいであるなら、秀雄らもきょうだいだった。娼腹の子もきょうだいだった。だがそれらのきょうだいは秋幸が歩くたびに動く影のように実態がない。

「人の心の中をのぞき込もう」とする、すなわち、人に何か秘密があるかのように人をみる「路地」の視線の力学に応じ、秋幸は、郁男や美恵、そして秀雄もさと子も「きょうだい」であるということを確認している。そして秋幸は、郁男のように「死ぬ事も出来ない」という特異性を、「汚れた血」を持つ秀雄やさと子も「きょうだい」であるという認識によって裏づけている。しかし秋幸はここで即座に、父系の血でつながる「きょうだい」は、「動く影のように実態がない」としている。「きょうだい」であることの事実性は、浜村の親族を「架空の秋幸の物語」とする認識に即応して、「実態がない」こととされてしまう。

ここで、二つのことが指摘できる。一つは、秀雄やさと子を「実態がない」「きょうだい」とカテゴライズすることで、美恵や郁男と「きょうだい」である／あったことの自明性を疑う余地を秋幸が持てなくなるということだ。そして二つ目は、「実態」のある「きょうだい」とそうでない「きょうだい」との線引きのパフォーマティブな側面に関わることである。それは、秋幸に自覚された父系の「汚れ」を「影」という語とともに後景化し、浜村との親族関係をさらに希薄なものにする秋幸が成されるということである。

「汚れ」を後景化する線引きにおいて、一方では郁男や美恵と秋幸が「きょうだい」であることの自明性は強まり、他方では秋幸が、浜村のことを「架空の秋幸の物語」と思うことの確かさが強められる。ここで秋幸は、ともに「路地の家に暮らした」美恵や郁男を「きょうだい」として自明視し、「架空の秋幸の物語」を構成する浜村の「きょうだい」を疎外する作為を遂行する。次の引用も、この作為を裏づける。

美恵は何も知らなかった。いや、美恵ならず当のさと子さえ、秋幸の秘密の内実を知らなかった。秋幸一人、その秘密を抱えて、そこにいた。いまここにいた。［……］涙をふいたまままさと子が「兄ちゃん、きょうだい心中でもしよか」とぽつんと言った。／「あほを言え」秋幸は答えた。きょうだい心中とは町中のそこかしこで盆踊りに唄われる音頭だった。

一行目の「秘密」とは、「岬」の結末に示された出来事、秋幸がさと子を腹違いの妹と知って犯した近親姦のことである。妹と知って行った事実をさと子にも隠している秋幸は、近親姦を《路地の物語》として位置づけようとするさと子の誘いを断る。この秋幸の拒絶は、さと子を妹と知りながら犯した出来事を《路地の物語》から遠ざけ、その出来事が、秋幸と「実態」のない「きょうだい」とのあいだで再演される《物語》となることを排除するものだ。《路地の物語》は、「架空の秋幸の物語」と相互浸透してはならない。したがって、《路地の物語》を再利用できる者のうちに線を引く秋幸にとって、この線引きは、郁男や美恵と「きょうだい」であるという事実に自らを繋ぎ止めるための作為として理解することができる。

このような作為において、「路地」の西村の「きょうだい」として自己規定する秋幸は、すでに〈言葉の中にしか存在しない〉〈物語の秋幸〉（蓮實重彦氏）である。浜村のことが「架空の秋幸の物語」のようだと秋幸に自覚されているからというばかりでなく、秋幸が「架空」として自覚していない「路地」の西村との関係もまた、秋幸にとって《物語》となっているからである。そうであれば、秋幸は〈物語の秋幸〉と指摘して留まっていても仕方ない。問いは、この〈物語の秋幸〉は、いかに自らの「無傷」を抹消しながら、しかし、郁男との差異を刻む生を肯定されるものとして生成していくのか、ということになる。

この検討にあたってまず、秋幸に起こる《郁男への想像的同化》と《龍造への敵対》とが交差する瞬間に注目したい。

秋幸に起こる《郁男への想像的同化》は、秋幸の異母弟である秀雄を連れた龍造に、秋幸が初めて声をかけられる場面で起こる。ここは、「路地」での生活をともにしていない秀雄から、秋幸が兄であるという事実を否定されるにも拘わらず、秋幸が、自分と秀雄とが「きょうだい」である事実は避けられないと思う「気持ち」が生じる場面でもある。秋幸において、「実態のない」「きょうだい」とされていた秀雄の位置づけが揺らぎつつ、《郁男への想像的同化》が起こる局面である。

秋幸は、郁男を思い出した。郁男は秋幸の種違いの兄だった。秋幸はそう思いつき、或る事に思い当たり愕然とした。郁男は、今の秋幸と同じ気持ち、同じ状態だったのだ。秋幸は薄暮の中に立ったまま、空にまだある日をあびて、自分の眼が黄金に光る気がした。／殺してやる。秋幸は思った。郁男はその時、そう思ったのだった。その時の郁男の眼は、今の秋幸だった。〔……〕秋幸の半分が顔をあらわしはじめているのだった。いつかその半分ほどの暗闇は光にさらされ、二十六歳の秋幸という体の中に閉じ込められていたものがあばかれる、美恵はまた気がふれる。［……］それはあの男が、蠅の王たる浜村龍造がことごとく仕掛けたわなだった。

ここで秀雄の兄であると自覚する秋幸において、秋幸の兄としての《郁男への想像的同化》が可能になるのはどうしてか。郁男と秋幸が「種違い」であることと、秋幸と秀雄が腹違いであることとの違いを、秋幸が度外視してしまうからである。厳密に言えば、郁男にとって「種違い」の弟である秋幸が母に連れられて竹原家に移動し、郁男を「兄」とみなさなくなったことと、秋幸にとって腹違いの弟である秀雄が、家族としての経験を共有せずに、秋幸を「兄」としてみなさないこととは、そもそも重ねて捉えられることではない。しかしここで秋幸は、秀雄が秋幸を「兄」としてみず、親族としての承認をすら与えないことを、秋幸が郁男を「兄」としてみなくなったことと重ねて、《郁男への想像的同化》を図っている。

このことは、かつて秋幸が、西村家から竹原家へ移動したために生じた秋幸に対する郁男の憎悪と、いまここで対面している秋幸に対する秀雄の憎悪を、秋幸が家族と親族の輪郭が重ならないことの悲劇として括り、一般化していることを指し示す。そしてここで、《郁男への想像的同化》によって、この悲劇の要因としての龍造に対する秋幸の憎悪も合理化されてしまう。この合理化は欺瞞をはらむはずだが、しかし秋幸はここで、「体の中に閉じ込められ」忘れられていた記憶を喚起し、郁男の「気持ち」を「秋幸の半分」を占める潜勢力として措定してしまうことで、この欺瞞を後景化してしまう。この瞬間、秋幸にとっての悲劇を呼び起こした龍造の策略、すなわち浜村家と西村家と竹原家とに張り巡らした龍造の「仕掛けたわな」を破る意志が、正当的なものとなって秋幸を覆うことになるだろう。

この意志の実現は、秋幸が、異母妹のさと子を犯した事実を龍造に告白する行為として示さる。この告白は、親族の同一性を保つ規範を守ろうとする龍造を予断する秋幸が、父系の血でつながる親族を、親族たらしめる禁忌〈近親姦〉を言葉にすることで、その龍造の思惑を破毀する者として自己自身を説明し、表象する行為である。

> 「さと子と二人で寝た」秋幸はそう言い直した。言ってからも秋幸の中に、しゃべりたいものが渦巻いている、許しを乞いたい、と思った。許しを乞うため、畳に頭をこすりつけてもよい。いや秋幸は、心のどこかで男にむかって言っている声があるのを知った。おまえがおれをつくった性器と同じおれの性器で、おれはおまえを犯した。生涯にわたっておれがおまえの苦痛でありつづけてやる。

まず、秋幸は、近親姦を犯した自らを有罪化することで、龍造に対して「苦痛でありつづけてやる」と思い、龍造に敵対する自己をつくり上げる。

ここで秋幸は、近親姦の禁止に拠って保たれる親族の均衡は、この告白によって破ることができるという古典的物語を信じている者となっており、この物語に守られる親族内部の親子関係そのものを、相対化する視点を持ち合わせていない。つまり、浜村の親族から逸脱している自己を表象するために、近親姦を禁止事項とする規範を踏み破ったことを告白しようとすることそれ自体によって、秋幸こそが浜村の親族というカテゴリーを補完するものとして機能している、ということだ。

秋幸の告白は、龍造に対する〈服従者〉（エチエンヌ・バリバール）[*3]の位置を秋幸に与えるだろう。ここで秋幸に〈服従者〉という呼称を与えたのは、引用箇所にあきらかなように、そもそも「許し」を命じる者として不可謬であり、それゆえ秋幸に恩寵を与える不動の位置を持つ存在となってしまう龍造との力関係から秋幸が自由ではないからだ。

このような〈服従〉について、バリバールは、〈命令するために「選ばれた」崇高者と、法を聞くために彼の方を向く〉者の〈あいだ〉には、それと意識されていなくとも〈服従〉は成立すると言い、この〈服従〉は〈強制とは別物〉であるが〈強制以上のもの〉としてあると言う。

このような構図を踏まえれば、秋幸が龍造に対して向ける、「生涯にわたって」「苦痛でありつづけ」る憎悪は、この〈服従〉の枠組を強化することにしかならない。ここで秋幸は、自分のものとも郁男のものともつかない「声」もろとも、龍造への〈服従〉に拠る権力関係に捕縛される。秋幸は、破毀されるべき親子関係の自明性のうちに留まるしかない。

しかしもちろん、これに続く『枯木灘』の有名な場面を忘れてはならない。『枯木灘』の物語世界は、近親姦を「どこにでもあること」として許す龍造が、秋幸の憎悪の正当性を裏づける告白の意味を、即座に脱臼してしまう場面を迎える。この場面に注目したい。ここで秋幸は、浜村の親族に属すさと子との近親姦を、美恵という母系の姉との近親姦として、想像的に転位させる。

さと子との秘密は、さと子を抱いた、自分の腹違いの妹と性交した、そんなことではない、と思った。その女は美恵のようだった。それが秘密だ、と秋幸は思った。その新地の女は、秋幸のはじめての女だった。二十四のそれまで秋幸は女を知らなかった。それは姉の美恵が禁じた。繁蔵との逢引でフサが行商からの帰りが遅い日、美恵は秋幸を添寝して寝かしつけた。

この想像は、父系親族を攪乱する行為の価値を、秋幸がひとまず措き、近親姦を、母系親族を攪乱する行為とし、その攪乱を遂行する自らの相手を「美恵のよう」だと思うことを「秘密」とする倒錯に拠って、近親姦という行為の価値を担保するものである。父系親族のカテゴリーにおいては意味を奪われた行為を、新たな「秘密」とする作為によって、秋幸は、自分以外の誰も告白することができない「秘密」に規定される自らを現す。

　この「秘密」の仮構／加工は、「きょうだい」のあいだに線引きを行った秋幸の作為に貢献した、父系親族の「きょうだい」を「実態」のないものとする作為の変奏である。近親姦の事実を告白しても父に赦され、赦される子のポジションを与える制度に内属する秋幸は、父系親族のあいだで生じた近親姦という事実を、「路地」の伝承の枠組を基盤とする母系親族のものへと転換し、その枠組に位置づけられるための「秘密」を持つ者として自己を想像的に転倒させる。この作為は、父系親族の内部にあって、赦される子の位置からの離脱を図ることと同義だからだ。

　この作為が、「実態」のある「きょうだい」というフィクショナルなカテゴリーにおいて、秋幸と母系親族との関係を緊密にすることに貢献し、より強度の高いフィクションの領域に、秋幸を参入させることは言うまでもない。

　例えばこの転換については、〈「兄」の転態としての自分を、『岬』の結末を逆転するかたちで肯定しようとする〉秋幸が〈「あの男」とではなく「兄」と似たことをした〉と〈再解釈〉することで[*4]「あの男」＝龍造を否認する、すなわち「あの男」との関係それ自体からの分離の転機とする渡部直巳氏の読みが既にある。しかし、秋幸における否認の身振り自体が、龍造との力関係の制度のうちに絡め取られるものだ。そしてそもそも、美恵との想像上の「性交」が、『枯木灘』において、郁男と〈似たこと〉をしたこととして秋幸に捉えられているのかは疑わしい。というのも、渡部氏の解釈の前提として、秋幸には美恵と郁男の「性交」が確認されていなければならないが、『枯木灘』では、美恵と郁男が「若夫婦」のようだ（＝「性交」しているのではないか）と「路地」で語られたと美恵が語っていたにしても、それは「路地」でそう語られていることを恵美がそう語る、ということとして、秋幸に聞かれているに過ぎないのだ。

　そうであれば、秋幸がここで、「路地」で語られる「きょうだい心中」の兄の役割を、美恵とともに再演できる自らを想像的に立ち上げることで、「あの男」を否認すると言うことまで、言えないように思う。むしろ、《路地の物語》を再生産する欲望を「秘密」のこととし、それを「秘密」とできる秋幸が、ここでは、「路地」に育った「きょうだい」を「きょうだい」として繋ぎとめるためのフィクションを固めるという指摘に留めておく必要があろう。秋幸における、母系親族への倒錯的関与について、ここで最低限言いうることは、秋幸が「路地」の物語の枠組で語られる郁男がしたかもしれないし、しなかったかもしれないことを自らがしたことにして、「路地」に親和的な自らを形成し、《路地の物語》を自己保存のための想像の資源として活用したということではないだろうか。

このような文脈を踏まえたとき、『枯木灘』における秋幸の、「浜村孫一」伝説への接近について、新たな位相もみえてくるだろう。この接近を、渡部氏の読解の延長に置いて、父の〈否認〉を目的とする戦略とのみ、みるべきではないだろう。この接近が、『枯木灘』において、龍造を権威づける「浜村孫一」伝説に対する理解の身振りを介した、伝説の領略——自らを許す「誰か」に孫一を代入し、その聖性と直結すること——として明示されているとしても、である。

この接近について、ここまでの記述を踏まえて、「路地」と秋幸との関係に関わらせて把握していきたい。

## 3　《「路地」と龍造の排他的関係》と《物語と「伝説」の排他的関係》の重なり

龍造が建てた「浜村孫一の碑」を見に有馬へ赴く秋幸は、そこで「自分を見ている眼のようなものが在るのを感じ」る。その「眼」は、かつて浜村龍造を「見ていた」「路地」の視線と同じだと秋幸は思い、「龍造とそっくりの体の大きな若い男」は「自分こそ今あらたに生まれなおした浜村孫一だと言いたいのだ」と、自分をみる側にある者のまなざしと語りの欲望に呼応して、自分の先祖もまた「浜村孫一」だとする「天啓」を得るに至る。

男は、自分こそ今あらたに生まれなおした浜村孫一だと言いたいのだ。浜村孫一は片目片脚の状態で熊野の山中を敗走し、この海のそばの有馬の里に降りて来た。ふと、秋幸は、自分がその男、蠅の王浜村龍造の子であるなら、自分の遠つ祖もその浜村孫一であることに気づいた。それは天啓のようなものだった。男を嘆かせ苦しめるには、男の子である秋幸が、浜村孫一とは何の血のつながりもないと立証するか、敗走してこの熊野の里へ降りて来たという伝説を、作り話としてあばくことだ。浜村孫一を男の手から秋幸が取り上げることだ。秋幸は想った。一切合財、おまえの言うことを認める。だが、おまえではなく、この俺こそが浜村孫一の直系であり、浜村孫一であり、浜村孫一の眼に守られて在る。

これまでの論旨を踏まえるならば、龍造が語る《伝説》を、秋幸が「作り話としてあば」こうとする志向は、龍造に対する秋幸の〈服従〉の深化と捉えることができる。服従が、〈服従への意志の肯定や積極的協力〉を表出する以前に〈意志の解脱〉を据えるとすれば（バリバール）[*5]、龍造の言説に依拠した伝説簒奪の欲望に捕らわれることは、秋幸の〈意志の解脱〉に他ならない。秋幸が「この俺こそが浜村孫一の直系」、いや「浜村孫一」だと思うことは、この証左だ。そして秋幸は、龍造と「浜村孫一とは何の血のつながりもないと立証」することと、浜村孫一が「敗走してこの熊野の里へ降りて来たという伝説」の欺瞞を暴くことを等価にしていく。

ここで指摘しておきたいことは、秋幸が、《偽》の立証を目的とするために、龍造の「伝説」をつくる作為を取り損ねる回路に入ったことである。この回路において、秋幸は「路地」の視線にではなく、「男が思い込み信じた架空の祖」、「枯木灘の海岸線から熊野山中を敗走して光のある海岸に降りて来たという浜村孫一」の視線に応じて「自分がはっきり変った気」を持つことができる。そしてさらに、自分が「架空の祖、浜村孫一」を「実父」に持つという想像を元手に、龍造を「成り上がり者」として矮小化することもできる。

ここにみられるような秋幸の認識の推移は、「路地」で語られる「きょうだい心中」における兄の役割を再現することと関らせて捉えられるだろう。秋幸は、「きょうだい心中」の「兄」の役割を演じる者だからこそ、「伝説」の浜村孫一の役を演じることもできるのだ。「路地」の視線を受ける側に自らを措定したことと同じく、ここ有馬の土地の「誰か」、そして龍造に語られる「浜村孫一」の視線を受ける意識を持つことができるからこそ、秋幸はこの視線に応える役割を演じることによって、秋幸の生の根拠である「秘密」を固守することもできる。

孫一に《なる＝演じる》秋幸は、「路地」や女系の親族がそう語ったように、「片目片脚で山を下りてきた先祖」の「妄想」に憑りつかれた龍造が、孫一を語ることしかできないからこそ、「妄想」に取り憑かれて復讐心を煽り、「山を巻きあげ」、「土地を巻きあげ」るしかなかったという確信を深め、龍造の行為を、否定的に捉えることができる。しかし、これが「伝説」に語られる浜村孫一を秋幸が演じるところに成り立つのであれば、その欺瞞に秋幸は気付かざるをえないだろう。

自分を「浜村孫一の直系」だとする秋幸は、龍造の「わな」にかかって死んだ「郁男に勝った」、そして、これまで自分は「女である美恵の力に振り廻されていた」だけだと思えるようになる。しかし、このように決着してしまうと、母系の姉と近親姦を行い、それによって母系を攪乱している自己にまつわる、想像上の「秘密」によってこそ生を担保している現実に亀裂が走る。


秋幸は持っていたスコップをいきなり型版にたたきつけた。型板は割れた。どなりつけてほしい。殴り倒してほしい。そう思った。そうすれば自分が、浜村龍造の子であり、浜村龍造と同じように熱病を患い、祖父があり、曽祖父があり、はるか先に浜村孫一がいるという架空の物語を信じ、秋幸の半分の謎が明らかにされる。

何もかもから自由になる。

美恵を犯したと想像した自分に叱責を求める秋幸とは、「路地」の物語の悲劇的結末に見合う懲罰を求めている秋幸である。しかし、秋幸の「秘密」は秋幸の想像として留まっており、それが誰かからの現実的な懲罰を引き出すことは難しい。しかし、「秘密」からの解放がなければ、秋幸は「浜村龍造と同じ」「熱病」に没頭すること、浜村孫一に《なる》こと、すなわち、龍造の物語を「信じ」て簒奪することができない。秋幸が、自らの想像に拠って成した「秘密」を、自らの生存の根拠にできているのは、秋幸が「きょうだい心中」を再利用しているからである。そして、このような再利用の自覚を持つ秋幸だからこそ、「熱病」にかかり、「伝説」を「信じ」る、すなわち「浜村孫一伝説」の再利用も可能であった。しかし、秋幸はここで両者を再利用できると思えているだけだという限界に達する。想像上の近親姦、想像上の「秘密」への懲罰とは、このような想像が不可能な状況に、秋幸が追い込まれるところにしか生じない。しかし、「きょうだい心中」の兄の役割を演じることそのものが「秘密」となっており、また、「浜村孫一伝説」の再利用も、きわめて私秘的に遂行されている。懲罰は、どのように訪れ得るのか。『枯木灘』の展開を追おう。そこにはまず、秋幸がさらに、その「秘密」を抑圧しなければならない状況が用意されている。

その男の新しい噂は、盆に幾日もない日、この土地の路地に広まり、〝別荘〟の近くの秋幸の耳にも伝わった。美恵は、恐ろしいケダモノのような男と言った。［……］フサは「おとなしいお前から思いもつかん」と言った。［……］いまひとつの噂ははっきりさと子の事だった［……］「さと子は知らんだんやろか?」美恵は言った。［……］背骨から出すような声で、「ケダモンなんやねえ」と言った。「おそろし」／秋幸はすぐに分かった。それは蠅の王ではなく、美恵の弟でもある自分のことだ。秋幸のことが新地のどこかで歪められ、浜村龍造の話になった。蠅の王浜村龍造ならそんな事はしかねない。［……］秋幸は人非人の男をなじるフサと美恵の言葉をきいていた。

土地をだまし取った男が娘のさと子と交わったという「噂」は、美恵や母らにおいて、秋幸と龍造との違いを際立たせるメディアとなり、秋幸が行った近親姦の事実は、龍造の「人非人」性をあぶり出す物語の要素として横領され、秋幸の持つ「秘密」が露呈する局面を先送りにする。いつか公になる未来を担保するがゆえに、秋幸の現在の自己の根拠となる「秘密」は、公になる可能性を奪われる。この局面での秋幸に注目しよう。

秋幸が「美恵の家へ歩」いて行く途上、「路地」の視線を意識し、「路地を焼こうとした」「大きな体の男」を、「秋幸の体の大きさ」と同じである「男」として自己投影する箇所がある。ここで、その男を「路地の者」は「許さない」と推測し、彼こそ「まぎれもなく秋幸の実父」だと思うとともに、自身は「フサの手で、フサの産んだ子供の末子として育てられてきた」と確認する秋幸が現われる。そして、「母の血」と「あの男」の血が、相互に排他的に自らに関わることを自覚した上で、この不可視の「血」の関わりを《物語》の関わり、すなわち、言語的格闘の磁場として把握するようになるのである。

秋幸はそう思い、男が有馬に建てた浜村孫一終焉の碑を思い浮かべた。それは男の、血が固まったものだった。永久に勃起した男根だった。熱病だった。そして人が噂するように自分が金を持ち、土地を持った勝利の記念だった。秋幸は男の考えが、フサや三人の姉たちとまるっきり反対なのに気づいた。土に埋もれ水に流れてしまいそうな昔の事は楽しげだった。［……］秋幸はうっとおしかった。女たちが集まり、死んだ者をいま現にあるものとして呼んでいる気がした。フサは押し入れに背を当て足を伸ばして坐り、君子たちの話に相槌を打っていた。

秋幸はここで、龍造と「路地」の女たちを、伝説を補う「碑」と、「楽しげ」な語りの対比に即して捉える。龍造の伝説を裏づける「碑」は、「男」の「血が固ま」り「永久に勃起した男根」に見立てられた「勝利」を象徴する。一方「女」たちの語りは、「死んだ者をいま現にあるものとして呼び」、「土に埋もれ流れてしまいそうな昔の事」を語る言葉の渦に現在を巻き込む快楽に満ちている。

両者は、形式的には異なるものの、語る快楽を共通の基盤としている。すなわち、母系の女たちと父・龍造は、形式的に異なりながらも、物語る快楽において接続している。

そして秋幸は、それぞれの側に属す者らが語った来歴を次のように想起している。「竹原一族は紀勢線の通らない昔、海岸線の和深から山道を本宮に抜け、本宮から川沿いにこの土地に下りて来た」、そして、「それはあの男の遠つ祖、浜村孫一の敗走の道にもよく似ていた」。その「大男こそ架空の者だ」――。つまり、「路地」の竹原一族の移動を《真》―正史、龍造の語る孫一敗走の経路を《真》に似る《偽》―「架空」・偽史として秋幸は序列化するのだ。これを前提に「浜村孫一」を理解する秋幸に、「自分が死んだ者かもしれない」という認識が訪れる。

死んで滅びた者が、熊野山中を這うように歩き、伊邪那美命を祭った花の窟のある黄泉の国の土地で、生き延び、子孫を作ったと男は言うのか。秋幸は思った。その男浜村龍造の子、秋幸は死んで滅びた者の種子によって、風が吹きつけ、梢の葉が揺れ、日に当った土地を今、見ている。秋幸は、自分が死んだ者かもしれない、と思った。ここは正真正銘、黄泉の国かもしれない。

秋幸が、自らを「死んだ者」とする可能性に思い到るとき、移動の正史を持つ竹原一族や「路地」の者は、自動的に生者の側に属することになる。右引用は、「伝説」の系譜に属す「死んだ者」の可能性を持ったまま生者であり続けた存在として、自らを位置づける秋幸を浮き彫りにしている。そしてここに、郁男に殺されかけた記憶が交錯する。

その時の事は秋幸も憶えていた。［……］だが秋幸はその時も悲しくなかった。涙は流れなかった。その時から五ヶ月さかのぼった三月三日に、郁男が、路地の家で首をくくって死んだと路地の者が知らせに来た時も、葬儀の時も、悲しくはなかった。秋幸の体の中にあったのは悲しみではなく、骨が一本取れたような空白感だった。体の中ががらんどうだった。フサは郁男の実の母親だった。秋幸は郁男の十二歳下に生まれた種違いの弟だった。郁男は何度も何度も、フサと秋幸を殺しに来た。

自死により、秋幸の「体の中をがらんどう」にし、「骨が一本取れたような空白感」をもたらした郁男は、「何度も何度も、フサと秋幸を殺しに」、すなわち秋幸に死を与えに来た者であった。したがって、郁男の自死によって「空白感」を抱くようになった秋幸にとって、その自死は、郁男の喪失であったと同時に、郁男から《死を与えられる体験》を奪われた出来事として措定されたことになる。

「死んだ者かもしれない」という推測が、「兄」の自死に拠る自らの「空白感」の想起を秋幸に導く。「空白感」に支えられたものとして見出される生は、《死を与えられる体験》を剥奪された者のそれとして措定される。この局面で『枯木灘』は、秋幸が「路地の私生児」を自称し、またその上で、秋幸が秀雄を殺害する事件を迎える。これまでの論旨を踏まえて、以下、「路地の私生児」を自称することから、事件に至る流れが意味するところを検討したい。
まず、秋幸は、精霊送りが行われる川辺で龍造が、「世間並みに、死んだ者の霊を海にむかって送っていた」ことに苛立つ。この苛立ちは、龍造の「伝説」と竹原一族の歴史を序列化し、その序列にしたがって、竹原――真・生――、浜村龍造――偽・死――として振り分けた秋幸にとって、死者の系統に属していなければならない龍造が、その序列を攪乱するように振る舞うことに惹起されると言える。なぜなら、「死んだ者の霊」を送る龍造の行為は、その霊を送る龍造を自動的に生者と規定するからだ。

そしてここで、秋幸自身が「浜村孫一の碑のように」立ち、「自分の呼吸音」を聞きながら「竹原秋幸」という「名前」、「浜村秋幸」という名も否認することになる。秋幸を公式的に登録し、竹原との「本当の親子のよう」な現実を秋幸に生きさせることとなった名、そして、「伝説」に依拠する「碑」に圧縮された「架空の秋幸の物語」の役割を秋幸に生きさせる「浜村秋幸」という名を、秋幸は否認するのだ。

この否認は、第一に、「死んだ者」の系譜に属すべき龍造が生者と死者の境界線を分かつ儀式のなかで生者の側に立つこと、すなわち、生者を擬装して精霊流しを行う龍造を拒絶することである。そして第二に、「死んだ」も同然のはずの秋幸に、「竹原秋幸」という名を与え、何事もなかったかのように「無傷」で生きさせた環境を拒絶することである。ここで秋幸は、「路地の私生児」という修辞を自らに与える。「路地の私生児」とは何か。

路地ではいま「哀れなるかよ、きょうだい心中」と盆踊りの唄がひびいているはずだった。言ってみれば秋幸はその路地が孕み、路地が産んだ子供も同然のまま育った。秋幸に父親はなかった。秋幸はフサの私生児ではなく路地の私生児だった。私生児には父も母も、きょうだい一切はない、そう秋幸は思った。

「きょうだい心中」の「唄」を頭のなかに鳴り響かせる秋幸には、「父も母も、きょうだい一切はない」。「路地」に「孕」まれ、「路地が産んだ子供も同然のまま育った」、「路地が産んだ子供」になるということは、「本当の親子のよう」な関係を支える実際的・法的な物語と「架空の秋幸の物語」に対して、《路地の物語》の子どもとなるという、秋幸自身による《物語》の起源の創出である。しかし、ここには《路地の子ども》になる、という表現ではなく、「路地の私生児」という表現が用いられている。ここで、「路地」における、生誕に関わる理念を思いだそう。それは「死んだんと同じくらいまた生まれる」という理念であった。これは、西村を帰属先としていた美恵の口から語られた。したがって、秋幸がここで秋幸自身を「路地」の「きょうだい」ではなく「路地の私生児」としているることは、母系親族を含む「路地」の「きょうだい」として「死んだ」けれど、その「私生児」として「また生まれる」秋幸の《物語》が語り始められる起点を為すことと捉えられる。このとき、秋幸は母系の親族と同様に、《路地の物語》と理念を自らに備給することで、母系親族の者たちの語りを援用して、「路地」の〈直系〉の「子」として取り扱われてきた郁男とは異なるかたちで、「路地」に接続する方法の起点を為したということになろう。そしてこの後、龍造の行いと郁男の自死を因果関係で結ぶ秋幸は、「路地」の《直系》としての郁男を、具体的に浮き彫りにし、そして、秋幸自身との関係において、次のように捉えるに至る。

郁男が、後年、フサと秋幸を殺してやると、繁蔵と暮らす家にやって来て、あげくの果てに自殺したのは、この男のせいだった。郁男は、フサの背後に、この男を見ていた。秋幸の背後に、定かでない祖先を持ち出して語り、どこの馬の骨か分らぬのにと嘲われ、三人の女を同時に孕ませたこの男を見ていた。［……］郁男はフサと秋幸を殺せなかった。結局、郁男がくびれ果てた。郁男は男を殺したかった。郁男には秋幸は弟であって、その男がフサに産ませた子供だった。秋幸の体に半分ほどのその男の血、秋幸は男を見て思った。

郁男が「路地」で「自殺したのは、この男のせいだった」。なぜなら郁男は、殺意の対象となる秋幸の彼方に「この男を見」ながら、「体に半分ほどのその男の血」を持つ「弟」への殺意を反転させて自らに向け自壊したからだ。秋幸が「その男」の「半分ほど」の「血」を持っていながら、一方で母系の血を「半分ほど」持っていたために、郁男は秋幸を殺すことはできなかった。そしてまた郁男は、龍造を殺すこともできなかった。それゆえ郁男は、「路地」への侵入者となる「その男」を生き延びさせてしまった者だ。このような論理において郁男の自死は、「ケダモン」として、排他的に龍造を語ることしかなかった「路地」のエコノミーを逸脱しない。「路地」のエコノミーとは、ここで龍造を「ケダモン」とする表象行為によって、「路地」の者は龍造を実際的には排除せず、自分たちが生きる「路地」を延命したということである。このエコノミーを、郁男の死は結局補完し、その死が、秋幸の生存の代償として語られてきたのだとすれば、秋幸が「路地の私生児」を名乗ることは、このエコノミーを攪乱することに繋がることになるとも言えるだろう。

郁男は、「純粋で無垢」だったために自死したという《物語》と相互補完的な語り――「ケダモン」を排除する語り――を共有してきた「路地」のエコノミーを活性化したものだ。この意味で、《路地の嫡子》と言える郁男と異なり、「路地の私生児」となる秋幸に求められることは具体的には何か。これまで、郁男の死を生の代償として語られてきたことを踏まえるなら、秋幸が「路地の私生児」であろうとするならば、秋幸は《路地の嫡子》である郁男を自らの代償ではなく負債とみなし、そしてこれを償却する回路を持つ必要が生じる。そこにこそ、「路地の私生児」としての「自由」が生じよう。では、それはどのように可能なのか。

次の引用にみられる、「一切すべて否定したい」という秋幸の願望に、その契機をみたい。

「この土地でもそうじゃ、駅裏を焼いたり、路地を焼ことしたり。浜村孫一が聞いてあきれる、おまえのやる事は明日食う米を思案する貧乏人を痛めつける事と一緒じゃ」秋幸は言った。一切すべて否定したかった。言葉が上ずり、滑らかに舌に乗らなかった。秋幸はユキの言った事を思い出した。それは男が信じる遠つ祖、浜村孫一の話だった。孫一の一統が敗走する道が、竹原一族や路地に住む者の半数ほどの遠つ祖の移動の経路に似ているということだった。枯木灘は、貧乏なところだった。海が眼の前にあっても海岸が崖っぷちになり、船をつける港はなかった。平地はなく、すぐ山になっていた。

「一切すべて否定した」いという秋幸は、龍造の行為を、「路地」を侵犯する営みとする「言葉」を「上ずり」ながら吐く。些細なことだが、ここで秋幸は、龍造の営みばかりを否定する「言葉」を「滑らか」に吐けていない。これまでの文脈を踏まえるなら、その原因は、「男が信じる遠つ祖」である「孫一の一統が敗走する道」が、「竹原一族や路地に住む者の半数ほどの遠つ祖の移動の経路に似ている」ためである。では、秋幸は何を否定することができるのか。

秋幸は、「一切すべて否定した」いと純粋に言えず、その直後に「竹原一族」や「路地に住む者」らの「遠つ祖」と「孫一の一統」が、「貧乏」な「枯木灘」沿岸部を「移動」するために生じる親和性を認識してしまっている。「一切すべて否定」することを龍造に対して言えない、そして行えない。秋幸にとって、「一切すべて否定」すべき対象は、「移動」経路を共有しながら、「路地」と龍造とが排他的に関わっていることそのものなのではないか。郁男の殺意を惹起した、「路地」と龍造との排他的関係をこそ「否定」対象とすることは、郁男への負債を償却する回路――「路地の私生児」となる回路――を成すことと、論理的に相同することだからだ。秋幸の「否定」は、路地や竹原の「遠つ祖」と浜村の「一統」との序列関係に交錯する、両者の排他的関係そのものとなる。

「路地の私生児」には、移動の経路を共有しながらも、その時間的落差において、土着の者と外来の侵入者に分割された人びとの語ることを、「歴史」の真偽において序列化する仕組みを「否定」する役割が求められる。この「否定」と、郁男という負債を償却する回路を成すことが重ねて遂行されるところに、「語り」の権力からの秋幸の「自由」も成り立つと考えられる。

そして『枯木灘』は、郁男を負債として償却する回路と、「路地の私生児」となるために必要な筋道を、秋幸が秀雄を撲殺する事件の後、秋幸が山中を「敗走」する場面に描き出すだろう。《「路地の私生児」としての秋幸》は、どのような存在として浮かび上がってくるのか。そしてそこで、自死した兄は、どのような存在として措定されるのか。

## 4 誤読の気づきという転回

事件後、逃亡して山中を彷徨する秋幸は、秀雄が秋幸に及ぼした暴力について、自分と「一緒に暮らしたことはなかった」秀雄が、「秋幸が腹違いの兄であること」を「分ら」ずに起こしたことだと理解する。さらに秋幸は、「離ればなれに暮らすものを一つに統御する」「孫一の血」を起源とする「伝説」、すなわち「熱病のように浜村孫一を言いたて」た龍造の系譜的想像力を、秀雄のみならず秋幸自身も「分らなかった」と振り返る。秋幸は、「伝説」を語る龍造の欲望を取り損ねたと言う。取り損ねたのはなぜか。こう問うと、秋幸が、竹原の者や、母系親族を含む「路地」の者らと同様、「伝説」を「架空」・「妄想」としつつ、語る主体の龍造を周縁化していたことが浮かび上がってくる。

また、秋幸はここで、自らを「二十四で死んだ郁男にそっくりだと思」い、「十四年前の秋幸を殺した」存在とする。ここに現われているのは、秋幸を殺しに来たものの、殺さなかった郁男の思いにのみ呼応して、《「十四年前の秋幸を殺した」郁男》を擬装する秋幸である。この擬装において、《路地の物語》の枠組で再生産された《表象としての郁男》を脱構築し、「路地」の「純粋で無垢」な死者として登録された郁男と、秋幸とを似ているとする語りの論理に、亀裂が入れられることになるだろう。《「十四年前の秋幸を殺した」郁男を擬装する秋幸》は「純粋で無垢」という郁男の形容を裏切るように、秋幸を殺した罪を負う存在として措定されるからだ。そしてこの想像は、「きょうだい心中」の「兄」を媒介として、母系親族に語られる「郁男にそっくり」な自己を仮構し、その上で美恵を犯したという「秘密」を担保にした秋幸が捕われている、美恵と郁男と秋幸とが「きょうだい」であることを自明とした、作為の枠組を瓦解させるだろう。

この先でさらに、秋幸は、自分が「郁男そっくり」に思えたこと、そして、龍造の伝説を周縁化できたことを内省するような思考に入り、女たちの語りの《権力》と抗争する局面に入る。それは、女たちの語りが浮かび上がらせる秋幸、すなわち、自死した郁男の代償として語られてきた秋幸と、郁男を負債として抱えざるを得ない秋幸との抗争と言ってよい。[*6]

郁男と秀雄を殺した。仕方がなかった。二人を殺さなければ、秋幸が殺された。秋幸はそう思った。いや秋幸は、秀雄が、あの時、郁男に殺された秋幸自身であり、実際には首を吊って自死する郁男のような気がした。郁男が諫めるように死んだ十二歳の時から、秋幸は郁男を殺したと思ってきた。すでに人は殺していた。その時から秋幸は、声変りがし、陰毛が生え、夢精をし、日増しに成長する秋幸自身におびえた。骨格は、その男に似て太かった。自分の毛ずね、地下足袋をはく足、それらは獣のものであって到底人間のものとは思えなかった。それは人殺しの体だった。／郁男はいつも見ていた。／郁男は、秋幸がその男そっくりに育っていくのを見ていた。

秋幸はここで、殺害した秀雄に「郁男に殺された秋幸自身」と、秋幸を「諌めるように」「自死する郁男」を明確に重ねる。そして、秀雄に十二歳の秋幸と郁男を重ねつつ、さらに、先の想像に応じて、現実に秀雄を殺した秋幸に郁男が重なる。こうして秋幸は、郁男の自死を、郁男が「秋幸自身を」殺害した出来事として確定する。ここにこそ、秋幸が郁男の自死を生の代償としない回路の端緒である。

まず、郁男の自死を郁男による秋幸の殺害とすることが想像である以上、郁男は、現実には裁かれることのない殺人者になる。そしてさらに秋幸は、この想像に続けて、「郁男を殺したと思ってきた」者として、自己規定する。ここで秋幸も、法的に裁かれない想像上の郁男と同じ位相に並ぶ。秋幸は郁男殺しによって、法的処置の対象となる殺人になり得ない、殺人の罪を抱えた者として自己規定したことになるからだ。事実としての郁男の自死を、秋幸が「郁男を殺した」こととして想像しても、それが犯罪として裁かれることはない。ここで秋幸は郁男を、いかにも償却されない負債として想像するのだ。

そしてまた、秋幸はこのような郁男を直視して来なかったことと、そしてそれゆえ秋幸自身が、「郁男を殺した」という思いを疎外してきたこととを重ねているようだ。それは、龍造の体に似て成長していくことを「人殺しの体」になることとみていた「秋幸自身」を、秋幸が「おびえ」たということからうかがえる。その容貌が龍造に似る、という現実への「おびえ」のなかで、《郁男の自死＝郁男による秋幸の殺害＝秋幸による郁男の殺害》という等号について、思考することを排除してきた秋幸が、秋幸自身の想像によって、これまでの秋幸として炙り出されてくるのだ。つまり、母系親族を含む「路地」の人びとの語りを裏づけるように、その語りが表象する龍造のような「体」になることへの「おびえ」が、郁男との個的な関係を疎外してきた、という図式が、山中の秋幸において生じている。この「おびえ」とともに、龍造への憎悪を向け、龍造を否定しようとしたことで、女たちが語る「殺し」とは異なる「殺し」の認識《郁男の自死＝郁男による秋幸の殺害＝秋幸による郁男の殺害》を得ることがなかった秋幸が、ここで浮き彫りになる、ということだ。
秋幸には、「路地の私生児」として新生すること――郁男を真の負債とすること――のために、龍造を観る方法の更新が必要となる。次の引用を、その端緒とみよう。ここから、龍造への憎悪において、彼を「嘆かせ、苦しめる」とし、そして、龍造の欲望を「妄想」や「架空」としたことを、秋幸が解除するプロセスをたどることができる。

浜村孫一は、枯木灘から山道を這うようにして下りて来た。それは男のつくり出した熱病だった。いや、この土地の路地の者らと同じように、有馬の者らが、枯木灘から本宮へ、本宮から海があり光がありたがやすにも畑があり、物を売るにも人がいる土地へ下りて来た事を言い伝えた神話だった。だが、その男は、信じた。正史が織田信長の軍に滅ぼされたとあるのに、手勢をつれ浜村孫一は片目片脚となり、川を渡りさらに山を越え、有馬の里に下りた、と言った。浜村孫一終焉の地の碑を建てたその男は、秋幸がさと子との秘密を言うと、「かまん、かまん」と言った。「アホができてもかまん」秀雄が秋幸に殺されたと知って、男はどう言うだろう。秋幸は男が怒り狂い、秋幸を産ませ、さと子を孕ませ、秀雄を産ませた自分の性器を断ち切る姿を想像した。有馬の地に建てた遠つ祖浜村孫一の石碑を打ち壊す。息が苦しかった。蟬が耳をつんざくように鳴った。梢の葉一枚一枚が白い葉裏を見せて震えた。／秋幸は大地にひれふし、許しを乞うてもよかった。

秋幸は龍造の語った「伝説」について、「路地の者らと同じように、有馬の者らが、枯木灘から本宮へ、本宮から海があり光がありたがやすにも畑があ」る「土地へ下りて来た事を言い伝えた神話」であると言い換える。《路地の物語》がそうであるように、龍造の「伝説」はここで、「架空」でも「妄想」でもなくなる。それは、「路地の者らと同じように」、「有馬の者ら」が語り継いだ「神話」であり、「路地の者」らと龍造は、「神話」を語る欲望の次元での換喩的関係において接続するのだ。そうであればここで、「さと子との秘密」を受け「アホができてもかまん」とした龍造の言葉もまた、美恵や母の語りの背景にある、「死んだんと同じくらいまた生まれる」という「路地」の理念に共振しているもののように響いてくる。よって、引用にあるように、秀雄殺害の報を受けた龍造が「怒り狂」って、「遠つ祖浜村孫一の石碑を打ち壊す」だろうという想像が、秋幸の苦嘆とともに示されることは、龍造の欲望を読み損ねるとともに、「路地」の者と龍造の近さを読み損ねた秋幸を浮き彫りにするだろう。そうであるからこそ『枯木灘』は、この換喩的関係における近さを不可視化し、「路地」と「有馬」を、排他的関係に至らしめた「路地」の語りの暴力性をあぶり出していると考えられる。

「母さんは気落ちしてないの。人が後指さしたりするやろけど、秋幸がわなにひっかかったようなもんやから。心配せいでもええよ。気の弱い美恵さえ、秋幸は悪りことないと言うとるんやから」フサはそう言ったのだった。

「秋幸はわなにひっかかった」というフサ、「秋幸は悪りことないと言う」美恵の配慮は、秀雄殺害以後の秋幸の思考と、とても切り結ぶものではない。「竹原」と「路地」の女二人は、龍造の「わな」を言挙げながら、秋幸を守り続ける。その配慮こそ、「路地」の排他性と結託し、《他者》との近さを見失わせる。あらためて、このような、女たちの語りが問題化されなければならないだろう。しかしもはや、『枯木灘』にそれを問うことはできない。

ただ、ここで、「路地の私生児」になる秋幸にとって負債としての郁男は、どのような存在であると言えるのか、これだけはまとめておくことができるだろう。それは、G・ドゥルーズが『差異と反復』で述べた〈根底〉そのものであるようにみえる。〈すべての形式よりも深いところ〉で遂行される〈個体化そのもの〉を、〈ある純粋な根底から切り離しえないもの〉としてみせる〈個体化〉のパフォーマティビティを踏まえ、ドゥルーズは、〈根底〉を次のように述べる。

この根底は、そして、それが惹起する恐怖と同時に魅力は、筆舌に尽くしがたいものだ。根底を揺り動かすことは、鈍麻した意志の混迷の諸契機におけるもっとも危険な仕事であるが、しかしもっとも魅力的な仕事でもある。なぜなら、この根底は、個体とともに、表面に浮上するにせよ、形式あるいは形象をそなえることはないからだ。根底はそこにあって、目などあるはずがないのに、私たちをじっと見据えている。個体は、根底から際立つが、しかし根底は、個体から際立たず、その根底と縁を絶つ個体と縁を結び続ける。根底は未規定なものであるが、ちょうど靴に対する地面のように、規定を抱擁し支え続ける限りにおいて、未規定なものなのである。[*7]

「路地の私生児」にとって、龍造と「路地」との対立、その二元性に規定される〈法〉に先立つ〈根底〉として、自死した郁男は位置づけられる。みたように、秋幸の罪とともに郁男の罪も、法では裁けず、それを負債とするしかない秋幸が、「路地の私生児」になる。繰り返せば、「路地の私生児」とは、「路地」の《直系》として語られる郁男を否認することで生じる主格であり、この主格を得るための想像において、決して償却され得ない罪を郁男に対して秋幸が負う回路を成し、そしてそこに、自死した郁男が、秋幸に対して決して償却され得ない罪を負う回路を召喚する者として浮かび上がってくる。死者の負債を想像することで死者を苛む。しかしその苛みは自らにも向けられる。この意味において自死した郁男とは、秋幸が〈すべての形式よりも深いところでことにあたる個体化〉することにとって、すなわち「路地の私生児」となる過程で切り離すことのできない〈根底〉である。秋幸の〈個体化〉から際立つことのない〈根底〉としての自死した郁男、という関係を踏まえても、郁男のみならず秋幸を語る女たちの語りの形式が問題になってくる。それは、〈純粋な根底〉を規定しようと一方的に可視化する〈形式〉である。もちろん、〈根底〉を可視化し、規定しようとする〈形式〉を、だからと言って退けることは、もはや不可能だろう。この後の論考に備えて問題を限定しておこう。その問題とは、この〈形式〉を成り立たせる《物語》の欲望の所在ということになる。[*8]

＊

ここで次章で検討する、『紀州　木の国・根の国物語』を読む視点を提示しておきたい。それは、モノ〈根底〉について語る「形式」としての《物語》が、いかにして、〈根底〉としてのモノと連関しているかを問い、そしてその〈根底〉との〈縁〉を絶ちながら〈結び続け〉られる出来事として小説を〈書く〉ことの模索を刻印するものである。『枯木灘』の秋幸と《物語》との関係から生じた課題を、『紀州　木の国・根の国物語』の話者である「私」と「語り物」の課題として捉え、読み解いていきたい。

**注**

＊1　蓮實重彥『小説から遠く離れて』（日本文藝社、一九八九・四）
＊2　中上健次『枯木灘』河出書房新社、一九七七・五（初出：『文藝』一九七六・一〇〜一九七七・三）（引用：『中上健次全集5』集英社、一九九五・五）
＊3　エチエンヌ・バリバール「市民主体」（松葉祥一訳／ジャン=リュック・ナンシー編、港道隆・鵜飼哲ほか訳『主体の後に誰が来るのか？』（現代企画室、一九九六・三））
＊4　渡部直己『中上健次論　愛しさについて』（河出書房新社、一九九六・四）
＊5　＊注3に同じ

＊6　たとえば三浦雅士氏をはじめ、『枯木灘』を秋幸と父との関係に特化して読む場合、次のように兄との関係が処理されてしまうことになる。〈郁男と秋幸の関係は秋幸と秀雄の関係である。秋幸の秀雄殺害はしたがって二重三重の意味を帯びざるを得ない。それは郁男の殺意の反復であり、自殺の反復である。だが、この殺人のもっとも大きい意味は、それによって秋幸が郁男のみならず龍造に一致するということだ。〉（三浦雅士「中上健次または物語の発生」（『主体の変容』中央公論社、一九八二・一二））〈郁男の殺意の反復〉であり〈自殺の反復〉であるとはいったいどういうことなのか。〈反復〉を可能にし、また〈反復〉によって生じる、決定的な差異が重要であろう。殺意をもって自死した者の生を〈反復〉したと自覚する秋幸にとって、〈反復〉を可能にする差異を確保することが困難だったのであり、その困難を抜けて遂行される〈反復〉が、さらに郁男と秋幸の関係をどのように成り立たせたのか。このことを、本稿は検討した。

＊7　G・ドゥルーズ『差異と反復　下巻』（財津理訳、河出書房新社、二〇〇七・一〇）

＊8　例えば、『枯木灘』を〈近代小説としての「父系一族」一般への戦いとしても読めるその物語が、この不意の殺人によって、物語そのものへの戦闘という新たな局面を獲得〉し、〈「母系一族」と「父系一族」とがともに親しく説話的要素となって語りつがれる物語そのものへの、秋幸の孤独な敗北の物語へと変質した〉と述べる蓮實重彦氏の論考（「中上健次論—物語と文学」『小説論＝批評論』青土社、一九八一、一二）と、本章が導いた課題は親和性を持つ。しかし蓮實氏の論考では、〈物語そのものへの戦闘〉が必然化される筋道は、あくまで〈父〉との関係に規定されており、〈戦闘〉という言葉に象徴的なように、父に対する秋幸の憎悪を横滑りさせた、〈物語〉との抗争が問題化される。ゆえに、本稿で論じたように、自死した兄との関係変成のなかでこそ浮上した〈物語〉との関係はみえにくい。そしてこの成り立ちについて検討したことで、本稿は、〈説話的要素となって語りつがれる物語そのものへの、秋幸の孤独な敗北〉という指摘も解除した。〈孤独な敗北〉と規定するのではなく、〈母系一族〉と〈父系一族〉が把持する〈物語〉の欲望を露呈させて、その欲望において近接する両者が、排他的関係にあることと秋幸の関わりを問題化したからである。

# 第三章　《交感》の実践を／として書くこと――『紀州　木の国・根の国物語』

# 1　《被差別部落民》という主体

本章は、『紀州　木の国・根の国物語』[*1]（以下『紀州』と略記）における、視点人物の「私」と《被差別者》との関係に焦点を据え、《被差別者》の「語り物」、「語り言葉」、そして「語り」が、「小説」、「書く行為」にもたらす作用そのものを検討するものである。

『朝日ジャーナル』に「ルポルタージュ　紀州／木の国・根の国物語」として連載された本作を、須賀真以子氏は〈「語り書く」ことの困難に突き当たる経緯を描いたルポルタージュ〉とした。この〈ルポルタージュ〉が指し示す〈困難〉は、自らの〈「物語」の中に入り込んだ私〉が、その〈「物語」を「破綻するに任せられ」た〉事態に示現するとされる。[*2]本章は、この〈ルポルタージュ〉の性質を踏まえて『紀州』を分析するものだ。が、この〈「物語」の中に入り込んだ「私」〉とはいったいどのような存在か、また、須賀氏に〈破綻〉と言って済ませられることができるのかどうかをあらためて検証したい。この検証はまた、差別論を導入して、《被差別者》との相関関係から「私」について指摘した絓秀実氏の論考を、一歩進めることを目標とするものでもある。

絓秀実「性の隠喩、その拒絶―中上健次論」[*3]は、『紀州』「序章」で示される「性の隠喩」による思考に着目し、それが紀州（紀伊半島）を、〈日本という国民国家を異化する〉目的を持つもののようにも一見みえるところから、〈オリエンタリズム〉に近接する危険性を指摘し、その上で『紀州』が、これをいかに〈否認〉するのかを論証した。

絓氏はそこで、『紀州』後半部の「私は、自分が被差別部落とは何なのか、差別、被差別とは何なのか、何ひとつ分らないのに思い至る」点に着目することで、「差別」＝「性」の事実や現実が、〈抑圧〉された〈秘密〉として合理化されるものではなく、〈非合理な〉〈意味を欠いた記号〉として〈私〉に現前していることを指摘した。「差別＝性」が、〈抑圧〉された〈秘密〉として合理的に説明できないものとされているという指摘について異論はない。ただし、ここで批判的に捉えたいのは、「差別」ないしは「性」を「非合理な」「意味を欠いた記号」とすることである。確かに『紀州』最終章の「天王寺」篇で「私」は、「差別＝性」とすることで「差別という言葉」に「意味はない」と断言する。しかしそもそも、「私」はなぜ「差別＝性」としえたのか、そして「差別」と「性」は、どのようなプロセスを経て等号で結ばれることになったのか、そして、それを等号で結び得ることが、〈「私」が「小説」を書く行為〉をどう規定することになったのか。

絓氏の指摘を支えるのは、『紀州』で「被差別部落民」がそのイメージを〈拡散〉されていること、そしてその表象に即して「私」も、〈積極的に分裂〉しているという分析である。この〈拡散〉と〈分裂〉の相互関係に踏み込み、〈分裂〉する主体としての「私」の内実を定める検討を行いたい。これは、『紀州』が「私」を、いかなる《書く主体》へと導くのか、という問題にもつながる。

では、問いをもう少し具体的にするために、ここで、『紀州』連載に先立つ一九七七年、野間宏、安岡章太郎と中上が行った鼎談「差別　その根源を問う」における中上の発言を参照しておこう。

「部落」というのを、部落共同体というものだけとすると、しようがないことだとは思いますね。小説の場合は、政治家や思想家と違って、人はたんに理想だけでは生きられない、というのを見ることが最初なんですが、パッシングの問題は、その人の生活がかかっているし、しようがないと思います。ぼくはこの日本でそんなところまで見つめたい。［……］差別の芽は単に白・黒はっきりさせるというものだけでなくて、もっと内側にある。つまりパスする人間にもあるし、パスしない人間にもあるし、それからパスしようと思う外側にもあるというように、三つあるという感じなんですね。だから本当にそれこそ貴種流離譚、堂々めぐりみたいですね。[*4]

「パッシング」という用語がキーワードである。

それは、「差別され抑圧されているから、なお差別からも抑圧からも自由である」という、中上の「気持」が照らし出す《被差別部落民》の様態であり、また、日本社会で《被差別部落民》が「人」=「市民」として生きることの実現をもって「人間を解放する」ことを目指した「部落解放運動」言説に抗って示される生の様式である。それゆえ、「パッシング」とは、《被差別部落民》であるとカムアウトすることに対置される状態でありながら、出自の隠蔽を助長するものでもない。中上はここで、出自を認めた上で「パッシング」を選択する者に着目し、「パスする人間」、「パスしない人間」、「パスしようと思う外側」という人間の分類そのものと、「差別の芽」との関係を「見つめ」ようとしているからだ。それは、「差別され、抑圧されている」社会的条件に《生》を基礎づけられる者こそ「差別からも抑圧からも自由である」とし、「パス」を遂行する行為そのものに担保される「自由」、そしてまた、「パスしようとする外側」、――移住先の社会の内実――を吟味する射程とともに、退転と移住、定着のあいだを浮動する「パッシング」の「自由」を思考することを含意する。

カムアウトを経て「市民」となる主体ではなく、「部落民」というカテゴリーを求める「市民」の欲望に呼応しない「パッシング」のさなかにうまれる主体――「市民」と「部落民」との狭間にある主体――に焦点をあて、市民社会の「差別の芽」の発生を解読する覚悟がここにある。もちろん、この「差別の芽」をあぶり出す浮動性の解読は、この浮動性において《書くこと》の模索と重なる。ただ、鼎談で示されるのは、この覚悟までだ。

中上によれば、「支配」の最終段階に「文化」「支配」がある。ならば、この局面で、「差別され抑圧されている」者の「パッシング」は、いかなる「自由」――浮動性――を開くか。これがまさに、『紀州』に響く問いである。そしてこの問いに即す「私」の特異性を、本章では明らかにしたい。

ではまず、「私」における、「被差別者」の語る「語り物」解釈のありようからみていきたい。

## 2　「私」と《語り物》との出遭い

「ねずみ浄土の話」という伝承に、「私」が遭遇したことを伝える「古座」篇の直後、「和深」篇で行われる「私」の語り物解釈にみられる、限界を指摘することから始めよう。

古座の土地で紹介した「キンジニヤニヤ」、この南紀地方に伝わるねずみ浄土の話を思い出す。つまり、ねずみにしてみれば、猫にも、猫の声の真似をした欲深ジイさんにも、何ら対抗する方法はないのだ。ただ、「そこらきっぺんまっくれ返れ」と呪文をとなえ、世界を闇にもどすだけである。（「和深」）

伝承に登場するねずみ、強者（「猫」や「欲深ジイさん」）に「対抗」する「ねずみ」は、土着の「ねずみ浄土」伝承の語り手とアレゴリカルな存在である。ここで、その「話」は、現実的な「対抗」をあきらめさせられた圧倒的弱者から強者に向けられる、「世界を闇にもど」そうとする想像力の表象とされる。「世界を闇にもどす力」を持つ「呪文」に「対抗」性を意味づけることは、端的に言って、「対抗する方法」を持たない者の物語行為を、無自覚的に称揚する危険性をはらんでいる。

人斬り谷を、ヒトキリダニとは誰もが発音する。だが、文字を持たない者が、ヒトキリダニを人斬り谷と文字を想い浮かべられるはずがない。それをヒトキンタニ、と聞き、そう語りつたえる。［……］「シタニー」をワーッと聞くのと同じ、その聴力である。その想像力である。／人斬り谷をヒトキリダニというより、ヒトキンタニと言う方が、人を斬る魂を、五感を持った人を人が斬る行為を存分に表していると想わないだろうか。（「和深」）

ここでは、「文字を持たない者」の「聴力」や「想像力」に由来する《語り》が、その対抗性を再現する力において「文字」再現よりも優位とされる。これは、「ヒトキリダニ」を「人斬り谷」と文字変換できるコードに拠るからこそ見出されるものだが、これに「私」は自覚的でない。「ヒトキンタニ」という表現が、「人を斬る魂」や「五感を持った人を人が斬る行為を存分に表」す魅力は、「文字」に身を浸す者だからこそ発見される。この箇所は、「私」のオリエンタリズム（註）を証かすものに他ならないだろう。

しかし、この後に続く「私」の紀州周遊は、《語り》がなぜ《語り》としてあるのか、その土壌に潜む何かを問うものである。たとえば、「貴種流離譚」の構造を持つと言われる「雑賀党」伝説と、真宗を信仰する人びとの心情の結びつきにこだわりながら、《語り》を生む心性が問われる箇所をみよう。

すさびという土地にしがみつくように人が住むために、他力本願たる浄土真宗と、浄土真宗と共に闘い滅びた雑賀党落人伝説が生み出される。［……］他力本願、それが分らない。［……］その他力とは、自然という悪も善も、一切合財を含み、包むもののことではないのか。私はそう思い当たった。だが、それなら、バケツを持って米をもらいに廻った毛坊主の宗教心と、テラを仏願寺の分寺だという和深の人らの宗教心を思い起こし、その他力を問いたいのである。（「日置」）

「すさびという土地にしがみつくように人が住むため」に求められた「他力本願」の思想が、「伝説」を維持する基盤だと「私」は考える。しかし「私」は、真宗の教義にみられる「他力本願」と、継承される「伝説」との関わりが「分らない」。ゆえに「私」は、「体系化された宗教と、いま土から生み出された宗教との軋み、あるいは、その馴致の過程」を解きほぐそうとする。それは、真宗の教義に拠る「他力本願」という言葉に切り縮められてしまった、「他力」への志向――「悪も善」も含む「一切合切」に結びつこうとする志向――や、本寺との非階層的関係にある共同体に根づく「宗教心」そのものへのまなざしをつくる。その「宗教心」と「語られた物」との補完関係は、新宮「浮島」の「おいの伝説」に見出されることになる。

「おいの伝説」は蛇が男の身に姿を変えているが、「蛇性の淫」では女である。追う者、出所不明の土地の者。追われるもの、外来の身元確実の者。そういうパターンが抽出できる。／地霊のように見えるものが出所不明であり外来の者が身元確かなのである。それをテラ、寺と置き換えてみてもよい。その和深のテラを、いま、和深の人が仏願寺と言い、住職は事もなげに布教所という。〔……〕いま、浄土真宗の仏願寺がこれを布教所とは、面白い。（「日置」）

「体系化された宗教と、いま土から生み出された宗教との軋み」の枠組を補助線として、先の「宗教心」と「語り物」の関係を整理する。

和深の人は、共同体の聖域を「分寺」とし、本寺の権威を借りてその聖性を可視化する。住職には「布教所」とされる「分寺」である。もともと共同体の聖域であった場所を、領略の観点で捉える住職に対し、「テラ」という呼称を与える「和深の人」は、「身元確かな」外来の普遍宗教を排除するのではなく、その外来の言葉を徴用して領域を聖化する。このような表現によって人びとが、領略の拠点とされる――「布教所」とされる――権力関係に内在して語ることが「私」には「面白い」。そしてこの人びとの「心情」は、「すさび」と呼ばれた場所を「すさみ」と呼ぶようになる人びとの「人為的な加工」や「語呂あわせ」の志向と重ねられる。この「物の変転と連想が、幾つもある落人伝説や貴種流離譚を支える人びとの実感であり、心情」そのものである。この「心情」は、「布教所」と呼ばれると「知ってでもなお」「テラ」と呼ぶ「心情」と等しい。そして、この「物の変転と連想」に伴う「苦痛」が分節される。

「[……]水の出ない時分に、井戸とちがうボウルみたいなやつにためといてな、それをすくったん。水がきれいでええと言うて。[……]」彼女の語るのは貧の中の幸というものである。水をくむこと、火をたいて食事をつくることも、子供の手には苦痛でないはずがない。[……]彼女の話と胸の十字架のコントラストが面白い。[……]異文化、異種、異宗がその十字架の意味なら、彼女はこの大谷という土地、大谷という自然、いや谷というものが本来持つ奇妙な力を浴びすぎている。[……]化粧も十字架も、自然とくっついてある、自然と溶け合っている身からの昇華だろうか。変幻だろうか。（「朝来」）

ここで「私」は、「貧の中の幸」を語る「娘さん」の《語り》に潜む「苦痛」を予断し、彼女が身につける「化粧」や「十字架」を、「苦痛」と不可分の「身からの昇華」、「変幻」とする。不如意の生活に滲む「苦痛」の「変幻」を凝縮する「化粧」や「十字架」は、「自然」との化学反応を起こした「異文化」・「異宗」の結晶である。「十字架」は、彼女に「苦痛」を強いる生活と、「異文化」、「異宗」との狭間における「軋み」を示現する。

この「軋み」は、「周参見」篇で示された、真宗という「外来」の宗教に裏づけられる「宗教心」と、共同体レベルで醸成される「宗教心」との「軋み」の変奏である。したがって「十字架」は、「テラ」という言葉と等しい。そして、この「テラ」――「十字架」――「軋み」こそ、「小説」そのものである、と「私」は言う。

「私」は、バイオリンの弦の生産工場の「腐肉のにおいの中」、馬の毛を「抜き取りそろえ」る青年を見て、その「毛に何匹ものアブがたかって」いることに「衝撃」を受ける。その「衝撃」は「私」の「日本的自然の根っこ」への「畏怖」によると言うが、その表現では「衝撃の意味」は充分に伝えられないという。そして「私」は、「衝撃」を与えた「物」を「小説」と言う。「小説」とは「物語や、劇からふきこぼれてしまう物」であり、「ハケや歯ぶらしという商品」やバイオリンの弦の「みにくい」「実体」と等しい。「物」とは、「音楽」という「商品」に見えなくされる、「毛」と「手」が触れる瞬間の「苦痛」そのものである。この「苦痛」・「ふきこぼれてしまう物」を「小説」とする場合に、問題となってくるのは、「私」の「書き言葉」のあり方である。

「ふきこぼれてしまう物」をみるまなざしは、先述した《語り》の自由さと「苦痛」に支えられた「変幻」の重なりを照らしている。そこに「日本的自然の根っこ」をみつつ、このことに納得しない「私」は、ここでまず、「日本的自然」――「貴と賎、浄化と穢れ」の「還流」――という概念の「根っこ」こそを「軋み」としていること、すなわち「日本的自然」の構図を支える余剰（外部）をみていることになる。したがって「私」には、この余剰をいかに示し得る「書き言葉」が可能かという問いが起こるだろう。以下に、その不可能性に逢着してしまう軌跡を辿り、その問題の射程を確認しておく。

「私」はたとえば、「皆ノ川」篇で示された皆ノ川コンミューンの指導者に「神話的人物」・「スサノヲノミコト」のような聖性と貴種性を見出すことを「小説家としての病」とし、「一層鮮明」に見える「日本的自然」を「はっきりと言う」ことへの「こだわり」を言明する（「尾呂志」篇）。これは、不如意の生活を強いられる山中の人びとを、

「日本的自然」の構造に還元して記述することを慎むこと、さらに言えば「ふきこぼれてしまう物」や「変幻」を、「貴と賎」、「浄化と穢れ」の「還流」構造に還元することを留保する事態である。

この「こだわり」の端緒は、もともと「本宮」篇にみられる。「楊枝の薬師」の「由来書」を引用した「私」は、これを「都という権力」が文化を「集約」した結果とみた。それは、「三十三間堂の霊験の由来に、熊野が出てくる」事実を書き残すものだ。ここで「私」は、「貴」種の管轄にある「由来書」に、熊野の「楊」の木が病を治癒する霊験が書き記されたことそのもの、つまり、貴種が「日本的自然」を採用することで、それを「由来書」に所有する事態を問題としている。「還流」、すなわち「貴」と「賎」の相互浸透が支える「日本的自然」こそ「貴」種が所有し、温存してきた、ということだ。

「日本的自然」を言うことへの「こだわり」は、「貴」と「賎」の非対称的関係に拠る制度のなかで、「日本的自然」が「変幻」の「自由」を奪うものであったことを浮き彫りにする。では、「変幻」を担保する「自由」はどこにあるか。「尾呂志」篇に登場する、伝説上の大男・ヒコソをめぐる思考をみる。

「私」は、「伝説の構造をよく踏まえ」た「ヒコソ」が、「貴種がただ襤褸の身」に反転しただけではなく、彼が「知性」を持ち、「背が高く、力が強く度胸があり腕が立つマスラヲの典型のような男」として語られる事実をもとに、彼を「呪術者と悪鬼、悪霊と読む方法はどうだろうか?」と述べる。

「私」は「ヒコソ」を、「貴種」→「襤褸」という身分の転倒に基づく形象ではなく、「還流」の余剰として「ふきこぼれる」「知」や悪を産出する媒介としてみている。だからこそ「ヒコソ」は、「還流」構造に内在して語る者が、「還流」構造に還元されないで「変幻」する潜勢力を活性化するものとして位置づけられると言えるだろう。そして、この潜勢力と「自由」の接続を担保するものが、語り継がれる「里の中心」で「過疎の里を支え、老人たちを抱きかかえる」ように存在していることそのものに見出される。すなわち、《語り》を行う必然性を持つ「過疎の里」の生活以外に、「ヒコソ」を成り立たす条件はない、ということに「私」は気づく。このとき、「私」は「還流」構造という〈形式〉に還元されえない余剰を《書く》ことの限界に逢着するのだ。

民話は同時に神話的でもある。何人、何百人の手が入り、何百年も折々に話されて、手を加えられてきた故に、幾つものテーマを読み取る事は可能である。大男が山仕事をしているとあるのは、単に材木を伐ったり枝を払ったりする山仕事ではなく、山の仕事、山を守護したりする仕事の謂であろう。山に守られて老婆も大男もいるが、山を守ってもいる。〔……〕山は、単に風景というには大きすぎる。言葉が間尺に合わない。（「尾鷲」）

「民話が神話的でもある」という文言が指し示すことは何か。それは「民話」が、「何百年」という巨大な時間のなかで「何百人」にも加工された方法によって、語られる「大男」と現実の「老人」たちとのあいだに、虚実の次元を超えた共同性を付着させる言説となったことである。この言説を読み、その言説を成す場に分け入ろうとするとき、「私」の「言葉が間尺に合わない」。つまり「私」は、この語る者と語られる者の外部にあって、測り知れない余剰に支えられる《語り》の潜勢力を生む場所を、コード化する微弱な「言葉」しか持ち得ぬのだ。

だからこそ「私」は、《書く》「私」と、「私」に書かれる人間との関係を対象化せざるを得ない。それは、書かれる人間を対象化したように、《書く》「私」を対象化するまなざしの検証を不可欠とする。山中の人びととヒコソのように、「私」と山中の人びとが関われるのかどうか。この関わりの模索こそ、「山」に合わせた「言葉」の「間尺」を模索することと重なるのはいうまでもない。ここから、『紀州』において、《語り》の主体は《被差別者》と限定され、「私」の《他者》とされる存在との関係が問われることになる。『紀州』は、「山」の「間尺」に合う「私」の言葉を、どのように導く軌跡をつくり出すだろうか。

## 3 《被差別者》のパッシングをめぐる思考と、《物語》を語る資格の模索

「私」がまず、「物語」の話型――「貴種流離譚」――を語る者の資格を精査しようとする箇所をみよう（「有馬」篇）。そこでは、「伝承の構造なり貴種流離譚の生成の構造」を指し示す、明治初期に活躍した政治家、星亨の出自をめぐる挿話が、出自をめぐる「架空の物語」にすぎないこと、他方「差別、被差別なる文脈」においたとき、それが「切って血の出る話」になるとされる。「切って血の出る話」とは何か。

この定義の根拠は、被差別部落に出自を持つ女性が何度も転籍を繰返したエピソードに置かれる。「私」はその女性が何度も転籍を繰り返すことの背景に、「簡単には差別から抜け出」せない「日本社会」で「被差別者であるとの烙印をわれとわが腹の子からぬぐいとろうとする努力」を見出し、「切って血の出る物語を経過しているのであるなら、パスする、通り過ぎて素知らぬ顔で暮らしてもよい、と思」う。「架空の物語」とはならない「貴種流離譚」を語る資格が、この「努力」を通過し「素知らぬ顔」で生きる者に見出されようとする。

では、「架空の物語」と対比される、「切って血の出る話」とは何か。身分の転倒に終始するものが「架空の物語」であるならば、この《物語》は、《語り》の主体である《被差別者》に、「貴」種の変成という自覚を持たせ、その想像的転倒を出自の肯定に寄与させるものである。ならば逆に、「切って血の出る物語」は、出自の否認を反復し、そのつど、社会の構成員として「素知らぬ顔」をすることに脅えながらまた転籍を行い……、というように、出自を否認する痛みを累積し、市民の擬態を生きる苦痛を源泉とする体系となろう。「切って血の出る物語」は、出自に由来する生活の不如意を癒す「架空」と異なり、転籍の軌跡を記憶し、新生活の場の構成員に「なりすまし」た生の様式から発生するものである。

ところで、この「切って血の出る話」とは、本章冒頭で示した、「市民」と「部落民」との狭間にある「パッシング」の主体のものとして措定されていると言える。ここで再び、「パッシング」をめぐる安岡章太郎と野間宏の発言、そして中上の発言を再び参照しよう。なぜ、「私」は「切って血の出る物語」に着目しているのか。

『紀州』の連載誌であった『朝日ジャーナル』では、中上に連載のきっかけを与えた鼎談「差別　その根源を問う」が、中上の『紀州』連載時にも継続されている。そこで安岡は、[*5]被差別部落在住者の「パスしたい気持ち」とは、「差別されているという事実を否定したいような気持ち」であるとし、「被差別部落」の人びとが「それを突き抜け」、「自分たちのアイデンティティをはっきり自分たちの部落の中に持とうという意思」を現し始めていることを肯定的に捉えた。そして野間は、その「意思」こそ「誇り」だとしている。

『紀州』の「私」――中上――は、「パスしたい気持ち」、「差別されているという事実を否定したい気持ち」を「突き抜け」ることを肯定しない。肯定しないことは、次のような問いを可能にするだろう。安岡や野間が指摘するように、「自分たちのアイデンティティをはっきり自分たちの部落の中に持とうという意思」を誇るべき事態とすることとの距離をとり、突き抜けずに生き続ける者を想定すれば、なぜ「事実」を「否定」したい「気持ち」が生まれるのか、それを生みだす仕組みとは何か、ということが問えるのである。それはまさに、「パッシング」の主体を生み出す構造を「解き明か」す問いであり、「還流」構造を支える力の源泉を射程に入れるものである。この強度ゆえに、「私」が「私」自身のポジションを問うことも強いられる。「私」は、明らかに《被差別部落民》が「パスしようと思う外側」に在り、「小説家」として「言葉」を持ち、その特権とともに「旅をしている」。この存在が問われずに、どうして「切って血の出る話」を見出し、それに価値を与えることができるのか。

「切って血の出る」話に触れた「私」が、《書く》「私」への問いにおいて、いかなる思考を展開していくのかをみよう。

車を朝熊の山上へ走らせながら私は、一体、何の為に妻子をおいて旅をしているのだろうか、と思う。今、私に、生活はない。あるのは言葉だけだ。コトノハだけだ。言葉によって地霊と話し、言葉によって頼すりよせ地霊と交感し、私は傷ついた地霊を慰藉しようとも思う。私は［……］小説という本来生きている者の死んだ者の魂鎮めの一様式を、現代作家として十全に体現する者であらんと思うが、この地では逆に、言葉を持つ事がおごりに映る。（「伊勢」）

「「天皇」の言葉による統治」の拠点とされる「伊勢」に、「書き言葉」を持って「私」が踏み込むことは「おごり」である。「土地」の「地霊と交感し」、「地霊を慰藉」することが「小説家」の役割だと思う「私」には、その「交感」や「慰藉」のために、その「土地」に「「天皇」の言葉」を逆輸入し、用いることは許されない転倒である。この違和はさらに、「生活」と離れた旅のなかで、「生活」と切り離された「言葉」を吐く「私」を照らし出してしまう。土地との交わりを不可欠とし、しかし「生活」を持たない「旅」のなかで、「私」の「言葉」はどうあればよいか。例えば「私」は、「天皇の言葉」によって、草と「名づけられた言葉」により、「草の本質」を「統治」することを、いかに拒む「言葉」を紡げるか、と問う。

では「天皇」のシンタクスを離れて、草とは何なのだろう。そう考えながらも、私にてやんでえ、という無頼が片方にある。草は草だ。だがしかし、それは逃げる事でしかない。［……］もし、私が「天皇」の言葉による統治を拒むなら、この書き記された厖大なコトノハの国の言葉ではなく、別の、異貌の言葉を持ってこなければならない。［……］賎民らの文化、芸能であった説経節や世阿弥の謡曲、能は、「天皇」の書き言葉による統括を離れた神話作用があると見てさしつかえない。説経節が、謡曲が、神と乞食、天皇と賎民の間を深く揺れるのは、語ることによってシンタクスから解かれてある自由さによる。ここでも私は絶句する。書くことの毒、書き言葉の毒に私は侵されすぎている。（「伊勢」）

「「天皇」の言葉による統治を拒む」ために「異貌の言葉を持ってく」ることとは、「賤民らの文化」に「統治を拒む」「神話作用がある」との直観に支えられる。先に確認したように、「神話」はその生成を支える共同性の位相から捉えられており、「神話作用」において「統治を拒む」ことは、単に「統治」を排除することを意味しない。したがって、「説経節」や「謡曲」のように、「神と乞食」、「天皇と賤民の間を深く揺れる」振れ幅のなかに生じる「異貌の言葉」は、「書き言葉」を「統治する」「「天皇」」の排除を条件とせず、「天皇」を「神話」を成す共同体のレベルに巻き込み、「統治」のシステムを利用してシステムを腐蝕させる「言葉」として志向される。「シンタクスから解かれてある自由さ」は、「書き言葉」の「統治」者たる「天皇」との排他的関係ではなく、「語る」「言葉」の共同性に「天皇」を関与させることに担保される。こうなれば、「統治」のシステムに内在し、またそれを補強する「私」の「書き言葉」にも、「異貌の言葉」になる余地と可能性は生じる。したがって「私」が直面する問いは、「私」が「賤民らの文化」に巻き込まれる受動性において、どこまで揺さぶられることができるのか、ということになる。

しかし、「私」は「書き言葉の毒」に「侵されすぎている」。巻き込まれることは、どのように可能か。「書き言葉」の「異貌」化を模索する端緒として、まず「私」は、「書き言葉の毒」に「侵されすぎている」例として「治者」の言葉を挙げる（「松阪」篇）。そして、「治者の側」から書かれた松阪市刊行の「被差別部落」関連書籍にみられる「玩物喪志」は、「影の部分、闇の部分を視る事が出来ない」治者が「調査研究を行」い、「日の向こうにある影、光の向こうにある闇が大きく顕在化している」ことを危機として見出す愚を犯しているという認識に至る。

「影」や「闇」を危機とする治者の「書き言葉」が、「影」や「闇」の可視化においてそれを管理——「統治」——し、「影」や「闇」の運動性を縮減する事態こそ、「言葉」の「毒」が「毒」のままに姿をあらわすことである。この「毒」を「毒」のままに吐く「治者は、差別者であり同時に被差別者である神人」たりえない。「闇と光を同時に視る」まなざしを持たず、それゆえ「毒」を「毒」のままに吐き出す。だからこそ翻って問われるのは、「闇と光を同時に視る」まなざしを持ち、また、「毒」を制し、「言葉」の力能を活性化することは、どこでどのように可能なのか、ということである。この回答として「被差別こそが差別する」という原理が導かれることになる。

ということは、被差別は差別するということである。被差別こそが差別しなければならぬ宿命と言い直そうか。この日本では文化、芸能、信仰等において、被差別は差別するというのが一種のテーゼとしてあったはずである。[……]上田秋成が、宣長の治者のイデオロギーを嘲笑した言葉の拠るところが、被差別は差別するというテーゼではなかったろうか、と思った。宣長が秋成の出生の秘密に触れるや、秋成は文化、芸能の絶対的優位を持って、被差別者として差別者を差別したはずである。(「松阪」)

「私」によれば「被差別者が差別する」ことは、まず、「文化、芸能の絶対的優位性を持って」行われる。「絶対的優位性」とは、「深く揺れる」「自由さ」において、「治者のイデオロギー」を「嘲笑」することに示現する。そしてこの「優位性」は、「毒」をもって、「光」と「闇」の境界で「揺れる」ことに担保される。実際的にそれは、「治者」が「出生の秘密に触れる」瞬間を好機として「被差別者」において現勢化しなければならない。「出生の秘密に触れ」られる瞬間を、「異貌の言葉」の発生に転化する瞬間として奪い返すことが、「被差別者は差別する」ことである。この言葉が「パッシング」の生と不可分であることは言うまでもない。

この瞬間のために「被差別者」は、「光」と「闇」とを「同時に視る」まなざしが必要であり、他方で、この瞬間に「私」が立ち、そのまなざしを得ることができれば、「私」は「異貌の言葉」を生む「神話作用」に巻き込まれたことになる。この瞬間は、どのように模索されていくのか。すなわち「私」が、「被差別者が差別する」力に巻き込まれ得る瞬間はどのように導かれるのか。このことを観察することで、冒頭で引用した紝氏が指摘したような、〈分裂〉する主体としての「私」の内実を明らかにすることに繋がる。

## 4 《被差別が差別する力》に巻き込まれること

「私」が古座の人に、古座の「事実」と「ルポルタージュ古座篇」の違いを指摘され、古座を再訪した際の出来事を示す「古座川」篇をみる。そこで「私」は、「書き言葉を持たぬ者の〝批判〟にさらされる義務」を思いながら、「被差別部落の住民」の「糾弾」を予想し、「被差別者が差別する」力を受けようとする。しかしそこでは、「〝事実〟の訂正」しか求められず、「被差別者が差別する」事態を迎えられない。

「私」にとって「糾弾」は、「被差別者」が「私」を「差別」し、「差別者」の「書き言葉」を「異貌の言葉」に再編成する共同作業として予期されていた。しかし「私」は、「〝事実〟の訂正」を求める「優しい」「代表」者たちに「言葉」の「活力」を見出せなかった。「〝事実〟」とは、「光」の側の「言葉」で語られる「歴史」である。

ここで「私」は、「歴史」としての「事実」に「民俗」としての「事実」を対置する。差別用語で示される「空浜」という場所は古座にはもやない、つまり、古座に差別はなくなったという歴史的「〝事実〟」を語る言葉に対して、「川口と海を分けるように架けられる橋ゲタ」そばを「空浜」と呼ぶ、古座出身の「私」の母親の語りを対置するのである。「優しい」「代表」者の「人々にとって空浜という名の浜は存在しないことは確かで」も、「母の一生を視界に入れた言葉の書き手たる息子には空浜はまぎれもなく存在する」。「闇」の側で生きさせられてきた者が、「光」の側を軸とするシステムにおいて、「闇」の言葉を抑圧する事態がここで浮かび上がる。「空浜」などなかったと語る言葉は、「差別事象、差別現象」の有無を基準とする言説に依拠して「民俗」を度外視し、何が差別で何が差別でないのかを決定する「構造的差別」を支えてしまう。中島一夫氏が述べるように、「私」が〈見ようとするのは、あくまで可視的になることでかえって見えなくなってしまう〉、この〈不可視〉の〈差別の構造〉である。[*6] しかし重要なのはこの先である。「私」は、この「構造的差別」を認識するのみならず、この「構造的差別」の「根っこ」に自らを巻き込ませようとするからである。具体的には、この「構造的差別」の「根っこ」に接続して、「私」を「闇」の再編成に介在させることと、「異貌の言葉」の活性化を遂行することとを重ね、それを「書き言葉」に示現させようとする、ということだ。

このために「私」は、「光」に呼応する「私」と「闇」に呼応する「私」とに「私」を分割して思考することになる。[*7]「闇」の側に属す「私」を「事実、事物」に「軟禁」されるものとし、「光」の側に属す存在としての「私」を「事実、事物」を書くものとし、それらが交錯する「私」が描き出される。

事実、事物を眼の前にしていると、一種私は軟禁状態に陥っている事を感じる。小説家として、［……］登場人物の動きに一定の秩序を与える〝神〟だった私が、事実、事物に縛られて在る。私は、話を聴く。事実、事物、或いは事件に出くわす。小説家の私が小説を書くなら、小説化という行為がある故に、その事実、事物をいかようにも変形することが出来る。小説とはゴウマンな行為であった。／この旅は小説という行為を禁じてある。事実、事物の地平に私は立ち、そこから滑空する事はない。（「十津川」）

「小説家」の「私」――「書き言葉」・「光」の側に属す「私」――は、「事実、事物」により「軟禁」される「私」との懸隔を持つ者として指定される。その懸隔は次のような違和感に支えられる。「私」には、「小説家」が「〝神〟」――「治者」――となることを禁ずる「事実、事物」の力が自覚されているのに、「事実、事物」との微妙な距離において、「事実、事物」を魅力あるものとして書く視座と「言葉」を働かせている。これは、「私」を「軟禁」している「事実、事物」の魅力を「変形」し、縮減してしまう「小説家」の限界である。この限界は、「私」が「事実、事物」から「滑空」することの抑圧によって解除されるものだろうが、では、この解除はどのようにもたらされるというのだろうか。

車を走らせながら、風景のひとつひとつにはっきり見ようと思う私もまた、偏向していることに気づく。事実、事物に囚われ事実、事物の地平に軟禁されたまま、と今を認識する私にあるのは、事実、事物への飢えである。つまり私の旅は、軟禁する事実、事物をこそ求める旅なのでもある。（「十津川」）

「旅」は、「私」が初めて出会う「事実、事物に囚われ」、「事実、事物の地平に軟禁され」る「私」を発見させる。そして「旅」は、「軟禁」された「私」に生じる「事実、事物への飢え」に応じて、さらに「私」を「軟禁する事実、事物をこそ求める」者にする。「事実、事物に囚われる」とき、「私」は、「事実、事物」として在る「地平」に置かれつつ、ここでつくられる「飢え」を鎮めるために、またさらに「事実、事物」を求める回路に入る。「私」にとって、「事実、事物」は、決して「飢え」を解消しない。「事実、事物」は、「私」の「飢え」（欲望）をつくり出すと同時に、この欲望を満たす「囚われ」という快楽の地平に「私」を「軟禁」し、そしてまた「飢え」（欲望）をつくる。

この欲望と快楽の癒着を担保する「事実、事物」を《書くこと》こそが、「滑空」を禁止された地平で遂行されなければならない。では、「私」の「旅」は、どうあればよいのか。

風景を眼にしながら走っていると、旅とは何だろうか？　と思う。旅とは、言ってみれば漂泊の身を作為する事でもあると言おうか。では、漂泊とは何だろう。［……］コスモスが咲いている。葉ゲイトウの群生がある。しかし、それとても「きれい」と思っても―浅野」、その風景を形づくる水や樹木や光等自然と、私の交感は始まらない。漂泊とはよい言葉であるが、私は、その時「きれい」だと思う時―浅野」、まだ漂泊の状態にはない。私はその風景に拒まれてあり、同時に私が風景を拒んでいる。（「吉野」）

「旅」とは、「漂泊の身を作為すること」である。そして「私」が《書くこと》は、この「漂泊」そのものでなければならない。「漂泊」とは、「水や樹木や光」といった「事実、事物」との「交感」が生じる場であり、「事実、事物」を「きれい」とする認識のフィルターを通して「事実、事物」を指し示すことを封じることである。したがって「漂泊」は、《事実、事物との交感を擬装すること》を解除し、「旅」にみられる「作為」（擬装）を露呈させ、擬装の欲望を暴く移動になるだろう。たとえばそれは、「葉ゲイトウ」と「私」との「交感」が、「葉ゲイトウ」を「きれい」だとする「私」の「言葉」に対する斥力の磁場となることで、「漂泊」たりえる、という論理を成り立たせる。そしてここで「旅」は「物語」と呼称され、「私」が「漂泊の身」に剥き出されて《書くこと》の可能性に向けて、思考が続けられる。

「漂泊の身を作為する」「旅」は「物語」である。具体的には、「熊野鯖が運ばれる道筋を走って吉野にたどりつく「私」の「道筋そのもの」が「一篇の物語」である。この「物語」は、吉野へ向かう道中に観察した、「根に他の植物を枯らす毒を持つ」「丈高いセイタカアワダチソウ」に擬えられ、「物語」には「差別の毒」がある、という断言が生まれる。どういうことだろうか。これはこのように解釈できるだろう。「物語」の「差別の毒」は、「熊野鯖が運ばれる道筋」という「物語」（「事実、事物」）に「軟禁」される「私」と、それを認知して書くことのできる「私」――前者は「闇」に属す「私」であり、後者は「光」に属す「私」である――の分裂に拠る差異を、「差別」――「交感」する「私」を《書くこと》で抑圧すること――にするものだということである。したがってここからは「交感」を抑圧する「差別の構造」に、「私」の《書くこと》が固定されないことが要請されることになるだろう。そこでは、「交感」と《書くこと》との「差別」の関係を、差異の関係に横滑りさせる思考が求められるはずである。

五条で、朝、道路工事の人夫たちが仕事をしている。その脇の空地に丈高いセイタカアワダチソウが、日を受けて粘るような黄色の花を光らせている。／物語を求めて、吉野・五条に来て、私は、物語の毒に犯されている私自身を見る想いがする。物語とは何だろうか、と思う。もちろん、私の直感は、セイタカアワダチソウのそれである。根に差別の毒を持ち、夜にあわあわと、昼に黄色に光る花を持つ。（「吉野」）

「セイタカアワダチソウ」とは、「夜にあわあわと、昼に黄色に光る花を持つ。」それは「闇」の領域で「あわあわ」と、「光」の領域では「黄色に光る」「花」の名だ。「私」の眼に拠れば、「セイタカアワダチソウ」は「黄色」ゆえに「セイタカアワダチソウ」なのではなく、「夜」に「あわあわ」と光ることも含めて「セイタカアワダチソウ」である。

「黄色」であることも、「あわあわ」と光ることも、「根」の「毒」に育まれる。まず、「毒」が「差別」と言われるのは、「黄色」と「あわあわ」のあいだの序列関係を指し示すだろう。すなわち、「根」の「毒」を思う「私」が見出しているのは、次のようなことだろう。「花」を「黄色」とみるまなざしと、そのまなざしのために「花」を「セイタカアワダチソウ」と呼ぶことが、「あわあわ」という要素を「黄色」の背後に隠す「差別の構造」において、「あわあわ」と「黄色」との差異を還元してしまうということである。「セイタカアワダチソウ」が「あわあわ」と光る様子は、「セイタカアワダチソウ」という言葉の成り立ちとしての「差別の構造」を暴露するモノである同時に、「セイタカアワダチソウ」に対する余剰として位置づけられる。

「あわあわ」と「光る」ことこそ「セイタカアワダチソウ」の余剰、また、「黄色」に依拠してつけられる「セイタカアワダチソウ」という名への斥力を発揮する。「差別の毒」を汲み光る「花」は、「セイタカアワダチソウ」は「黄色」であるという事実に対する斥力を、その「毒」において活性化させる「異貌」の「セイタカアワダチソウ」として示現するものとして浮かび上がる。「セイタカアワダチソウ」の「毒」は、その「花」への名づけに抗う要素として汲み取られている。この「毒」の力の政治的意味が見出される箇所をみておきたい。

「私」は、この「セイタカアワダチソウ」の挿話に続けて、日本の「ムルソー」、「ピエール・リヴィエール」とされる青年のエピソードを語る。彼は、運転免許取得に向け交通規則を学ぶ新宮在住の青年で、その学びによって「混乱」を来たしていると「私」は言う。その「混乱」は、「諸関係から導き出される」「つまずき」であり、「社会的規約(コンベンション)の産物」とされる。「コンベンション」が「薄い」青年は、「草や樹木や岩の混成」する「事実の連なりである風景」の「奥にあるものに過敏に反応」してしまう。青年は「事物の氾濫、アナーキー」に即応するまなざしの持ち主である。その「アナーキー」な視力は、しかしいかなる力か。「ピエール・リヴィエール」を参照しておく。

一九七五年九月、M・フーコー編『ピエール・リヴィエールの犯罪―狂気と理性』[*8]が邦訳出版された。十九世紀フランスで起こった尊属殺人をめぐる裁判書類、犯人の手記などを収集した訴訟記録に、フーコーを含む編者らの論評が寄せられる。

「まえがき」でフーコーは、リヴィエールの手記を、〈話法の対決や戦闘を復元し、権力と知識体系との関係における武器として、攻撃と防禦の兵器〉となる〈話法の働き〉を持つと言う。それは、〈権力と闘争の関係の内部において成立し、機能している〉〈もろもろの話法〉の〈関係を解読させ〉、リヴィエールの〈言説を何とか覆い隠したり、どこかに挿入したり、それに狂人または犯罪者の話法という位置を与えようとする術策の全体をつか〉ませてくれる。リヴィエールの言説は「私」にとって、「光」の言葉と「闇」の言葉との闘争によって、「光」の言葉の権力の成り立ちを、「異貌の言葉」を活性化する契機とする「私」のかっこうのサンプルだと言えよう。さて、また、『ピエール・リヴィエールの犯罪』では、リヴィエールは〈真と偽の証明を提供する〉わけではなく、〈狂気の普遍的「決定不可能性」〉を証し立てるものとされる。この〈決定不可能性〉は、次のような〈間隙〉に担保されるという。

狂人のことばは、そこで、学説の間隙にはまり、その中で罠を怨み、罠の裏をかこうとする。実はこの構造的な間隙において、あらゆる関係、あらゆる共犯関係が結ばれ、そこが避け所となるのであり、リヴィエールの手記はこの間隙の謎めいた表面にほかならない。[*9]

リヴィエールの手記は、リヴィエールを狂人かつ被験者として措定する力学、すなわち、権力に基づく「光」の言葉に〈罠をかけ〉る。その〈罠〉は、〈一方の項から他方の項への、連続的で無限の「旋回」〉の運動に仕掛けられる。リヴィエールとも呼ばれる青年の「アナーキー」な視力を介した「言葉」の異貌化は、この〈間隙〉を起点とする〈旋回〉を度外視しては成り立たない。ここで「私」は、「書き言葉」を用いる「私」と、「私」に似ているはずの青年との差異を踏まえ、「私」にこの〈旋回〉の機会を与えようとする。

「私」は青年の「つまずき」に共感できた。しかし「私」は、「セイタカアワダチソウ」をめぐる思考から青年のことを「思いついた」のだし、その解読格子に即して青年を把握した。結果「私」は、その想起によって、青年の特異な「つまずき」を縮減した。ゆえに「私」は、青年を「物語」に即して把握する「私」の構造的思考と、青年への「私」の共感のあいだにある「大きな亀裂」を踏まえ、「私」に「社会的規約から脱落した者」と「社会的規約に乗り、まさにその規約通りに言葉を使う者」を見出し、「私」の中の「大きな亀裂」を、「異貌の言葉」を産出する〈間隙〉とするべきである。この「亀裂」を源泉とすれば、「社会的規約に乗り、まさにその規約通りに言葉を使う」「私」と、「社会的規約から脱落する」「私」とのあいだを〈旋回〉する「異貌の言葉」も生み出すことができるということになろう。そして、この〈旋回〉こそ、深く揺れる「自由」を担保するだろう。では、「私」は、この〈旋回〉において、いかなる「異貌の言葉」をみせることになるのか。この〈旋回〉は「自浄作業」とされるのだが、この作業に巻き込まれる「私」の「書き言葉」の運動について、最終章「天王寺」篇を対象にして検証してみたい。

## 5　《交感》を再演する「私」を《書くこと》

「天王寺」篇における、高田絹子さんという女性の語りと「私」の関わりをみる。

彼女は、釜ヶ埼にあるバーに二〇年勤め、博突と酒が好きな夫と「物言わず顔が青ざめ」た二〇歳の息子と暮らす。その一つ目の語りは、絹子さんと「私」の「暗黙の了解事項」として「被差別者という事実、事物」があるという前提で、彼女が「被差別者である」ことを天王寺でカムアウトしたことがない、思い出したことがない、という言葉に始まる。

彼女は、「田舎では何やってもわかってしまうけど、ここでは分からん」、「うちなんか何にも言えへん」と言い、天王寺では、自分が誰かを明かす必要がないと言う。これに対して「私」は、「一種身を紛れさせる〈闇〉」で、しかし絹子さんが、「差別・被差別の話」になって「華やいでくる」という。これは何による「華や」ぎなのか。

絹子さんは「被差別者であるという事実、事物」を天王寺では明かさないことを、「西成でそんな事を考えていると生きていけない」という明確な理由で説明する。出自を隠すことを強いる市民社会、そしてこの社会を裏書きするように、カムアウトを抵抗の起点とする《解放運動》のコードからも逸脱する絹子さんにとって、出自は告白すべき秘密ではない。「華や」ぎを秘密が裏づけるという前提でいけば、絹子さんに「華や」ぎを与える秘密は、生きるために出自を明かす必要がなかった、語らなかったことに担保されるものだ。この絹子さんはいったい何か。絹子さんの秘密（欲望）と語り（快楽をもたらす行為と様式）の関係を整理したい。

一般的に欲望は、自分ではない他の誰かに解読されるべき秘密の保持に根拠づけられ、欲望からの解放を導く目標として快楽を設定する。ここで、出自の開示を快楽としない絹子さんは、出自の開示を抑圧しながら、出自の解読を欲望する「社会規約」を否認する者である。つまり、出自の開示による快楽の前提となる秘密（欲望）に有機化されない。この絹子さんに、「私」は「変幻」と「華や」ぎをみる。

「私」のまなざしは、出自を明かさずに生きてきた《パッシング》の様式をこそ、秘密（欲望）とする絹子さんを浮き彫りにする。絹子さんは、出自を秘密とする欲望に基づく快楽様式を持たない・求めないが、《パッシング》の経歴を秘密とし、それを語ることで快楽に到達する生の様式を持つ。したがって、この自己語りによって「華や」ぐ絹子さんは、その快楽への到達過程で「被差別者である」という同一性を経路に置きつつ、その同一性を回帰点として固定しない語りにおいて、自分を「変幻」―変成―〈再―領土化〉（ドゥルーズ）[*10]―させる実践者である。

ゆえにその語りは、語る絹子さんに「変幻」した自己を送りこみ、語る以前と異なる主体へと絹子さんを送り込む快楽様式である。ならば、その語りは、絹子さんの欲望の変成に常に関与し続け、絹子さんにおける快楽と欲望との差異を不分明なものとして維持する装置でもあると言える。フーコーが述べるように、欲望とはそれ自体が権力の効果である。またドゥルーズは、そのアレンジメントによってこそ抵抗の逃走線が引ける、すなわち、そのアレンジメントによって、欲望が快楽において解放される構図を脱構築することができるとした。これらを踏まえるなら、〈被差別部落民〉を可視化しようとする権力の欲望を共有しない絹子さんの語りは、このアレンジメントの行為遂行性において、権力の効果への逃走線を引くものなのである。

「私」の言葉で換言しよう。絹子さんは、カムアウトを欲望の解放―快楽とするコードにおいて、「被差別者」を可視化し、「差別」を温存する「構造的差別」にからめとられない生の様態を生きるということである。

さて、さらに「私」は、絹子さんの二つ目の語りを介し、自分の持つ「差別、被差別の回路が分光」されると言う。だから、「差別という言葉は意味をなさな」ず、そして「差別とは性そのものである」と断言することになる。これは、解読格子――「回路」――の破綻によって、みるべきものを喪う「私」を指し示す。どういうことか。

絹子さんは、かつて絹子さんを慕いながら交際を禁じられ自死した少年が、「今になって霊として出てくるエピソード」を語る。「私」は、「語る経験が霊媒なり憑依にいまひとつでたどりつく」と思い、「性なるものをめぐる」「抑圧がその幻視なり幻聴なりを導き出しているのを知」る。この解釈は、「霊媒や憑依」という快楽様式に達することのない「抑圧」を存続させ、「幻視なり幻聴なり」を再現する絹子さんを浮き彫りにする。したがって、その幻視・幻聴体験語りは、「性なるものをめぐる」欲望の解放／快楽の到達を不可能にされた絹子さんを、その代替様式としての語りの発明者として浮かび上がらせるだろう。

絹子さんは、快楽様式としての語りを発明しつつ、しかし欲望を解消できない。ゆえに絹子さんの語りは、解消されない欲望を、代替の快楽様式において持続させ、欲望の開示を抑圧するかたちで、再び欲望に反転的に働きかけ、またその欲望に働きかけられる快楽様式の強度を語りによって上昇させる者だ。このサイクル〈旋回〉に生が送り込まれ続ける絹子さんこそ、「自浄作業」の実践者であると言えるだろう。そして「私」は、「性」と「差別、被差別の回路」の接続において、この「回路」の破綻を認識するのだ。

ここに、差別、被差別の回路をつないで見る。差別なるものが暴力でありエロチシズムであり美であるとはすぐ見えるが、性にその回路をつなぐと、実に妙な事ではあるが回路そのものが分光されてしまう気がするのである。／事物の本質なるものが労働であると考えるのではなく、事物の本質に性があると考えるなら、差別という言葉は意味を持たない、と考え込んだ。差別という事象や現象を言う言葉を、一種の文学理念、思想の言葉としてとらえてみようとしたのである。差別とは性そのものである。（「天王寺」）

「性」に「差別、被差別の回路」をつなぐと「回路」が「分光」する。だから「差別という言葉は意味を持たなくなり、「差別とは性そのもの」にみえる。「差別」は「暴力でありエロチシズムであり美」である。つまり「差別」は快楽の一つの様式だ。よって「私」は、「性」と快楽の様式が「回路」で結ばれた場合、「回路」が破綻すると言っている。ところで「性」とは、絹子さんの語りをめぐる分析に応じて欲望と換言できる。ならば「私」は、欲望と快楽が「回路」で結ばれた場合、その「回路」は破綻すると語っている。「回路」が破綻すると、何が生じるのか。「性」が「事物の本質」とされること、また、この直前に「被差別者である」ことが「事実、事物」とされることに注意したい。すると、「被差別者である」という動かしがたい「事実、事物」の「本質」こそ「性」、すなわち欲望となる。そうであるならば、ここで、《……は～である》という形式で自己を指し示す存在論も、「私」は《欲望の所産＝快楽》の図式で把握していることになる。したがって「差別という言葉は意味を持たない」という「私」

にとって、自らが《何者かである》ことを示す欲望がすでに「差別」に組み込まれているということ、すなわち、《～である》という表象形式そのものが、「構造的差別」の根源として見出されていることになるだろう。冒頭に引用した絓氏が述べるように、「差別」という言葉の含意に還元し得ない何かが、「性」という言葉に孕まれるだけではない。「差別」が、《～である》ことを指し示す表象の形式を前提とすることと不可分であることを、「差別＝性」とする文脈は浮き彫りにするのであり、それは、「差別」という現象や事象を廃絶する前に〈…は差別である〉とする事実確定の言葉そのものに、「構造的差別」を温存するからくりがあることを指し示すことになるからだ。

ここで「吉野」篇で検討した「セイタカアワダチソウ」のこと、「夜」に「あわあわ」「光る花」のことを思い起こしたい。その「花」を指し示す「闇」は、「黄色」だろうが赤色だろうが、「身」を「あわあわ」とした様相において指し示す光の強度を持つ場所とされていた。出自への回帰どころか、その出自への自己同定において自己表象することを避ける絹子さんの生存と「あわあわ」とした様相は、近接していないだろうか。そして、この近さを踏まえるならば、《～である》という形式によって鮮明にされる個体を、「あわあわ」とさせる「闇」が共有されるときが、「構造的差別」を解消する局面となっていると言うこともできるだろう。すると「私」は、絹子さんの「語り言葉」と「交感」する「自浄」によって、不鮮明な差異を鮮明にする生産性の論理――「差別」の論理――へのアレンジメントとして、自らを《～である》と表象することの不可能性に到達せざるを得ない。「漂泊」の要諦であった、「交感」の位相において《書くこと》の可能性は、この存在論を、いかにアレンジするのか、という問いと不可分のものとなろう。

天王寺篇の末部、「私」が天王寺を彷徨しながら、「私は彼らに何に見えるのだろう」と問い、その回答を出せないところをみたい。これは、「私」の「書くという行為」が、どのようなことになろうとしているのかを指し示している。「交感」をキーワードに検討したい。「ある日」「私」は、「天王寺まで経廻り来った旅の意味を確かめようと、空に飛んで」「伊丹から軽飛行機で紀伊半島一周をした」。

紀伊半島の土地土地を這うように旅していたのが、三時間で周ってしまう。いや、それこそ天王寺という土地の意味でもある。私にはここは彼方だった。どう取りつくろっても、ここは近代であり、語りではなく書くという行為の場所である。〔……〕私はいま、彼方にいて、此岸を見ている。〔……〕天王寺にもどり、私は、また天王寺をよろぼう。記紀に収まりきらない神人らは、彼方のここにいま、居る。(「天王寺」)

「ちょうど十か月」、周遊した土地を「三時間」で周遊することで起こる時間感覚の狂いが、奇妙な遠近法を「私」にもたらす。まず、「私」の「ここ」がよくわからない。

「私にはここは彼方だった」、「ここは近代であり、語りではなく書くという行為の場所である」、「記紀に収まりきらない神人らは、彼方のここにいま、居る」。「ここ」という指示代名詞に、「私」が空中から見る対象となる土地と、自分がいる空中とが重ねて代入される。それはどこか。「ここ」の「いま」には、「此岸」も「彼方」も、「十ヶ月」も「三時間」も混交する。すなわちそれらの差異すべてを不鮮明にする時空間が「ここ」である。ここには、「〈闇〉」の原理が浸透している。

しかし「ここ」は、「語りではなく書く行為の場所」である。とはいえ「ここ」は、「〈闇〉」の原理に拠る「書く行為の場所」、すなわち「書く行為」を「〈闇〉」の原理によって攪乱する場所である。したがって「ここ」では、「近代」の欲望、すなわち主客分離に基づいてみることに拠る「書くという行為」は禁じられる。この禁止は、「記紀に収まりきらない神人」の視線を至近に意識する「私」において、「私」が《書くこと》を、この視線に縛られ、「私」が「誰に見えるのか」わからない者とするところにおいて、すなわち、「神人」の侵入を受ける「私」が「何に見えるのか」わからないところで生じる出来事とする。「ここ」は、自らを《〜である》と表象することの不可能性に基づいた「交感」の体系を規律とし、この体系に「私」を「軟禁」する。このような「交感」において《書くこと》は、バタイユの言う《内的体験》に似ている。

その《内的体験》とは、脱自におけるコミュニケーションを組み込むことにおいて、〈主体と客体は効力を停止〉し、〈主体は非知、客体は未知〉という状態をつくりだすものである。〈非知〉とは、主—客の関係において客体を知によって支配しない様態、〈未知〉とは、主体の知の対象たり得ず所有されない客体の様態である。バタイユは、両者のコミュニケーションにおいて、互いに未了となった存在が、未了のままにその有限性をさらし合う、純粋な差異の接触が遂行される場を《内的体験》とする。

> わたしのうちには、わたしが再認しえたものなど何もない。わたしの陽気さはわたしの無知に基づいている。わたしは、いまあるわたしだ。わたし自身のうちで存在が賭けられており、あたかもそれはなかったかのように、けっしてそれはかつてあったそれではない。あるいは、もしわたしがかつてのわたしだとしても、かつてのわたしはそれ以前にそうであったわたしではない。存在するとは、けっして与えられて在ることを意味しない。わたしは自分のうちに、標定しうる限定されたそれを見てとることはけっしてできない。見えるのは、正当化できない宇宙のただなかに出現するそれだけ、宇宙と同じくけっして正当化できないそれだけである。[*11]

「天王寺篇」における、「ここ」と「私」の関係をこの引用を踏まえて整理しよう。「ここ」では、「私」の至近にある「記紀に収まらぬ神人」は、「私」において、決して〈わたしが再認しえたもの〉にはならない。「私」はすでに、その解読格子をばらばらにし、「私」の「解読」の欲望と、対象を〈わかる〉快楽にも切断線を引いているからである。それゆえ相互陥入的関係において、〈わかる〉ということを先送りし続ける「交感」の体系に「軟禁」される「私」は、〈いまあるわたし〉と〈かつてのわたし〉と〈以前にそうであったわたし〉とに常に分離され、その「わたし」との関係において対象をも、〈標定しうる限定された〉〈存在〉とすることを免れ続けさせる。この体系こそ、互いを未了とし、未了であることによってのみ成る「純粋な差異の接触」、すなわち「あわあわ」とした差異の接触として、「私」と「記紀に収まらぬ神人」たちをつなぐ、「ここ」の論理である。

このような事態を「私」に導いたのは、直接的には天王寺の絹子さんの語りである。もちろんそれは、「出所来歴を保証する物語」ではなく「切って血の出る話」である。出自を排すわけではない。それに再帰することを経由し、自らを語る主体として成し、欲望が成就されない「苦痛」において、欲望と快楽の陥入的循環のなかで語る絹子さんとの「交感」によって、「私」は、「私」を不分明な差異とする「ここ」に担保された《書くこと》を成り立たすことができるようになったのである。

＊

この「交感」は、以降の「小説」において、どのように展開・継承されるだろうか。以降の章では、「路地」を舞台とする作品に絞って、検討していくこととしたい。まず、『熊野集』（一九八二年）のことを挙げる。『熊野集』は、ここに示された「私」の境位を前提に、《書くこと》をめぐる強烈なアポリアを浮かび上がらせる。そしてそれと対峙する「小説家」の「私」を、強い倫理的文脈を伴う問いの過程に置く。他方、《被差別部落》の歴史を伴って示される「路地」が、「現実規約」の側の論理に巻き込まれる問題を、「路地」の記憶装置と言われるオリュウノオバという老婆を視点にして、克明に描く『千年の愉楽』（一九八二年）がある。

まず、『千年の愉楽』を通して、「現実規約」と《被差別部落民》との関係を抽出しながら、その関係が、解放運動を中心とする同時代言説と接続した場合、どのように意味づけられるのかを考えたい。『千年の愉楽』は、「あわあわ」とした「闇」を失った場として「路地」を表象する。それゆえ、「路地」の文化的記憶のありかた、そして、「路地」文化の再構築の可能性／不可能性のせめぎ合いが生じるが、それが何を物語るのかを考えたい。

これに続いて、実際に「改良主義」的な言葉や論理に巻き込まれて、変貌＝解体した《被差別部落》としての「路地」を対象とした、『熊野集』の私小説系列を読む。《解体》という局面は、いかなる「光」と「闇」の抗争の局面として描かれたか。また、そこからいかに「異貌の言葉」が編成されようとしたか。その試みが、《人間》とは何か、という普遍的な問いに呼応するものであることと向き合いつつ、『熊野集』を考察していこう。

**注**

＊1　中上健次『紀州　木の国・根の国物語』（朝日新聞社、一九七八・七（初出：『朝日ジャーナル』一九七七・七～一九七八・一））（引用：『中上健次全集14』集英社、一九九六・七）

＊2　須賀真以子「中上健次『紀州　木の国・根の国物語』論―「書くこと」の権力性をめぐって―」（『昭和文学研究』第66集、二〇一三・三）

＊3　絓秀実「性の隠喩、その拒絶―中上健次論」（『文学界』一九九六・三）

＊4　野間宏・安岡章太郎・中上健次（鼎談）「差別　その根源を問う　市民にひそむ差別心理」（『朝日ジャーナル』一九七七・三）

＊5　野間宏・安岡章太郎「差別　その根源を問う／被差別部落を訪ねて」（『朝日ジャーナル』一九七七・八）

＊6　中島一夫「隣接に向かう批評―絓秀美の〝六八年〟」（『収容所文学論』論創社、二〇〇八・六）

＊7　蓮實重彦「中上健次論―物語と文学」（『文学批判序説【小説論＝批評論】』）は、〈「隠国」熊野の地にせきとめられた無時間的な物語の堆積を素肌でうけとめ、現在としてある自分の存在のどの部分がその言葉に染まり、どの部分が

その浸蝕に耐えられるかを見定めるための残酷な生体実験のようなものだ〉と述べている。本章はこの、〈生体実験〉のダイナミズムの内実を、厳密に具体的に検証する必要において、記述した。

＊8　M・フーコー編、岸田秀／久米博訳『ピエール・リヴィエールの犯罪─狂気と理性』（河出書房新社、一九七五・九）

＊9　＊6に同じ

＊10　G・ドゥルーズ「欲望と快楽」、（小沢秋広訳／宇野邦一監修『狂人の二つの体制1975─1982』河出書房新社、二〇〇四・五）〈ぼくには、まったく新しい意味で把握されながら、まだミシェルが転回していない観念が三つあるようにみえる。諸々の力関係、諸々の真理、諸々の快楽［……］快楽とは、人をこえたプロセスにおいて、人や主体が「自分を取り戻す」のを可能にする唯一の方法のように見える。それは一つの再─領土化だ。そしてぼくの視点では、欲望が欠如と法と快楽の規範に向けて送られるのは、これと同じ仕方による〉。

＊11　G・バタイユ『非─知─閉じざる思考』（西谷 修訳、平凡社、一九九九・五）

# 第四章　《解放》の論理に根ざす文化の構想——『千年の愉楽』

## 1　《部落解放運動》と《老婆の語り》をめぐる中上の発言

『千年の愉楽』[*1]には、「オリュウノオバ」という「産婆」が登場する。彼女は、一九八四年から一九八五年に『BRUTUS』に掲載された「野生の火炎樹」、一九八七年から一九八八年に『朝日ジャーナル』に掲載された「奇蹟」にも登場し、その登場頻度においても役割においても、中上作品における重要人物と考えられる。オリュウノオバが、初めて視点人物とされた『千年の愉楽』は、老衰で死を間近にひかえた（そして、実際に死を迎える）彼女が、身動きのとれない状態で回想する形式を採る。主な回想内容は、「敗戦」後、続々と若死する「路地」出身の美男子である「中本の一統」の青年六人の生の軌跡と、当時の「路地」の様相である。「普段の時は日暮れると」、「町との行き交を閉ざすように門が閉められ、正月になると松の内が終わるまでは城下町に入ってはならないと閉められ」、マジョリティから徹底的に疎外された「路地」。そこに住む「若衆」は、「正月の城下町に迷い込」めば、「材木商の若衆らから一年の景気にけちをつけるのかと棒で殴られ蹴られ」る暴力を伴った理不尽な差別に苦しむ。『千年の愉楽』は「路地」を、被差別の歴史を持つ場所として具体的に設定した小説である。

渡部直己氏は、中上健次の作歴のなかで〈秋幸とならぶ最重要の人物〉であるオリュウノオバを〈導入してはじめて、差別の問題や、［……］外部世界、大逆事件につながるような大きな政治と歴史、あるいは笑いの問題が色濃く浮上する〉と指摘し、オリュウノオバの創出と《被差別部落》の歴史の開示との関連から、『千年の愉楽』の特異性に注目している。

問われるべきは、一九八〇年七月から一九八二年四月に発表されたこの連作に、なぜ〈はじめて、差別の問題〉が〈色濃く浮上〉したのか、そして、それはオリュウノオバの創出によってどのように構造化されたのかということである。本章は、この二点の検討を中心に展開する。これに先立って中上健次の、《部落差別》ないしは《部落解放運動》についての認識を参考としたい。まず、先に見た『紀州』の最終章をみてみよう。

> 「差別」なるものが、一種妖怪のように市民社会のそこここを彷徨しているのに何度も出喰わした。〔……〕近代化、都市化の要請と所謂「解放」行政とはまったく違うものであるとは、小説家である私の判断である。〔……〕この部落差別なるものが封建遺制であるとは、私は思わない。差別は現にある。〔……〕物の怪の「差別」など、それは市民や行政当局、いや一被差別者の病気である。差別は構造の事を指す、と私は思う。*2

「国も県も市も、差別解消の為、いやハンディ克服の為、様々な努力をし」*3、《被差別部落》が「近代化」、「都市化」の契機を得た事実を尊重しつつも、それは「解放」を意味するのではない。「都市化」を「解放」と同定することは、「構造」として「現にある」「差別」を隠蔽してしまうという中上の危惧が鮮明に示される。また、「小説家」の「私」・中上の、「解放」という言葉への違和感と、その言葉を支える「行政当局」や「一被差別者」への不快感も示される。そして中上は後に、「差別について、被差別部落について、県や市の対応について、新宮支部にも見えるボス構造について意見を交わし、激怒し、嘆き」、「部落解放同盟も、全国部落解放連絡協議会をも、思想としてくつがえし、凌駕するという思い」で、一九七八年二月に「部落青年文化会議」を結成した後、その失敗を受けて「敗れた、という実感」を味わい、その理由を次のように述べることになる。

> 〔……〕私が、〔……〕声高に差別を論じない為、いや、教条主義的な差別論議や実利的な差別論を言わぬ為、解同新宮支部からは、文化会のメンバーは反支部的だと言われたのである。〔……〕メンバーに文化を読み変

える事も文学の新しい地平も無縁であるし、それよりまだしもわかり易く人の吐いた差別的言辞をあげつらい、差別語かくしの運動の方がよいという迷妄があったからである。思想を思想として自立させる事の自覚の欠如は、大衆団体であるゆえ仕方のない事かもしれない。［……］またしても、敗れた、という実感がある。その事について語るのではなく、深く考えたい。[*4]

「解放」という言葉への違和感を示した中上が、《部落解放運動》にコミットして果たそうとしたのは、「文化を読み変える事」であり、「思想を思想として自立させる事の自覚」の喚起であった。それを共有し得なかった「運動」とのずれが敗北感を生み、内省の端緒となった。この一年半後に、『千年の愉楽』第一篇・「半蔵の鳥」が発表される。この繋がりを、『千年の愉楽』の分析にあたって、重視したい。

守安敏司氏は、中上と《部落解放運動》とのずれを、〈部落問題を文化の問題と位置づける中上と政治的に部落問題を解決しようとする部落解放同盟新宮支部との決定的な溝であり、位相の相違[*5]〉と解釈する。しかし、中上の認識を脱政治化することは、その認識と〈部落問題〉との断絶を強調することにしかならないだろう。右引用に明らかなように、この時点の中上において「部落問題」は、「文化の問題」としてありながら、それに内閉させるべきものとしてあるわけではない。「文化を読み変え」、「思想を思想として自立させる」意志は、《部落解放運動》を「思想としてくつがえ」すことに由来し、「市民や行政当局」や「一被差別者」の「運動」のなかで用いられる「解放」という言葉を批判的に捉えなおすことに向けられているからである。ならばそれは、「政治的」であった《部落解放運動》との「溝」を深めることに向けられているのではない。その試みが挫折し「深く考え」られた後、「差別の問題」を明確に浮上させた『千年の愉楽』が発表されているのなら、「文化を読み変える事」は『千年の愉楽』でどのように果たされ、その営みが、《部落解放運動》とのどのような関係にあるのかを明らかにしていかなければならない。

「文化を読み変える事」への意志と、『千年の愉楽』における「差別の問題」の浮上に連続性を見ること、そして、そこに「解放」の再定義が企てられているのではないかという仮説において、『千年の愉楽』連載時と同時代の〈部落解放運動〉言説との関わりのなかから、テクストの持つ政治性と歴史性を明らかにしたい。その際、オリュウノオバの視点と語りは、どのように機能しているのかを考察することが肝要である。

オリュウノオバという「老婆」の視点、「老いた」「女」の視点をテクストにおいてどう機能させるのかに、中上が自覚的であったことを指し示すエッセイが複数ある。これらのエッセイは、『紀州』で示された「語り言葉」と「書き言葉」の融合（〔交感〕）の原理と『千年の愉楽』のオリュウノオバの語りの連続面を鮮明に映し出す。

第一章で取り上げた「補陀落」発表と同年の一九七四年、中上は『早稲田文学』十月号に発表された「姉の自由・アナーキー——円地文子『花喰い姥』」、一九七七年『文藝』十二月号に発表された「和田芳恵・老残の力」において、「老い」の視点について述べている。

〔……〕円地氏の作品世界は、ブルジョアディレッタントを基盤にしていると味気ないことを言い、そこを突き抜け、自由に、アナーキーになっていると言ったが、その自由、アナーキーは、〝姉の力〟とでも言うべきものだろう。女というのではなく、姉の自由、姉のアナーキーなのである。〔……〕姉の自由、姉のアナーキーは、弟を失った今、大地の自由、アナーキーに通底するものだと、認識する。姉はいま老いる。[*6]

「老い」た「姉」に「自由」と「アナーキー」を見出す中上は、さらに和田芳恵の作品「接木の台」そして「雀いろの空」において、「老いの装い」を持つ「視力」に注目し、「自由」そして「アナーキー」を「書く事」について、

「日本での老熟の文学」の考察に拡張して次のように述べている。

［……］老残の力、とはまた、日本文学の基本のテーマでもある翁というものに見えてくる。翁を年若い者の想像で開くなら、死という闇のすぐそばにいる者、彼岸と此岸の境目のそばにいて、両岸を視ている者のことである。［……］日本で老熟の文学、翁の文学とは、［……］外国にある回想録ではなく、傷口を開け治癒を渇望する文学として独特なのは、その身毒の意識による。翁たちは、絶えずひっそりと身毒を確かめる。身毒の治癒を求め、絶望を強要されながら物を書く。［……］ひょっとすると、日本の小説の流れは、内に身毒を抱えた翁たちと、年若い夭折者の二者によってのみ作られて来たのではないか、と思う。その二者のみが、破砕力を持った小説を書き得る。［……］私が年若い作家として和田氏を視るのは、極端なほど現実から拒まれる事への畏れである。いや、現実を侵犯しようとする覚悟である。［……］作家の、この世界、此岸に対する憎悪である。［……］身毒は、身毒である事を甘受してただすすり泣いているわけではない。[*7]

「老いの装い」をする者は、「死という闇のすぐそばにいる者、彼岸と此岸の境目のそばにいて、両岸を視ている者」である。この定義は、『紀州』における《語り》の主体の定義に近接しているとみてもよいだろう。「老いの装い」をする者として、「書く事の自覚」をもって書くことで、老いた者の持つ「身毒の意識」が、「日本」の「傷口を開け治癒を渇望する文学」に結実すると中上は言う。さらに「年若い夭折者」と並んで、彼ら（「翁」）／彼女らによってこそ、「破砕力を持った小説」を書くことができる。その「破砕力」を条件づけるのは「極端なほど現実から拒まれる事への畏れ」や「現実を侵犯しようとする覚悟」、「此岸に対する憎悪」である。

「老い」て「両岸」を相対化する、即ち「彼岸」も「此岸」も絶対化しないまなざしと「身毒」を持つ者が、自らの「傷口を開け」、「身毒」を圧し出し、「治癒」するプロセスを持つ小説が成る。「老い」た「姉」の「自由」「アナーキー」とは、「両岸を視」るまなざしを不可欠とする。「老い」て、「現実から拒まれる」存在としての「姉」の「自由」・「アナーキー」にはらまれる「破砕力」は、現実侵犯の覚悟と憎悪に条件づけられ、「酷い眼」を発現させる。そして、「翁」や「老い」た「姉」、すなわち媼は、自らの「治癒」、しかも自ら「傷口」を開けながらの「治癒」を「渇望」して、「書く」＝語る。それは例えば、トリン・T・ミンハが、老人の語りに意味づけたことと一見同定されるようにみえるものの、似て非なるものである。ミンハは、「おばあちゃんの物語」で次のように述べている。

> 病を癒し、病から身を守る物語は、音楽であり、歴史であり、詩であり、倫理であり、教育であり、魔法であり、宗教だ。世界の多くの場所で、癒す人は、その民族の生きた記憶だと考えられている。彼らは難しい専門知識を持っているだけでなく、共同体の問題をまじかに聞かされ、日常的な事柄をすべて委ねられている人である。別の言葉で言えば、すべての人間の物語を知っている人なのだ。……癒すことは再―生させることだ。なぜなら理解することは作り出すことだから。治癒の原則は、宥め、調停することだ。だからこそ、家族やまたは共同体が、病人の回復や寛解や蘇生に手を貸し、関り、見守ることが必要になってくるのである。つまり治癒行為というのは、社会的―文化的行為なのだ。[*8]

ミンハに拠れば、〈おばあちゃん〉は〈癒す人〉だ。〈難しい専門知識〉を持って〈共同体の問題〉に接近し、〈すべての人間の物語を知っている〉〈おばあちゃん〉の役割は、〈宥め、調停する〉ことである。

ミンハの言葉は、知恵袋としての〈おばあちゃん〉の役割を、〈社会的―文化的行為〉と賞揚することで、〈おばあちゃん〉の復権・尊重を促がす志向を持つ。そして同時に、〈おばあちゃん〉を、共同体を〈宥め、調停する〉存在として一元化してしまう。〈おばあちゃん〉を、共同体維持装置としての有用性に繋ぎ留めるミンハの指摘は、〈寛解〉という言葉に象徴的なように、人畜無害の〈おばあちゃん〉を表象する。

「老い」た「姉」＝「オバ」に中上が見出すのは、この〈癒す人〉の無害性ではない。「オバ」は、自らの「身毒」に内閉することなく、それを「現実」＝「此岸」に対する「憎悪」に敷衍し、「此岸」と「彼岸」という二項をまるごと相対化する、ラディカルかつ凶悪なまなざしを持つ。ミンハの〈おばあちゃん〉と中上の「オバ」との決定的な差異は、「現実への憎悪」に敷衍される自らの「身毒」の「治癒」のために語るありようである。オリュウノオバ表象をめぐる分析には、「老婆」の「現実への憎悪」と、自らの「身毒」の「治癒」行為としての語りという定義は有効だろう。さて、『千年の愉楽』以後、「オバ」論は次のように発展する。

体のあらゆるところから物をつくり生み出す大いなる母に代る仮母として、子らにあらゆるところを食される。物の生産ではなく物の加工、峻別、物ではなく物の語り。グレート・マザーと仮母は補完しあう。グレート・マザーつまりイネにとって衰弱は力にならないが、仮母において、衰弱こそ力の発揮点になる。〔……〕衰弱が力の張りを越えるものとして表れ出る、というようなメビウスの輪のネジレを目撃する事が出来る。オバ、ウバが境界すれすれに居て、境界のこちらを一新させるような力の磁場としてあるのも目撃出来る。[*9]

ここで中上は、円地文子『菊慈童』などを論じ、共同体の「オバ」について考察している。『千年の愉楽』発表以後のことであるから、「オリュウノオバ」をめぐる自解の一面とも捉えられよう。

「現実への憎悪」を内包する「オバ、ウバ」が、「境界のこちら」すなわち「此岸」を「一新させるような力」を持つものとして進化する。「物」を「生産」することはないが、「衰弱」は「物」を「加工」・「峻別」して「語」る行為を分節し、それが「現実」を「一新」させる「力の磁場」となる、という解釈と、先の「オバ」のまなざしが発現することをめぐる動機を接続すれば、「現実への憎悪」において「物」を「語る」「オバ」とは、「現実」＝「此岸」を「一新」させる役割において要請されていることになる。では、「被差別部落」としての「路地」に生きた「オリュウノオバ」とは、「現実」への「憎悪」をいかに「語る」者として現れ、そして、どのようにその「現実」を「一新」させようとするのか？ この場合の「現実」とは、「路地」のモデルとなっている、和歌山県新宮市春日地区の「現実」を当てはめることができるだろう。『千年の愉楽』連載時の一九八〇年代前半、春日地区は同和対策事業の一環としての《地方改善事業》の対象となり、一九七七年からおよそ四年間にわたる大規模工事は、春日地区に隣接する山を削り取り、その跡地を都市計画道路に変貌させるものであった。それは、従来の「路地」共同体の崩壊の条件となる。そのような「現実」を背景に、『千年の愉楽』のオリュウノオバは、第二次世界大戦後に死亡した青年らと同時に、「路地」の人びとの変化を語る者として創出された。したがってその語りは、臨死の自らとともに、崩壊しようとする「路地」共同体を背景に、若死する青年らと、その青年らを生かし、死なせた共同体を語る言説として捉えられる。同和対策事業とは、《部落解放運動》の要請によって、一九六九年に施行された同和対策特別措置法に基づく事業である。春日地区の「現実」とは、運動とともに産出されたものでもある。オリュウノオバの言説を、この運動言説との関係に置き直してみてもよいだろう。したがってそこには、運動が求める《被差別者》と異なる主体が要請される可能性があり、またその主体化と不可分となる、文化を再構築する契機、および論理が埋め込まれてもいるだろう。

## 2　オリュウノオバ表象をめぐって

まず、オリュウノオバの回想の論理を析出していく。その前に、オリュウノオバがどのような存在として表象されているのかを確認しておく。

これは百年も千年も生きたオリュウノオバだけしか分かっていない事で、半蔵の子が昭和の天皇が崩御した日に癌で死にさらに半蔵の子の光輝が昭和の次の年号の五年目に空から降ってきたきらきら光る飛行機の破片で胸を突き刺されて死ぬのだが、［……］（「天人五衰」）

オリュウノオバには、時空間を超越する生の永遠性が付与されている。その超越性からすれば、四方田犬彦氏が〈空間に内在する母性なるものの喩であったこの老婆が、さらにシャーマンとしての能力を賦与されている〉[*10]と指摘することも理解できる。しかしもちろん、〈シャーマン〉として神秘化することは、オリュウノオバに超越性が与えられていくプロセスの検討を抑制してしまうだろう。何より、このオリュウノオバの超越性が明確に記されるのは、第四篇・「天人五衰」であり、第一篇から設定されているわけではない。では、そのプロセスを析出しておく。

路地はオリュウノオバが耳にしただけでも何百年もの昔から、今も昔も市内を大きく立ち割る形で臥している蛇とも龍とも見えるという山の形を背にして、そこがまるで狭い城下町に出来たもう一つの国のように、他所との境界は仕切られて来た。〔……〕その何百年もの昔の言葉の訛が今に残っているのだとオリュウノオバは考え、その昔、船に乗って徒で歩く先祖の姿を想い浮かべた。(「六道の辻」)

「何百年もの昔」のことを「耳にし」、その状況を「想い浮かべ」るオリュウノオバは、続く第三篇・「天狗の松」で、「自分が路地と共に千年生きて今に至っているように、後千年生きのびると決心」する。そして第四篇・「天人五衰」で、「百年も千年も生きたオリュウノオバ」として、その生に永遠性が与えられる。オリュウノオバは、耳にした出来事の記憶を、自らの生の記憶とすり替え、その記憶を根拠に、後千年生き延びることを「決心」している。そして、それをうけた叙述が、未来をも想起できる特性を決定していくのである。では、「後千年生きる決心」の動機と目的は何か。

御燈祭りにのぼる予定の者が二ではなく四に縄を巻いてしまい、それが、ヨツに、穢れの最たる物として死とも四つ足の獣とも言葉が通じ、その言葉がつくり上げた仕組みにひっかかって「あかん、やりなおしじゃ」と顔を赫らめ縄の巻き直しを命じているその気持が悲しく、腹立ち、絶望した。(「天狗の松」)

オリュウノオバは、「路地」に住む者を「ヨツ」と称んだ非「路地」の者の「言葉の仕組み」、すなわち「差別」のレトリックを内面化し、「穢れ」の象徴とされる数字の「四」に反応してしまう「路地」の若衆に「悲し」み、「腹立ち、絶望」する。「路地」の者が、その言葉に抑圧されてきた痛苦の歴史と断絶し、それを忘却していることに、オリュウノオバは苛立っている。この情念を動機として、「柵が設けられ門が取りつけられ」た「裏山」で「城下町と区切」られた「路地」の者が「正月」、「町に入」り、「棒を持った町の者らに追いかけ廻された」屈辱と痛苦の過去が若衆に伝達されることになる。このことからすれば、「後千年生きる」目的とは、後千年、「路地」の《被差別部落》としての歴史を覚え続けていくことだと言えるだろう。痛苦の歴史を忘却している若衆への苛立ちを機に、その歴史を「千年」記憶し続けることが「決心」され、それがオリュウノオバの回想の動因とされるわけである。しかし、その動機には、歴史を忘却している者らへの苛立ちのみが、関与しているわけではない。そこには、「どんな事を思って他人がしてやっても結果でしか判断しないからこそ金を持った人間にチャラチャラこびを売ってまといつく」「路地の者ら」への嫌悪とともに、「戦争が終わってから」「駄目」になってしまったという「路地」認識も関わってくる。「駄目」と指示される内容に留意しつつ、散発的にオリュウノオバを苛立たせる「路地の者ら」の行動様式に、共通して内在する論理を析出してゆくことにしたい。

肥った姉は［……］、オリエントの康に、「鉄心会の集り、ここでも七日にいっぺんずつやっとるんやで」と言い、そこで何を話しているのかと訊くと今まで泣いていた女が「親の恩とかきょうだいの愛情とか」と言い、肥った姉が、集った者みんなに今、この世のここでの苦しみや不満や悲しみを四、五人ずつ分かれてしゃべってもらい彼方の新しい場所ではどんな楽しい事があるのかと話しあっていると言い、明日、オリエントの康も知っている気にならないで来てみないか？　と誘う。来られたら来ると言って背広から金を取り出して肥った姉に「思わぬ金入ったんじゃから皆にわけたってくれ」と言うと肥った姉は涙ぐみオリエントの康を抱きしめて仏のような弟だと言う。（「天人五衰」）

「女ら」の集会では、「この世のここでの苦しみや不満や悲しみ」を癒す互助的な語りが共有される。「彼方の新しい場所」での「楽しい事」を夢想せねばならぬ「女ら」の語りを通して、《被差別部落》としての「路地」に加えられた、不条理かつ不可解な抑圧の強度が示される一方、生存のために痛苦を忘却させ、快楽を与えてくれる語りの機能が明らかにされる。また、金を持つ「中本」の青年を「仏」に見立て、金銭の獲得を痛苦の解消とみなすありようは、「金を持った人間にチャラチャラこび」を売る「路地の者ら」の姿を思い起こさせるだろう。

「彼方の新しい場所」を夢想し、金を持つ者を「仏」に見立てる「路地の者ら」には、欣求浄土・厭離穢土の思想と、現世利益の思想を併せ持つ、真宗の論理が内在していると想定できよう。「路地」を「蓮池」に見立てる「昔話」を、「オリュウノオバも含めて路地に多く住んでいる年寄りら」が好むという叙述からも、「路地」と真宗、ないし仏教との関わりの強さは肯けるであろう。テクストは、苛立ちを繰り返すオリュウノオバの言説をとおして、「敗戦」後の「路地」を「駄目」にする者らに内在する仏の論理をも批判的に浮かびあがらせている。

しかし重要なのは、そのようにして仏の論理を、問題化することの意味である。「路地」の宗教的（仏教的）環境が、具体的に叙述される箇所を手がかりに、検討していきたい。

## 3 「路地」とはいかなる場か

「路地」には、「和尚のいなくなった浄泉寺」しかない。また、唯一「路地」で経をあげるオリュウノオバの夫の礼如さんも、「自分の寺も持た」ず、「青年会館の広間の壁に置いた仏壇」を「昔から守ってきたテラ」としているだけである。そして、「路地」では、語りなどの習慣行為に支えられた信仰（「信心」）が、「敗戦」後まで続いている。「和尚」の不在が示すように、教団から疎外され、周縁化された「路地」の宗教的環境は、国体イデオロギー生成期である明治一〇年前後の宗教観の成立背景を分析した磯前順一の論考を参照するならば、〈プラクティス〉に支えられたそれと言える。

仏教各派ではそれまでの葬式仏教とよばれる儀礼中心のあり方を脱却しようと、キリスト教にならった教義化・哲学化がおこり、……倫理的な人格者として各宗派の教祖が顕彰されるようになってゆく。他方、明治五年（一八七二）には祈祷を生業とする修験宗が廃止されるなど、現世利益的な呪術行為は仏教から排除されていった。［……］キリスト教を軸とするビリーフ的な「宗教」観が形成されてゆく一方で、近世に信心や信仰と呼ばれた庶民の宗教的生活の一部は、淫祠邪教として著しく貶められていったのである。この段階で、プラクティス的なものは明らかにビリーフの下位におかれ、その一部は反文明的なものとして社会から排除されていったのである。*11

〈プラクティス的なもの〉と〈ビリーフ〉の内容と、その関係を援用するならば、〈敗戦〉後もなお、〈反文明的〉とされる〈プラクティス〉を維持する「路地」の者らが、近代国家形成期以来、仏教各派から排除、排斥の対象となる位置にあったことが明らかになる。語りなど、生活習慣と密着させて「信心」を持続させてきた「路地」の者らとは、明治十年以降の〈日本〉の宗教的環境において、貶められるシステムに組み込まれ続けた歴史を背負った存在として、表象されていると言えよう。〈倫理的な人格者〉と〈教祖〉とを重ね合わせる理論に支えられる信仰形態は、生活習慣のなかで仏を思い描いていくという信仰を、恣意的に貶めることで本質化されるが、その構造が解体されなければ、「路地」の者ら」が、「信心」と互酬性を持つ夢想と語りを続ける限り、彼ら／彼女らは貶められ、抑圧から「解放」されることはない。

「路地」に住む者たちに内在する仏の論理の所在は、「路地」の者らの「信心」が、彼ら／彼女らの痛苦を一時的に解消するものでしかないという限界と、「差別」の構造に絡め取られ続けてしまう状況を浮き上がらせる。「路地」を「駄目」と解釈するオリュウノオバの言説は、日本の近代国家形成期以降の「宗教観」を支える差別性そのものをも射程に据え、「路地の者ら」が、仏の論理に無自覚にではあれ依拠することで、いつまでも「差別」から「解放」されないことへの苛立ちに貫かれていると考えられるだろう。

そしてそれは、「浄らかだからこそ澱んでいる中本の血の意味を知るのは誰よりも先にその子を抱き上げた自分一人でよいと思」いながら、「中本の一統」の若死を繰り返し想起するオリュウノオバが、「産婆」という属性を、批判的に捉えるまなざしに結実するだろう。

オリュウノオバは、「仏につかえる道は何もかもをそうだったと肯い得心する事だと思」い、「たとえ生まれ出て来た者が阿呆でも五体満足でなくとも［……］滅びるより増える方がよいと説いてまわり生ませる」ことを、「産婆」の規律としていた。「中本の一統がきまって早死し病弱だ」と認知し、「小さな仏様が何のせいか亡びゆく血を持って生まれて来たのかと思うとどう手のほどこしようもないのに、あわれでしょうがなかった」と不条理な若死に嘆きつつも、「信心深い」「産婆」として死を再生産し、「仏の道」につかえることを実践していたのである。「路地の者ら」への危機感のほかに、仏の論理を自明として、若死を再生産した「産婆」であるという自らの経験と記憶も、「百年も千年も」生き続ける「決心」の動因とされていると考えられる。

つまり、回想の主題である二つの痛苦、すなわち、「敗戦」後の「路地」が「駄目」になってゆくプロセス（長期的に痛苦を持続させられてしまうプロセス）、そして、「中本の一統」が次々と若死してゆく出来事は、「路地の者ら」や、若死を再生産したオリュウノオバの「信心」もまた、「解放」を遠ざけていたということ、そして、それを支える仏の論理の所在を批判的に浮上させる事柄として提示されていることになるだろう。オリュウノオバの回想は、「若死」を物語化して享受することで、その死の絶対的な条件である出生の手助けをするというジレンマを解消させ、出生を正当化するために依拠する仏の論理を、回想主体であるオリュウノオバに、批評的に捉え直させる機会となっている。そうであるがゆえに、オリュウノオバの語りは、仏の論理に依拠する「路地」の人びとが「駄目」になったという論理を裏づけるものともなる。

しかし仏の論理とは、「路地の者ら」の「差別」からの「解放」を阻害する「信心」を支える側面もある一方で、「路地」の互助的な語り、〈慣習実践〉としての〈文化〉[*12]の自律性を担保する側面を持つものとしても理解されるべきである。この「路地の者ら」における仏の論理の背反性は、テクストに、そのままに留め置かれるわけではない。オリュウノオバの回想時と、回想内容時の違いが曖昧にされる最終篇（第六篇）・「カンナカムイの翼」をみよう。ここでオリュウノオバは、仏の論理に拠る生産物としての「仏の国でつくられた物語」を、問うものとして対象化する距離を獲得している。

［……］生れる前に悲運を背負い、小さい仏の子のように十五にして路地の女らに性の愉楽を味わわせた達男の短い生が燃えつき切ってしまうのを遅延さすために、［……］達男が家に居るのを嫌った事、［……］刺されて死んだ半蔵の死体を見た事を述べて時間をかせぐ事が出来ただろうが、空の彼方の仏の国でつくられた物語は違うのだ、とオリュウノオバは溜息つきながら思う。（「カンナカムイの翼」）

若死してしまう「中本の血の意味を知る」「決心」に始まった、オリュウノオバの回想の最終局面で、オリュウノオバは、若死する「中本の血の意味」を、「空の彼方の仏の国でつくられた物語」に韜晦させ、「溜息」をつく。「血の意味を知る」ことへの諦めが発現しているようではあるが、しかし事はそう単純ではない。「中本の血の一統がきまって早死し病弱だという事の充分な理由ではない」と、その若死を「因果話」に回収するのを拒みながら、その「血の意味」を問うていたオリュウノオバであれば、若死を「悲運」とし、仏の論理に回収されるものと措定することで、「中本の血」とは何か、という反復された問いを、仏の論理とは何か、という問いへと横滑りさせたと考えられるだろう。

しかし、第五篇・「ラプラタ綺譚」で、オリュウノオバが「中本」の若死を「中途で死ぬという形で清算すべき仏の罰を一人で背負ってきたように思える」と、「因果話」を喩えに若死を解釈する傾向を見せ、そうして「カンナカムイの翼」で「因果話」として若死を措定し、それを支える仏の論理が、問う対象として設定される意味を検討しなければならない。そして併せて検討すべきは、仏の論理との距離が生じると同時に、オリュウノオバの抵抗の言葉が明らかにされるということ、そしてその関連である。「平等思想」の「疑わしさ」を言明し、「舌先三寸でだまされ、みながみな腹の一部に穴をあけられたように空気が入らず、ただ目先の小さな快楽に甘んじてしまう」ことから抜け出すために、「今こそ武器を取れ」というオリュウノオバの言葉が最終篇で示される。仏の論理の問題化と、抵抗の言葉の発現との相関関係は、どのように読まれるべきなのか。

先に引用した磯前の言う〈プラクティス的な〉信仰、すなわち、回想内容時のオリュウノオバも含めた「路地の者ら」の「信心」とは、P・ブルデュの定義する〈同一の歴史が身体に記入する〈内在法則〉[*13]〉としての仏の論理に構造化された、慣習行動とも換言できよう。オリュウノオバの回想は、「路地の者ら」において〈身体化され、自然となり、ゆえにそのものとしては忘却された歴史〉ともされる〈内在法則〉としての仏の論理、すなわちハビトゥスの自覚の欠落を明らかにし、それを批判的に浮上させていた。とすれば、仏の論理の問題化とは、「信心」を支える仏の論理の自覚を証し、自らも含めた「路地の者ら」のハビトゥスを相対化する契機を示しているとも考えられよう。この契機と、抵抗の言葉の発現は無縁ではない。仏の論理を自覚することとは、「信心」を確立させる社会的条件への自覚と再解釈を生み出し、その条件に抵抗する行動の根拠となる文化的資本として、仏の論理を徴用することへと繋がる可能性もある。ここでいう、社会的条件への抵抗とは、磯前の指摘した、〈ビリーフ的な〉宗教観に拠る秩序維持のために、抑圧された被差別の歴史との連続性を、《被差別部落民》としての「路地の者ら」が断ち切ることである。オリュウノオバにおいて、「目先の小さな快楽に甘んじ」るしかない社会的条件への抵抗として、仏の論理の問題化と、「今こそ武器をとれ」という言葉が生起したと考えられるのではないだろうか。

しかしなぜ、この展開が第五、第六篇にかけてでなければならなかったのか? この点を、冒頭で触れた作者中上の、「解放」という言葉への異和に連動した、「文化を読み変える」意志と関連させて析出していく。それが、「部落解放同盟も、全国部落解放連絡協議会をも、思想としてくつがえし、凌駕する」ことの挫折を契機とした意志であったならば、具体的に同時代《部落解放運動》言説に接続してみることで、その政治性と歴史性を明らかにする必要があるだろう。

## 4 《文化》・《解放》・《抵抗》

再確認となるが、『千年の愉楽』第一篇「半蔵の鳥」は、一九八〇年『文藝』七月号に掲載された。第一篇から第四篇「天人五衰」までは、各々およそ二ヶ月の間を持って掲載されていたが、第五篇「ラプラタ綺譚」は、「天人五衰」のほぼ一年後、一九八二年『文藝』一月号に、そして最終篇「カンナカムイの翼」は、その三ヵ月後、一九八二年『文藝』四月号に掲載される。

この連作掲載と重なる時期、《部落解放運動》では、一九七〇年代後半からマスメディアでも取り上げられ始めた〈差別戒名〉の問題、[*14] それから、一九七九年八月、世界宗教者平和会議において町田宗夫曹洞宗宗務長(当時)が〈日本に部落差別などない〉と発言した〈世界宗教者会議・町田差別発言事件[*15]〉などもあって、《被差別部落》に対する宗教差別が問題化されていた。特に、宗教差別を告発する議論を集中的に現わしているのは、テクストが転回点を迎える第五篇「ラプラタ綺譚」の掲載直前、一九八一年十二月発行の『部落解放』である。「特集 根深い宗教の部落差別」という特集号で、「部落差別問題と宗教者　同宗連の結成を契機として」という座談会[16]を持ち、「宗教の差別的構造」そのものを問う論考や、「差別戒名」の「実態調査」のレポートを掲載している『部落解放』の議論の特徴を明らかにしておこう。

①［……］曹洞宗の手引書とも言うべき『禅門曹洞法語集』と『洞上室内切紙並参話研究・洞上室内秘録』のなかに差別戒名のつけ方、供養の方法、引導の渡し方、などが細かく明記されている。［……］こうした差別図書が長年にわたって利用されてきたが、誰一人として、「これはおかしい。差別図書だ」と気づかなかった差別体質が曹洞宗にはある。［……］ところで、今回の町田発言、差別戒名、差別図書、と一連の差別事象を宗門の一大事として受けとめている僧侶が何人いるだろうか。[17]

②［……］恐らく真宗教団にしろキリスト教にしろ、各教団にしてもやはり、差別され、抑圧されてきた最下層の民衆の救済というところから出発したはずだけれども、実際には逆に、宗祖の、例えば親鸞の教えをいわば主体的に裏切ることによってはじめて公認宗教としての命脈を保ち得た。結局、日本の場合、常に権力と神々というものは結託してきたし、そういう祭政一致体制の中で真宗教団もまた、解放よりは反解放という歩みをつづけてこざるを得なかったんじゃないか。[18]

〈差別戒名のつけ方〉が詳しく書かれた〈曹洞宗の手引書〉の差別性を指摘し、〈町田発言〉、〈差別戒名〉も含めて〈一連の差別事象を宗門の一大事〉[19]とする論考など、引用文も含めて、『部落解放』の各議論は、仏教教団（前者であれば曹洞宗、後者であれば真宗）の〈差別体質〉と〈反解放的性格〉の告発、という点で共通している。そして、議論と連動して、部落解放同盟の、〈差別戒名〉の書き換え、墓石の建て直しの要求、そして、仏教教団に謝罪や組織の自己批判を求める「糾弾」が展開される。[*20] これを、〈不当な暴力的糾弾によって、逆に宗教者の人権を侵害し屈服させている事実〉とし、〈人間の尊厳を確立することをめざす部落解放運動とは無縁の行動であ〉り、〈これに宗教教団が追随することは、部落差別解消にたいして逆行する〉事態とする全国部落解放運動連合会の批判や、〈暴力的糾弾〉により〈国民的批判〉を受けた部落解放同盟が、〈批判のほこ先をかわすため[*21]〉に宗教差別を問題としている、という共産党の誹謗がなされることになる。

批判的言説は、〈糾弾〉という方法への否定とともに、部落解放同盟の運動を、〈暴力的糾弾〉と呼ぶこと運動から疎外しようとするものであり、宗教差別の現状を不可視化してしまう問題を孕んでいる。したがって、その批判への応答は、〈かつての封建社会のような露骨な「差別戒名」は〉ないが、〈現在は金額によってさまざまな格差のある「戒名」が名づけられている[*22]〉というように、宗教差別の可視化に集中せざるを得なくなってしまう。

差別の有無が争点となる限りにおいて、中央の《部落解放運動》言説は、〈差別戒名〉の現在性や、〈世界宗教者会議・町田差別発言事件〉など差別を無化する志向の背景、つまり、差別の「構造」の不可視化という事態を促し、「解放」の具体的ヴィジョンを見えにくくさせてしまう。また、この議論状況からすれば、〈糾弾〉の目的、宗教（仏教）教団の自己批判と総括を求めるその先に見据えられている差別からの〈解放〉とは、特に〈差別戒名〉の問題に限定してみた場合、非《被差別部落民》との分け隔てのない戒名を、〈ビリーフ的〉宗教観に権威づけられていた教団から与えられることと一致してしまうだろう。つまり、《被差別部落》のプラクティス（慣習行動）を排除することで強固に正統化されてきた〈ビリーフ的〉宗教観に裏打ちされた秩序に組み込まれる契機を要求することが、〈解放〉の目標と一致してしまう、という問題が起こってしまうのである。

具体的には、プラクティスが権力と〈結託〉して祭政一致体制を支えた教団の、〈反解放的性格〉に同化吸収され、プラクティスの不可視化が招かれてしまう、ということである。〈差別戒名〉の暴力性が問題化され、解消されることの重要性は言うまでもない。ただ、〈町田差別発言事件〉に関わる〈糾弾会〉に参加した八木晃介が、〈解放同盟が喜んでくれるというようなこと〉を言う当事者を見て、〈彼自身は差別発言をする前より、若干変わっているだろうけれども、本当に変わっただろうか〉[*23]と疑問視しているように、本来、差別の「構造」を崩す批判性を持つはずの〈糾弾〉は、差別者によって都合よくやり過ごされてしまう。そのような差別者（マジョリティ）がいるからこそ差別の告発を目的とした〈糾弾〉が続けられねばならず、しかしそのなかで、《被差別部落民》のプラクティスの自律性が尊重される余地は生まれない。この困難を、『千年の愉楽』は、仏の論理のアンビバレンスを詳述することによって構造化しているといえるのではないだろうか。

宗教差別を問題化する運動は、権威としての〈教団〉に抑圧され続けた《被差別部落》の歴史を明るみに出す、ということであれば、その点において、『千年の愉楽』も、これに同調している。しかし、第五、第六篇は、《被差別部落》としての「路地」の文化的な差異性を、抵抗の一つの根拠としての文化的資本とすべく、可視化させることで、プラクティスの無力化を前提してしまう〈糾弾〉を批判的に乗り越えようとする。それは、〈糾弾〉の政治的な緊迫性の否定ではなく、無力化それ自体への抵抗を射程に据えた批判となり、「文化を読み変え」、「解放」をめざす「部落解放同盟も、全国部落解放連絡協議会をも、思想としてくつがえ」すという中上の認識の、具体的な発展として考えられるのではないだろうか。

また、文化の読み変えが、「路地」のプラクティスを抵抗の根拠へと変容させることにおいて為されるとき、それを疎外することによって優位にあった差別者は、自らの優位から放逐（解放）される可能性に気づかざるを得なくなるだろう。

「路地の者ら」にとって、一時的な痛苦の解消、すなわち快楽としてしか機能していなかった「路地」の文化を、抵抗の根拠となる文化的資本として編み直すことは、その文化を、それを内在させる主体の無力化に抗う手段とし、「政治的」闘争において、徴用すべく外部に開く論理を示す、ということである。《被差別部落》としての「路地」のプラクティスを可視化することによって、差別の「構造」を支えるパワーバランスを喪わせ、それを支えるマジョリティの位置をも揺さぶる政治的な投企性を持つテクストとして『千年の愉楽』を捉えることはできよう。

しかし、その抵抗はどのようなものとして構想されていくのか。抵抗とは具体的に、「構造的差別」(『紀州』)に徴用されない文化の確立を模索するということになる。ならばそれは、先に参照したサイードの〈文化〉の定義に依拠するならば、〈経済的、社会的、政治的領域から相対的に自律しており、快楽をあたえるのを目的とする主要な美的形式〉としての〈文化〉を、〈洗練化と高尚化をうながす概念〉としての〈文化〉にしていくことに抗うということになる。すると抵抗とは、〈美的形式〉を、〈諸関係の総体〉(『紀州』)と捉える視座において、様々な領域との関係を捉えかえしながら再編成するという方法を採ることにならざるを得ない。

『千年の愉楽』において「路地」の〈文化〉として示される〈美的形式〉は、《仏の論理》に根ざす救済の物語、そしてまた、信仰を裏面から支える物語としての、中本の一統の若死という悲劇である。その悲劇は、歌舞音曲に身を窶す淫蕩な血への仏罰としての若死という合理性を持たされるものだからである。そしてその〈美的形式〉こそが、《被差別部落》としての「路地」共同体の位置の指標ともなる。しかし『千年の愉楽』は、その〈美的形式〉によって正当化される救済の求めをこそ、「路地」を「駄目」にする根にある事柄とし、《被差別者》としての痛苦を味わわされた過去の記憶の忘却に結びついていることを示してもいた。したがってここで考えられる抵抗とは、奪われた〈美的形式〉―〈文化〉を取り戻すということではなく、既にある〈美的形式〉―〈文化〉を再編成することと以外にない。〈文化〉は、ゆえに痛苦を味わわされた過去の記憶の生々しさとともに生成変化し続けなければならない。すなわち、痛苦は〈美的形式〉に還元されてはならない。「路地」の〈文化〉に即して言えば、痛苦の浄化

―救済という《物語》には還元され得ないこととして、痛苦を物語り続けねばならないということになるだろう。

振り返ってみれば、痛苦を忘れるな、という構えにあったオリュウノオバの語りとは、「路地」の《物語》に還元され得ない出来事として、中本の一統の若死を思い起こし続けるものであった。その意味において、その語り自体が、「路地」の文化を再現しつつも、出来事の物語化という回路に亀裂を入れるものに他ならなかったということになろう。その語りは、産めよ増やせよという「路地」の論理に即して産婆の役割を全うすることが、若死を再生産することの中心にあるということを問題として指し示すものであったからである。「路地」が「駄目」になるという環境のなかで、中本の一統の若死を語ることで、「路地」の論理に即した行いの両義性を露呈させながら、オリュウノオバは、浄化―救済の回路に還元され得ない出来事として、若死を位置づけようとした。

そのような主体が形作る《文化》とは、浄化―救済を証し立てる出来事として若死を捉える論理を、解除する契機をはらむだろう。とすればそこでは、救済されるべき者としての自己同一性への回帰も不可能にされるだろう。それは、そのような同一性への回帰を強い、またその反動として、《国民》への可視化―同化を強いる制度のなかで、同化と救済を等しいものとする仕組みに、「路地」の《文化》を動員させないという意味での、抵抗の必要条件となる。オリュウノオバのありようは、この範型として捉えられる。

「路地」の諸制度に正当性を付与しつつ、人間形成に深く関与する物語的知は、救済されるべき者の自己同一性を固定するために、「路地」を「駄目」にする。しかしその知はまた、「路地」の生きのびを担保するものでもある。したがって、単純に否定することも肯定することも、ともに「路地」を「駄目」にする。物語の神話的機能の限界を明らかにするオリュウノオバの語りとは、「路地」の既存の諸制度への統合に関わって、否定的モデルとして表象される中本の一統を、そのような表象に還元され得ないものとして指し示すことにおいて、その神話的機能を否認する《物語》を成し、「路地」の《文化》を延命しようとするものである。

このような語りを布置する『千年の愉楽』とは、《被差別部落》の近代化・都市化を単に否定するのではなく、その近代化・都市化の要請によって明るみに出る「路地」の《文化》の限界をこそ機縁とし、その要請の欺瞞をラディカルに暴露することにおいて、「路地」の《文化》の延命を企図するものなのだ。しかし、近代化・都市化の要請がはらむ欺瞞とはいったい、どのようなものなのか。

＊

この点を考察するために、『熊野集』を読む必要が生じる。特にその私小説ともエッセイとも見まがう作品群においては、中本の一統と同じように若死した者たち、そして若くして自死した兄と「路地」との関係が問い直されている。

《改善事業》により解体されつつある「路地」との、生々しい《対話》を示す『熊野集』の「私」は、共同性の限界をわかった上で、その再構築を切実に求めているようにもみえる。一方で『熊野集』の「私」は、《近代化》の波にさらわれる「路地」の負の側面を暴露してゆく。「差別」現象が消失したとしてもなお、その消失に交錯する《近代化・都市化》においてこそ「構造的差別」が強化されるというジレンマが残る。『熊野集』は、このジレンマそのものに巻き込まれる「私」に関するメタフィクションとして読まれるものである。

**注**

＊1　中上健次『千年の愉楽』（河出書房新社、一九八二・八（初出：『文藝』一九八〇・七〜一九八二・四）六短篇の発表時期は以下の通り。「半蔵の鳥」一九八〇・七／「六道の辻」一九八〇・九／「天狗の松」一九八〇・十一／「天人五衰」一九八一・二／「ラプラタ綺譚」一九八二・一／「カンナカムイの翼」一九八二・四）（引用：『中上健次全集

5』集英社、一九九五・七)
＊2　中上健次「紀州　木の国・根の国物語―24完―闇の国家(ルポルタージュ　紀州)」(『朝日ジャーナル』一九七八・一)(引用:『中上健次全集14』集英社、一九九六・七)
＊3　中上健次「市長に会って」(『紀州新聞』一九七八・八・二三)(引用:『中上健次全集14』集英社、一九九六・七)
＊4　中上健次「被差別部落の公開講座八回で打ち切りの反省」(『毎日新聞』夕刊一九七九・一・一七)
＊5　守安敏司『中上健次論　熊野・路地・幻想』(解放出版社、二〇〇三・七)
＊6　中上健次「姉の自由・アナーキー―円地文子『花喰い姥』」(『早稲田文学』一九七四・一〇)(引用:『中上健次全集14』集英社、一九九六・七)
＊7　中上健次「和田芳恵・老残の力」(『文藝』一九七七・一二)(引用:『中上健次全集14』集英社、一九九六・七)
＊8　トリン・T・ミンハ「おばあちゃんの物語」(『女性・ネイティヴ・他者』岩波書店、一九九五・八)
＊9　中上健次「物語の系譜　円地文子」(『国文学』一九八五・六)(引用:『中上健次全集15』集英社、一九九六・八)
＊10　四方田犬彦『貴種と転生・中上健次』(新潮社、一九九六・八)
＊11　磯前順一「近代における「宗教」概念の形成」(『岩波講座　近代日本の文化史3　近代知の成立』岩波書店、二〇〇二・一)
＊12　E・W・サイード『文化と帝国主義1』(大橋洋一訳、みすず書房、一九九八・一二)〈洗練化と高尚化をうながす要素をふくむ概念〉としての〈文化〉ではなく、サイードによって定義されるもう一つの〈文化〉概念、すなわち〈経済的・社会的・政治的領域から相対的に自律しており、快楽をあたえるのを目的とする主要な美的形式というかたちで存在する〉〈文化〉のことである。
＊13　P・ブルデュ『実践感覚1』(今村仁司・港道隆共訳、みすず書房、一九八八・一二)
＊14　〈差別戒名〉とは、〈仏門に入った者や死者に対し、その人の生存中の社会的身分や職業などを参考にして、分け隔てて位階をつくり、とりわけ被差別者に対して悪意を込めて名づけられた仏教名のこと。[……]過去帳・墓石・位牌

などに記載され、死後までも差別が持ち込まれる。〔……〕被差別身分の人々に対して、畜・賤・草・朴・僕・非・革・鞁・僮・卑・婢・隷・連寂・旃陀羅などのきわめて露骨で悪質な字句を用いたり、たとえば〈長吏〉という差別語の当て字としての〈長林〉〈兆林〉などを用いるとか、欠画文字など変形した漢字を用いるとか、漢字そのものも戒名や法名にふさわしくないものが用いられた〉ものである。(『部落問題事典』解放出版社、一九八六・九)

＊15 〈世界宗教者平和会議・町田差別発言事件〉とは、〈一九七九年八月、第三回世界宗教者平和会議において、全日本仏教会の理事長をつとめる町田宗夫曹洞宗宗務長が同会議人権部会の席上で〈日本に部落差別はない〉とし〔……〕〈日本の名誉〉のために〈部落問題は絶対削除してもらいたい〉と発言した差別事件である。〉(『部落問題事典』解放出版社、一九八六・九)

＊16 座談会参加者は以下の通り。小野一郎(日本キリスト教団部落解放センター委員会委員長)・橘了法(全日本仏同和委員会委員長真宗大谷派同和推進本部委員)・村越末男(大阪市立大教授・部落解放研究所事務局長)・八木晃介(毎日新聞社大阪本社学芸部記者)・鷲山諦住(司会・浄土真宗本願寺派同朋運動本部員)

＊17 松木田譲「宗教の原点にかえれ―曹洞宗差別戒名追善供養と差別戒名実態調査」(『部落解放』部落解放研究所、一九八一・一二)

＊18 八木晃介談「部落差別問題と宗教者」(『部落解放』部落解放研究所、一九八一・一二)

＊19 松木田譲「宗教の原点にかえれ―曹洞宗差別戒名追善供養と差別戒名実態調査」(『部落解放』部落解放研究所、一九八一・一二)

＊20 全国部落解放運動連合会「差別戒名など宗教界の当面する諸問題についての全解連の態度」(『部落問題研究』一九八二・一)〈〔……〕一部の教団が「解同」に屈服・追従する状態も生まれている。過去の「差別」問題を理由に、反省や自己変革をせまられた教団は、その証明として、「解同」の同特法「強化改正」「基本制定」要求の署名や集会、街頭宣伝、デモ行進に参加し、また、他教団への糾弾会にも加わっている。宗教界には、〔……〕部落解放運動の状況を把握していない認識と行動がみられる。しかし、「解同」は部落住民全体の利益を代表する組織ではない。ましてや不

当な暴力的糾弾によって、逆に宗教者の人権を侵害し屈服させている事実は、人間の尊厳を確立することをめざす部落解放運動とは無縁の行動である。これに宗教教団が追随することは、部落差別解消にたいして逆行するものである。〉

＊21 『赤旗』（日本共産党中央委員会出版部、一九八二・一）〈［……］差別墓石問題などを『解同』が急に重大視し始めたのは、第一に、彼らの同和行政への不当介入による構造的腐敗、暴力的糾弾など無法が国民的批判をうけ孤立したが、これをきりぬけるため宗教界を屈服させようとしたこと。第二は、同特法期限切れ前に、『解同』にたいする批判のほこ先をかわすための、差別さがしキャンペーン。第三は、宗教界を新たな利権あさりの対象にしようとする野望である。〉

＊22 愛宕美「宗教と部落差別―差別戒名をめぐって」（『部落解放』解放研究所、一九八二・三）

＊23 八木晃介談「部落差別問題と宗教者」（『部落解放』部落解放研究所、一九八一・一二）

# 第五章　危機に立つ《小説家》——『熊野集』

## 1　《小説の悪を認識すること》と《物語への欲望》のあいだで

『熊野集』[*1]は、「路地」のモデルである和歌山県新宮市にある《被差別部落》が、同和対策事業により大きく様変わりする時期に発表された連作短編集である。本章では、主にその《私小説系列》[*2]を対象に、変貌する「路地」との連関においてテクストが、「小説家」をいかに生成したかを考察する。

井口時男氏によれば、この《私小説系列》は、現実的な「路地」解体事業に並走して書かれた〈小説というよりエッセイ〉、〈「路地」終焉のドキュメンタリー〉である。そしてそれは、テクストの基底に「路地」への〈愛〉と〈公憤〉、そして〈喪失感〉や〈かなしみ〉といった中上の情緒を置き、この両者の〈解離〉にこそ、〈想像力（創造力）のむなしさ〉そのものがみられるという[*3]。

このような評は、『熊野集』についてしばしばみられるものだ。が、本章では、このような情緒とテクストとの関係を相対化し、〈解離〉が生じる局面で生じる拮抗にこそ特徴づけられる「書くこと」、「小説」、そして「小説家」定位の力学を検討したいと思う。

例えば『熊野集』の《私小説系列》に属す作品には、同和対策事業批評と並んで「路地」批評もみられる。これが、井口氏が述べる〈愛〉や〈公憤〉という情緒を根に持つことは確かだ。しかし、この情緒を指摘することに留まった場合、《被差別部落民》を歴史、政治の犠牲者――被害者――とした同和対策事業特別措置法[*4]に対して、「路地」の人びとを必ずしも被害者として固定せず、その上で同和対策事業批評と「路地」批評を重ねたテクストの特異性を検討できなくなるだろう。そして、テクストにみられる「路地」批評は、「私」が、その批評をできる安定した立場にあることを示さない。そこでは、例えば「小説家」としての「私」の自己言及的な叙述にみられるような、

「路地」批評を制御する論理と「路地」批評そのものがせめぎ合いを起こしてもいるからだ。そのせめぎ合いのなかで、「路地」解体事業によって起こる〈喪失感〉や〈かなしみ〉に陥りながら、「私」がそれでもなお「路地」を「小説」に《書くこと》の内実を問う言葉が生まれていくのである。

　このせめぎ合いを重視しなければならないと思うのは、テクストにおいて「路地」の《よそ者》として措定される「私」が、「路地」との共同性や共有のものを《奪われた者》としての立場から書く、ということが選択されているからだ。そこでは当然、《サバルタン》[*5]としての「路地」の者（ないしは「路地」）をいかに語れるかという倫理的問いが生じる。また、そこで、既存の共同体を奪還せずとも、共同性を活性化しようとする志向を持つ存在としての「私」が浮かび上がってくる。つまり、「小説」に求められることとして、共同性を活性化させることをめぐる問題に触れながら、そこで「小説」や「小説家」がいかに位置づけられていくかを検討する必要がある。

　さて、本論に先んじて、《私小説系列》を中上の「エッセイ」とみることに距離を置いて論じた紅野謙介氏の指摘に触れておきたい。紅野氏は、〈死者たちを内にたたみ込んでいた現実のトポス〉（「路地」）を失うことと並行して、死の〈豊かな意味〉を奪われた現実世界で、〈小説家は何を書くのか〉という問いが《私小説系列》に生じていることを指摘している。そしてこの問いに対して、「小説」の〈悪を意識しながら〉〈物語を生む邪悪な精神〉において書こうとする「私」の志向がみられることを指摘している。そこでは、〈ひとりひとりの死を見ない「人間」中心のイデオロギー〉としての、一九八〇年代初頭にみられた〈反核ヒューマニズム〉への批評性も重ねて見出されている。[*6]

　しかし、「小説」の〈悪を意識〉してなお、〈物語を生む邪悪な精神〉において書くとはどういうことなのか。「小説」の〈悪を意識〉することが、「路地」を《書くこと》をめぐる倫理への問いと密接だと仮定するならば、紅野氏の指摘をいったん相対化してみて、そのことと《書くこと》とのあいだに着目し、倫理を駆動させていく物語行為の特異性を析出すべきだろう。

その先で、「路地」を書く「小説」をテクストがいかに概念化し、また、「路地」と「小説」がいかなる共同性のもとに置かれようとするのかを考察したい。したがって本論はまた、紅野氏とは異なった観点から、《私小説系列》の「反核」言説批評の水準をみることにもなろう。

さて、まずは「路地」と「私」との関係を、《私小説系列》の第一作目である「桜川」を通して記述しておきたい。が、その前に、『熊野集』の第一作目である「不死」を読み、『熊野集』の問題領域を確認しておきたい。「不死」を通して定義される「熊野」と、〈私小説系列〉に属す作品における「路地」とが、アレゴリカルな関係で結ばれているためでもある。

「不死」は、「被慈利」という視点人物を設ける。この被慈利が、熊野山中で「女」と遭遇してから、「女」を見失うまでの体験によってもたらされる状態を、「熊野」という土地からの作用であるように構成する一篇である。

被慈利には、「里にもおれず」、「学問にも向かない」「未熟で半端」な《身分》が与えられている。そして、被慈利が出遭う「女」は、被慈利が「異形の者」と見なす存在を「尊い御方達」と呼び、それに奉仕する者として、被慈利に近づく者である。

被慈利は、自らの「半端」さに対する劣等感を抱えており、そしてまた、「里」で殺人を犯したゆえの救済願望に強く規定されてもいる。だが、物語の序盤では、この殺人の記憶は隠蔽されている。そして彼は、むしろ彼の「半端」意識からの救済を強く求める回路において、女を性的対象と見ると同時に、自分を救済する「観音の化身」とし、その「女」に「人の身を越える徴」がないとみるや強く「失望」したりしている。その救済願望は、彼の「半端」さを規定する二つの論理、すなわち里俗の論理と、学問の世界の論理からの解放を求めるものだと言ってよい。

この被慈利が救済されそうになる局面は、「里」で被慈利が犯したらしい殺人の記憶を、被慈利が思い出す場面にみられる。

一向に救われないことに「やり切れない」思いを持つ被慈利は、女と交情することで「ジャアラジャアラ」と唱え、「乞食のような、盗っ人のような自分」が、「いつか思い余ってそうしたようにジャアラジャアラとその女を殺してしまおうかと考え」るようになる。

そのつぶやきが、「半端」であるという被慈利の意識を、被慈利自身が悪者であるという認識へと転換する媒介となって、被慈利に過去の悪行の記憶を喚起し、この悪行の主体としての被慈利自身を「けがらわしい」と形容させるに至って、被慈利が女に「救けてくれないか」と告げるクライマックスを導く。

この局面で被慈利は、「半端」意識を規定する論理を剥がされ、自らの「けがらわしい」生と直面させられ、「けがらわし」さからの解放＝救済を願うことができるようになる。「半端」意識そのものを剥がされて、真の救済の端緒を得る、ということである。なるほど、この場面は、被慈利における救済＝解放の端緒にみえる。しかし、以下にみていくように、被慈利は自らに潜まされていた記憶に、現在の生を覆われてゆくばかりで、救済＝解放を不可能にされるのである。そして、このような事態をもたらすことこそ、《熊野》の特異性であるかのような仕組みをテクストは成している。では、被慈利に起こる事態を詳しくみてみよう。

まず被慈利は、「愛しさ」に等しい「憎しみ」を女に抱きながら、「すべて自分だけが施しを与えている」ような女と暴力的な性交を行う「いたたまれなさ」と「さいなまれている気」を持ち、ここで、「里の女」の殺害体験を想起することになる。そこで被慈利は、自らにおいて隠蔽されていた記憶と直結し、その記憶の内部に属す「里の女」にかつて被慈利が行使した暴力を、現在の被慈利自身に働きかける力へと反転させて、知覚することになる。

里の女が「しょうにん様あ、たいし様あ」と呼ぶ。［……］俺は女に頬ずりされ足の指までうやうやしくいただくように口づけされ、あがめられそうやって真綿で首を絞められるが如くいたぶられさいなまれている気がした。［……］そうするうちに女の声は時おり俺の声である気がしたのだった。自分が自分にむかって救いを乞い同時に女にむかって心の中で言っていた。（「不死」）

かつて「里の女」によって、聖的権威を付与される呼びかけを得る側に自分が位置づけられていたという記憶を持つ被慈利は、しかし、ここで被慈利の記憶に内在する「里の女」に被慈利自身を投影し、その「女」が発する救いの言葉を、被慈利に向けられるものであると同時に、被慈利自身が発しているように知覚する。そしてこの後、被慈利は「その声を耳にして煽られるように手が女の首にのびた」ことも想起している。

「女」にはすでに、被慈利自身も投影されており、「女」への凶行に潜まされた被慈利のエネルギーを、被慈利自身も受ける者として措定される。この一連の想起は、被慈利自らの手になる殺害の記憶を、自己殺しの体験として再編成するものである。そしてここで、「観音」ともされた山中の「女」も被慈利に重ねられることとなる。被害者の「女」と加害者の被慈利、そして、被害者の「女」に重ねられる「観音」のような山中の「女」。被慈利が求めていた救いは、「観音」のような山中の「女」を媒介としなければならなかったが、その「女」が、被慈利の殺害した「女」と重ねられることで、被慈利の願う救済の回路が閉じられてしまうのである。

ここで《熊野》は、被慈利という男が、他者への加害を自己を殺す体験でもあるかのように意識させる場、すなわち過去に暴力を発動した加害者が、その暴力に向き合わされるという循環を成す場になっていると言える。そして「不死」は、この被慈利の一連の体験を、現実のことかどうかを被慈利に見失わせる結末を置く。

被慈利が装束をつけ終り、女に今一度里で暮らそうかと言おうとして振り返ると、そこには誰もいなかった。
被慈利はその事も最初から知っていたと思った。(「不死」)

「女に今一度里で暮らそうかと言おう」とする被慈利の言葉は、救済あるいは身の浄化が訪れたかのように錯覚している被慈利を浮かび上がらせる。その発話が被慈利に可能なのは、「里で暮ら」すことができる者となった、つまり自分が、救われた＝浄化されたと思うからだ。しかしみたように、《熊野》は被慈利に、その「けがらわし」さを自覚させても、その浄化を施すこともなく、また、それゆえ被慈利に救済を与えないように機能していた。そしてさらに、「不死」の結末にみられるように、山中体験をすべて、先験的な出来事としてしまう述懐が被慈利に生じていることは、被慈利の個別的な体験のリアリティを曖昧にし、被慈利を、既知の物語を生きさせられた履歴を持つ者として登録することになる。

「不死」における《熊野》は、里で被慈利が聖なる者とされる物語を生きさせられたように、山中徘徊の物語を生きさせられただけの被慈利をつくり出す。山中徘徊がもたらした記憶の喚起は、犯した罪の浄化を経て新たな被慈利の生を立ち上げる契機とはならず、したがって、一度犯した行為を反復する可能性を被慈利に孕ませたまま、その罪責を背負い続ける悪無限に置かれる被慈利の起点となる。

被慈利の山中徘徊は、忘却・封印されていた記憶を、被慈利において鮮明に喚起させながら、それによって主体を新たな問いと解決のステージに送り込まない。ゆえに被慈利に救済はない。[*7] この意味で《熊野》は浄化ではなくむしろ、その場に足を踏み入れた者に過負荷を担わせ、その主体の不透明度を高める場であると言えるだろう。古来、熊野参詣の主題だった《蘇生》には救済の契機があり、また《蘇生》が過去との切断を方法的に畳み込むこと[*8]であったことを踏まえるなら、「不死」の徘徊は、その《蘇生》を不可能にされる主体を生成する現場となっている。

彷徨する者に救済をもたらさないどころか、過去の行いの罪深さに、知らぬところで規定される生を生産する《熊野》。このモチーフを「桜川」は引き継ぐ。いや、「桜川」のみならず、『熊野集』の《私小説系列》は引き継ぐと言える。「被慈利」に相当する視点人物は「小説家」の「私」だ。そこでは、「不死」の「熊野」と通底する「路地」が登場するだろう。まずは「不死」に続く「桜川」を読む。

## 2 《路地を書くこと》と《自分を殺すこと》との連関

「桜川」では、三重県の二木島で実際に起きた、子殺しを含む連続射殺事件の犯人として自死した「男」を、「私」が、自分の「私小説の主人公」である「秋幸」とみてしまったということを反省する過程で「小説家」の位置が問われることになる。この問いは、「路地」の「小説家」になることはできないという《半端》な意識に由来しているという点で、「私」を「被慈利」に似ている存在としているようにもみえる。さて、この過程に深く関わるのが、「私」における「路地」認識の変化である。

小説の最初、「私」は、連続射殺を「小説」の「主人公の暴発」、すなわち『枯木灘』の秋幸という「子」の「暴発」に擬えることで、犯人とされる「男」の内面を、「目にみえるように想像」する者として現れる。この想像ができる「私」を、「路地」と「私」との関係を再考する経緯のなかで、「桜川」は失効させるのである。では、この経緯において、「私」は「路地」とどのように関係する者として表象されるのか、また、そこで「小説家」の位置をめぐる問いは、どのように浮かび上がってくるのか。

まず、「私」の友人が、《改善事業》による「路地」の激変に「憤慨」する「私」に対して、「路地」への管理的父性を見出す、というエピソードに注目したい。そこで友人は、『枯木灘』の浜村龍造と「私」が似る、ということを語るのである。この言葉を受けて「私」は、『枯木灘』において「市民社会」の「父親」として龍造を造形してしまったとのだと思い、そのような「父親」と、「男の親を父親と呼ぶ」習慣を持たない「路地」の「男の親」とが似て非なるものだと気づく。それゆえ『枯木灘』が、市民社会の父子関係に準拠し、龍造との関係に規定されて「暴発」してしまった「路地」の秋幸を描いたものであることが間違いだということ、つまり、『枯木灘』が「路地」の現実に対する錯誤の産物だという認識に至る。この認識を持つ「私」がみる「夢」が、「路地」に対する「私」の位置を導くことになる。

〔……〕腕の中で子供は許して下さい、許して下さい、と私に言い、いや、おまえではない、おまえは単なる俺にすぎないと声にならぬ声で繰り返し、〔……〕カーブ辺りの坂の脇に出てズルズルと下に落ちはじめる。〔……〕その子は……路地の子で、何故か私がその子の親だという役割になっていた。坂の上からイトコや私の女房がキイ坊、キイ坊と名を呼び、子供はその声に促されるようにゆっくりと私のかたわらに歩み寄り、石でどうか頭をうちすえて殺してくれと私の前によこたわる。（「桜川」）

「夢」の中の「私」は、まず、殺されないようにと「許し」を乞う「子」に「俺」を投影して引きずり廻している。その後、瀕死となった「その子」を前にした「私」が現れ、この「私」が今度は「その子」の「親」となる。そして、あらためて「路地の子」として浮き彫りになった「その子」が、周囲の者たちの心配する声を聞かないように、「親」の「私」の前に横たわり、そして、「私」に殺されようとする。

この「夢」で注目したいのは、まず、「俺にすぎない」と思っていた「子」が、いつしか「路地の子」となり、この「子」が「路地の子」として顕現すると同時に、「私」に殺されることを願う者として表象されることだ。「子」は「子」であるにも拘らず、「俺」に殺される対象となることで「俺」との関係を切断された者となる。そして、その「子」が「路地の子」となることで、「私」がその「子」に対する「路地の親」になったとしても、その関係の成立を前に、「路地の子」が身の消滅を願う、という筋道がつくられていく。

「夢」は、「路地の親」になることはできない「私」の「現実」を啓示する。「路地」の親子関係を書かずに、市民社会の父子関係に即して『枯木灘』を書いたことを反省する「私」には、「路地」の親子関係を成り立たせることができない「私」が突きつけられる一方で、「路地」の親子関係に基づいて「小説」を書かなければならないという理路が用意されることになる。

そしてこの「夢」をみた後、「私」は、二木島で殺人を犯して自死した「男」の「泣き声」を聞くことになる。「男」の「泣き声」は現実に属すものではない。それが鳴り響くのは、自死した男のいる場所、端的に死後の世界である。すると、この「泣き声」が聞ける「私」も死後の世界に足を踏み入れている存在だと言えるだろう。先の「夢」を思い起こそう。これによって「私」は、「路地の親」にはなれぬこと、そして決して「路地」に属す資格を持たない「小説家」であるという事実に立った。この事実に立つ「私」を、比喩的に死者に等しい存在とする位置づけが、ここで確認できるだろう。

そして、この「男」の「泣き声」に共鳴する「私」が問題になる。この共鳴は、「路地の親」にはなれぬ、また、「路地」に属すことのできない「小説家」である「私」が、「子」の位置を得ることもできないことを指し示すからだ。「男」の「泣き声」は、実在する自分の「息子」に「私」がそうしたように、「命またけん」というメッセージを内包するものとされる。つまり、この言葉を向けられる「私」の「息子」と、「男」に殺された「二人の子」が重なり、この「子」に照らされて、「私」と「男」ともども、「親」の位置を与えられることになる。ここで、「男」の行為が「親」の情に基づくものとなり、「小説」において、「男」の犯したことを秋幸という「子」の「暴発」に擬えた「私」のまなざしも失効させられるのである。

「男」の行為を「子」の「暴発」とみることを不可能にした発端にある「夢」は、「私」が「路地の親」にもなれず、また「路地」に属す「小説家」にもなれないという啓示となるとともに、「私」の「私小説」を、「男」の行動を誤読させた道具として位置づけることにもつながってゆくのだ。

ここで、特記しておくべきことは、「小説」と現実が構造的に一致しない事実を浮き彫りにする「私」の厳密な思考によって、「小説」を現実の解読格子として援用し、それによって現実の事件を追う「私」、すなわち、「小説」を元手に現実をみようとするまなざしを持つ「私」こそが、「路地」に「納得」されない者として浮かび上がってくるということである。「路地」に接近する「私」が、「路地の親」としても、また「小説家」としても、現実の「路地」に対して全く無力であるということであれば、「私」は、「路地」を書く、どんな「小説家」となることができるのか。また、「路地の親」でも「子」でもない者として、「路地」にどのように関わることができるのか。「路地」を自らへの斥力の源泉としなければならない状況で、「路地」の現実を書く、いかなる「小説」が可能なのだろうか。

この問いへの回答の端緒として、次に取り上げる「蝶鳥」を捉えていこう。「蝶鳥」は、「路地」を自らへの斥力の源泉とするということを、「私」が「自分を殺す方法」を模索することで実践しようとしているものである。それは、「路地」を斥力の源泉とする以外にない、すなわち、「路地」にとって《よそ者》としての「私」を定位するしかない「私」が「書くこと」の起点であり、それとともに、「小説」が現実の解読格子にはなり得ないとわかっていながらも、現実との関係に執着する「小説家」を成す起点となるだろう。具体的に「蝶鳥」をみていこう。

「蝶鳥」において、「自分を殺す方法」への問いは、「路地」の老婆が語る山草取りの男の話を聞いたことを機に、「私」が自死した兄を連想する嘆きとともに示される。その嘆きは、出自不明の孤児だったらしい「私」の祖父を、「路地」が育てたことを思い出して語る老婆の話に対して、共生の精神を「私」が見出しつつも抱いてしまう、違和感に基づく。まず、「私」のこの嘆きが生じる経緯を見よう。

　老婆は、《よそ者》として「路地」にやってくる「山草売りの男」が、「霊魂のこもった山草をひき抜いて商売」するために、「親兄弟が酷い死に方」をしたらしいというエピソードを「私」に語る。しかし「私」が、その男本人への「たたり」の有無を聞くと、老婆は「わしが花好きやさか言うてただでもろてくれんか?」と言った男の優しさを語ってはぐらかす。「私」と老婆の問答は、「たたり」(＝死)が「山草売りの男」に及ばないことや、花をもらっているにも拘らず、自身に「たたり」がおよぶ可能性を想定していない老婆の保身に作用する《路地語り》(自己再帰性を隠蔽する機制を持つ語り)を暴露する。そして「私」は「山草取りの男」に会いに出かけ、彼が「兄」に似ることを知って「混乱」し、兄をめぐる想起と嘆きに襲われる。そして、その「私」の「混乱」は、《よそ者》の祖父を育て、また「山草売りの男」という侵入者を生かす「路地」の精神に反することとして、「山草売りの男」に似る「兄」が自死した事実を位置づけるきっかけとなる。ここで「私」に、「兄がかけた謎の一つだに解いて」おらず、「路地の中でイニシエイションを繰返すように歩いて廻って自殺した兄を殺害した王のようにかついで廻るだけで自分を殺す方法も知らない」という嘆きがうまれるのである。この嘆きは、いったい何を問題として浮上させるか。

　社会学的知見から王とは、社会を支える身体や生命の集合体を凝縮する身体性をもち、王の死は、その身体を隠される際、その性質を新しい身体に宿す機会として共同体維持に活用される。[*9] これに従えば、これまで兄(＝王)の死を「小説」に書いてきた行為を、「かついで廻るだけ」(傍点引用者)に過ぎなかったと「私」が表現する裏に、共同体維持の機会になり得た兄の死を「私」が可視化してしまったために、「私」の「小説」が共同体を攪乱するものになるのではないかという懐疑を指摘できる。よって「自分を殺す方法も知らない」という嘆きは、「小説」において兄の死を可視化することと「路地」を攪乱しないこととを不可分とした上で、「路地」の活性化に関わる「小説」をいかになすかという困難な問いの起点となると言えるだろう。すなわち「私」の嘆きは、「路地」の活性化に不可避である、「路地」の相互扶助の継承に関わりつつ、他方で、自己再帰性を伴わない《路地語り》への批評にもとづく「小説」を要請するだろう。この実践こそおそらく、「蝶鳥」で問われている「自分を殺す方法」を実現するものだ。そして「自分を殺す」——死者になる——ことは、「花郎」で、一定の到達をみることになる。「花郎」をみよう。

「花郎」は、韓国滞在中の「私」が、「路地」近くに住んでいた「死んだヤンピル」（在日朝鮮人二世）を想起することから始まる。ヤンピルは、自死した兄に擬えられる存在であり、「路地」の外にある在日朝鮮人部落出身ゆえ、「路地」にとっての《よそ者》として、さらに「私」にとって「夢」のように思われる、「路地の子」だった頃の記憶に閉じ込められた存在となっている。ゆえにヤンピルの死は「私」が確定的に語れないこと、いわば「謎」としての兄やその「死」と相同的に取り扱われる。重要なのは「花郎」末部、《路地語り》を通して《死者（ヤンピル）になる》「私」が導かれることだ。そこで「私」は韓国の街を歩きつつ、「今はじめて」「眼にする光景」だと「頭」で認識しながら「既視感」に襲われ、そこで出自不明だったらしい祖父を語った「路地」の話を不意に想起することで、「この土地が私のもう一つの父祖の土地だ」と確信し、祖父が「韓国から来」、「子供の頃白いチョゴリを着た祖父に抱き上げられ私がヤンピルと呼ばれた」想像を起こしている。「私」がここで、「私」の祖父の出自を曖昧としたままに、祖父について語った「路地」の老婆の話を、自らの想像行為に援用して「ヤンピル」になっていることに注意しよう。

事実の定かでない出来事を語った「路地」の言葉を利用して行われた想像の内容は、「私」にはもとより、ヤンピルにも体験されたかどうか曖昧な、両者にとって半ば捏造された記憶をもとにする。この想像においてこそ、《路地語り》の継承と批評が同時に遂行されている。というのも、捏造された記憶による、「子供の頃」の記憶の更成は、不確かなことを語る「路地」の話法の反復を示すという意味で《路地語り》の継承を証す。他方で、「私」が過去を書き換えてしまったという結果を示す記憶は、「私」自身が、「私」の自己同一性を揺るがされる事態を指し示すと言え、「私」における記憶の再編成そのものが、「蝶鳥」で確認したように、自己再帰性を伴わない《路地語り》への批評性を帯びる。このように「私」は、「路地」の《よそ者》だった《死者(ヤンピル)になる》ことで、想像上で「自分を殺す」ことを可能にしているのであり、《路地語り》を引き継ぎつつ、しかもそれを批評する理路を持つ者になっていると言えるのである。この「方法」に基づく「小説」が、「路地」の活性化に関わる可能性はあるかどうかが、さらに問われねばならないこととなろう。それは「海神」で問われる。

「海神」は、かつて「私」が構想したという「小説」(「架空の武勲詩」に綿密な「校訂と注釈をやる評論家の小説」)を引き合いにして、「小説」と「路地」との関係を問うものだ。そこで「小説」と「路地」は、小説内小説の「武勲詩」に示される、「不具と畸形と病に魅き寄せられ治癒させようと願う」「治癒神」と「病気が蔓延する」「地上」との関係に喩えられ、治癒を介した相互扶助関係に置かれなければ「小説」は「架空」になるものとして位置づけられている。そして「小説家」は、「小説」が「架空」のものとなる限り、「地上」から「賤しく犬のように酷く追われる」・「禍いものの神」でしかありえないという。このような前提において「海神」では、「賤しく醜い治癒神に能うる限り似ている」とされる「完治」という人物と「路地」との関係を通して、「小説」の位置がアナロジカルに問われる。「小説」は、「路地」の「治癒神」すなわち完治のようにあれるか。まず、私の兄やヤンピルと同じく、「路地」に居住しながら「路地」の《よそ者》として位置づけられる、若死した完治と「路地」との関係に関わる箇所からみていこう。

「路地」解体事業推進の要となる山に移り住んでいたという完治は、「小説家」として外からやって来た「私」に、昔の「遠近法」どおりに接した者であった。しかし「路地」の者たちが彼を「阿呆」と呼ぶ現実がある。「海神」では、その「路地」の変容が次のように示される。まず「私」によれば、山に「業病」の女とともに移住した完治は、「女が業病と呼ばれた病」だったからこそ「はしゃぎ戯れ、治癒しようと本能として動いた」。その「本能」は、「業病」をめぐる「恐ろしい物語を信じ」ても病人を看病した、かつての「路地」のハビトゥスに拠る。しかし「路地」の人びとはいま、女を悪く言わない一方、完治という「阿呆」は「何をするかもわからんとむきつけに言」う。いまの「路地」は、病人の女を自らの受苦に転化して、自己浄化の素材とし、自己浄化の物語に関わる《よそ者》は受け入れるが、それに関わらない「阿呆」の完治を排除する論理を持つ。そして現在の「路地」はさらに、完治の家を「市役所から派遣された路地の出の職員ら」で燃やし、そして彼が「路地」外の誰かに殺されたとする「噂」によって、完治が死んだ原因を曖昧にして、完治への排除を完成してしまう。完治の死と自分たちとを無関係とする人びとが集う「路地」に、もはや完治を「治癒神」とみる枠組みは存在せず、それゆえそこに相互扶助に基づく共同性を活性化する機会はないことになる。

この現実を前に、小説内小説は「治癒神がまたも血を流して死」に、「辻々はぬらぬらする腐った血でおおわれ」る内容へと変更を余儀なくされる。「治癒神」を語る物語のみならず、その物語の基盤となる完治の死とも無縁になろうとする「路地」にとって、「自分を殺す方法」に拠る「小説」など「架空」でしかないものとして「私」には思われ、ゆえに「小説家」が「追われる」「禍いものの神」でしかあり得ないことが決定される。しかし、このような困難を始点に「自分を殺す方法」を徹底し、もはや不可能にさえみえる「路地」の活性化に関わる、「小説」と「路地」との共同性をなす回路を構築しようとすることが、続く「石橋」と「妖霊星」では模索されるのだ。以下の節において「小説家」の権力性が問われる「石橋」と、さらにそこから、「自分を殺す方法」を突き詰めていくようにみえる「妖霊星」を対象に、その軌跡に生じる特異な主格の検討を中心にしながら、「小説」と「路地」との共同性のありようについて考察したい。

## 3 共同性において《書く》主格の成立

「石橋」の冒頭で、「私」は「路地を書きつづけ」ることで「新宮という現実の場所を否定したい」と語る。「賎者」の「後裔」が集う「路地」が担う、文化の正統性を簒奪する「新宮」に抗う心情を「私」が持つということが、その理由だ。しかし「私」には、「小説家」にも「新宮」と同じ力学が働いているとの認識がある。その認識とは「新宮」が、「ヨーロッパの共同幻想が産みだしたアウシュヴィッツ」のように「路地」を周縁化しつつ包摂するために「幻想」としてつくりだしたというものだ。そして「小説家」が「路地」を書くことは、「路地」を創出した「新宮」の力に相同する「帝国主義」的なものとされ、「小説家」の「私」が問われる。この問いは、物理的に解体されてゆく「路地」をビデオカメラで撮影せずにはおられなかった「私」のポジションを露呈することを導く。

[……]つまり私が映画に残しておきたいのは小説家が視る事で侵略し発見する事で収奪したただ一人私所有の路地だった。[……]路地はなぜこうまで私の前にいつもあるのか。私はまた自問した。(「石橋」)

「小説家」として「発見」し、「収奪したただ一人私所有の路地」の撮影を通じて、「私」は、「私」が「路地」という場を創出した過程に潜む、「侵略」・「発見」・「収奪」の仕方について、「路地はなぜこうまで私の前にいつもあるのか」と根源から問うことで向き合う。「私」と、その「前」に「ある」「路地」との距離を前に、「こうまで」「いつも」と問うことからは、その距離を消すことへの志向が見出せるだろう。その距離は、「路地」で生まれ育ちながら《よそ者》の「小説家」として「路地」に接する立場に由来する以上、その消去には《よそ者》でありつつ距離を持ち得ない立場に「私」が生まれなおすという、およそ不可能なことが求められる。しかしそれ以外には、「路地」との距離ゆえに生じる「小説」の「帝国主義」的欲望も解除されないのであり、「私所有の路地」も、「新宮」の「路地」と同じものとなり、「私」が「路地」を「書きつづけ」て「新宮を否定」することも欺瞞的行為となってしまう。「路地」との距離の消去、および「帝国主義」的欲望を解除する理路が、どのように形成されていくのかをみていくには、「石橋」の次に発表された「妖霊星」をみる必要がある。「妖霊星」を対象に、「私」が「国家」、および「妖霊星」という主格になる箇所を中心に探っていこう。そこに、「私」の「帝国主義」的欲望を解除する鍵があると考えられるからだ。では、検証したい。

「妖霊星」において、「国家」という主格の成立は、「母系社会」の「否定」を端緒とする。それは、「路地」解体に関わる事業が「私」の「母系」にあたる姉らを中心に行われているという、実際的な問題への反応でもある。しかしいったい、「私」は何を「否定」しようとしているのか。ここで、「母系」に属す姉の一人の娘が、彼女のいとこの元・夫との子を妊娠したという件を聞いた「私」が、「人は増えればどんな状態であっても肯われる」という「母系」の理念を疑い、その「社会」に属す女たちを解釈する箇所をみよう。

私の女親がやむを得ず踏み出してしまった一夫一婦制の外、性の力の無政府的な切先で、減るのでなしに増える事だと私は産み落とされ、いま園美［姉の娘―浅野注］は母系の原理そのままに世間の一夫一婦制や家族制度を無視して子を産もうとしている。（「妖霊星」）

ここで注意したいのは、「母系社会」に内属する、女親と姉の娘とに対する「私」の解釈の違いである。ここでは、「女親」が「減るのでなしに増える」といって「私」を産んだことは、「やむを得ず」一夫一婦制の外に「踏み出し」たこととされる一方で、姉の娘が「母系の原理そのまま」にその「娘」を出産したことは、「制度」を「無視」したこととされる。「やむを得ず」踏み出すことは、「制度」との葛藤を主体に織り込むことで「制度」を否認する契機を持つことであると言える。しかし「制度」の「無視」という言い方は、「制度」を踏み出す行為の擬態として出産を位置づけるものと言え、「制度」否認の契機になり得ないこととして、姉の娘の出産が位置づけられていると考えられる。「母系社会」の理念に忠実とみえる姉の娘の出産は、理念の絶対化を担保にした行為に「母系社会」の正統性を帯びさせるも、結果的に「性の力の無政府的な切先」を鈍らせ退廃させる、理念の形式的反復にすぎないことになる。したがって、「私」の「否定」は厳密に言って、「母系社会」の退廃をうむ理念継承の方法に向けられるものだと言えよう。このことを踏まえると、「私」が「国家」であることはどう理解できるか。

私やその幻の男の子はただ一人だけで国家だと思った。浜村龍造が母系原理の貫徹した社会に生きた者の、生を受けるに必要とした一滴の精液の提供者たるソレや、実の男親、父親を否定し、自然が蓄積されず低いままの虫のように生きつづける女らを否定する想像力でつむいだ親なるものであるなら、私や幻のその子こそ、浜村龍造だ。(「妖霊星」)

「幻のその子」とは、「母系社会」の現状維持への抗いと表裏の「私」の願望に拠る、現実にはいない「幻」の子どもである。それは、「母系社会」の限定的「否定」を介した、「人は増えればどんな状態であっても肯われる」理念に基づく産物としての「幻」と言えるだろう。さらに、この「子」と「浜村龍造」とを一致させる「私」の「想像力」は、「幻」の子を「浜村龍造」という虚構の親に転倒するものであるため、生物学的親子関係が支える親と子の権力関係を攪乱するという意味で、「家族制度」を「やむを得ず」「踏み出」す「性の力の無政府」性、すなわち、母親が示した「母系社会」の側面に関わる範囲に示現していると指摘できる。ならば「私」とは、「否定」を介した「母系社会」との関係を組織しなおし、その理念を活性化する「想像力」を駆動する者である。これが、「私」が「国家」とされる所以だろう。しかし、この審級ゆえの権力性の有無はどうなるのか。そもそも「家族制度」と不可分の「国家」の権力性は、「母系社会」を否定し統御する父性原理に倣う力に現象する。この権力性と「小説家」の「帝国主義」的欲望は無縁ではない。しかし、いまみた「否定」を通した関係の再―組織化を通して、「母系社会」をむしろ拡張したところに成る「国家」という主格には、「母系社会」の全否定にもとづく権力性は読めないだろう。よってそこには、「帝国主義」的欲望にもとづく「収奪」をあらかじめ不可能にする関係構造を指摘できる。ここで、「新宮」に相同するとされた「小説家」から、「母系社会」としての「路地」を包摂して内化する力が差し引かれること、それゆえ「新宮」による「路地」の幻想化と異なるものとして、「私」の「想像力」があることも指摘できよう。この上で「小説」と「路地」との共同性は、どのような位相で模索されるのかが問われねばならない。さらに「私」が、「妖霊星」となる自らを示し、そこで「語る」ことに充足を示す箇所を検討する。

〔……〕高時が酒に酔って田楽を舞いはじめるとどこからともなく田楽法師らがあらわれ一緒に舞い、急に調子が変って「天王寺ノヤ妖霊星ヲ見バヤ」と声がしたというのを思い出した。その物語の作者は私と同じ血筋の者で、散所の長と類推される楠木正成に共感も親近感も感じ取らせる筆使いをしているが、勝浦を港の方へ歩きながら、世間の目からみれば私はわけの分からないその妖霊星という類だと思い、「勝浦ノ妖霊星ヲ見バヤ」とうそぶく。／私が妖霊星であってなにが悪かろう。アレはヨツだ、穢多だ、世が世であれば名前のない者として強い者や着飾った者らに芸を見せ物語の一つを唱じて消えるはずの者だとされて何が不足だというのだろう［……］。（「妖霊星」、傍線引用者）

引用に三箇所付した傍線部にみられるように、「私」には物語作者、物語内語り手の「田楽法師」、そこで語られる「妖霊星」が重なっている。注目したいのは、「世が世であれば名前のない」、「穢多」や「ヨツ」につながる「田楽法師」のように語るという「私」が、転じて語られる対象としての「消える」「妖霊星」の位置も得ているということであり、そこで「妖霊星であってなにが悪かろう」、「物語の一つを唱じて消えるはずの者だとされて何が不足だというのだろう」と「私」が充足する点である。これは、「田楽法師」や「物語の作者」の「血筋」としての「ヨツ」や「穢多」の語り手に「私」が自己同定し、さらにその語り手が「妖霊星」として「消える」こと、つまり《語られる対象として位置づけられる語り手》として「消える」ことへの充足である。「小説家」として、「路地」に「追われる」しかないという「海神」での限界認識を起点に進められてきた洞察から生み出された、この「消える」「妖霊星」としての充足はどう捉えられるか。

まず、語られる対象として位置づけられる、語り手としての「妖霊星」を求め語る主体には誰が入るのか。「私」が自らを「ヨツ」や「穢多」の「血筋」の「田楽法師」や「物語の作者」に擬えているのなら、それはその「血筋」の者、すなわち「路地」の者である。したがって引用箇所では、「妖霊星」の所有主体としての「路地」の者に語られる「妖霊星」の「私」が、「消える」語り手として対象化される事態が起こっていることになる。この所有の局面における主体と客体との関係について、レヴィナスに拠り、《死の留保》に関わる事がらとして所有を考察した熊野純彦氏の議論[*10]を参照して考えてみたい。

その議論に拠れば所有とは、所有主体が〈存在することに由来する欠落を充足しよう〉と生き延びることに不可欠のことであり、自分ではない他者を取り込み、他者を〈部分的否定〉にさらすことと同義とされる。この議論に照らすと、「妖霊星」としての「私」は、語られることで所有主体に取り込まれようとする他者の位置にあると言える。ただし「私」は取り込まれきることのない「消える」「妖霊星」として設定される。だが熊野の議論によれば、「消える」という設定も、「私」が「路地」に対して他者であり得ることを補強するものとなる。というのも、所有主体に対する客体としての他者とは、〈所有への誘因をはらむ存在者〉でありながら、所有主体が〈存在することに由来する欠落を充足しよう〉と〈殺すことを意欲しうる、ただひとつの存在者〉(レヴィナス)[*11]であること、すなわち〈所有を逃れでてゆく存在〉として、〈所有の誘因〉をはらむという倒錯性に拠ってこそ他者であるからだ。これはそのまま、求められ語られる対象のままに「消える」「妖霊星」の説明となるだろう。

「消える」「妖霊星」になることは、《よそ者》としての「小説家」を追い払い排除するものとして「私」に見出された「路地」の分離の暴力を、その《死の留保》のための所有の力(語りの力)に転じる媒介として「私」を位置づけることとも言い換えられる。このような局面が「私」に充足をもたらすと考えられよう。「路地」を《書くこと》は、「路地」を斥力の源泉としなければならないという前提と、「小説」を不要とする「路地」の現実に向き合えば確立されないもののようにみえたが、ここに至って、「路地」を斥力の源泉とすることをこそ糧にすることで、その正統性が担保されることが示される。つまり、所有にまつわる原理的な倒錯の局面に成る関係に、「路地」と「小説家」の「私」との相互扶助[*12]が可能になる機会が構成されるのだ。ここで、『太平記』の「妖霊星」が〈国家敗亡〉を呼ぶ星とされていることを交差させておくなら、「私」は、〈国家敗亡〉――「路地」を地均しする国家事業において「路地」が不活性化される事態の終息――をもたらす敵対性を「路地」が示現するまで、「妖霊星」=「小説家」であれる、つまり《書くこと》の正統性/正当性を担保されることになる、と言えるだろう。

さて、しかし「妖霊星」から約一年半後に発表された「熊の背中に乗って」と「鴉」では、このような限界的局面で「路地」との関係を取り結ぶことすら、「私」が不可能にされるような事態として、「路地」解体が示されることになる。それゆえこの二作は、「私」も含めた人間存在に関わる根源的問題として「路地」解体を批評的に映し出す。そこに、反核署名言説批判が交差していることに留意しつつ、核兵器の出現以来、「あらゆる人間の死」の「普遍的留保」が起こったとの診断にもとづく〈不死の思考〉（西谷修[*13]）を参照し、「路地」解体と「反核」の論理に通底するものをテクストがいかに括り出し、それへの批判を通して《書くこと》がいかに規定されていくのかを検討したい。

## 4 《不死》の位相

「熊の背中に乗って」の冒頭、「私」は「神隠し」の感覚、すなわち、その場に《いるのにいない》という感覚について述べている。その感覚は、「兄」の自死を「小説」に繰り返し書くことで生き延びてきたという「私」の《生》に関わらせて、次のように詳述される。

（［……］本来なら事故で生が切断されているのに、生前と死後のフィルムがうまく接合して死後を生きていると思いはじめるように、ここはあの世であり、この世では最低母と私の二人、最高義父と義兄を入れた一家四人、あの時、兄によって惨殺の眼にあって兄一人殺人者として生き長らえているのではないかと思うのだった。私は今、思い出す。［……］私は兄と同じようにその頃、容れられない欲求を満たすようにトリを［……］百羽も外籠の中に飼っていた。［……］その時、兄とはつまり私の事なのだった）（「熊の背中に乗って」）

「死後を生きている」ように「ここをあの世」とみることで、現実を異世界のようにとらえる感覚が、死亡した「兄」を「私」に同一化し得るものとして回帰させるドッペルゲンガーの体験に拠って説明される。ここで、「小説」を《書くこと》と不可分の「私」の《生》はいかに規定されていることになるのか。ドッペルゲンガーの体験について、細胞を複合反復させる単細胞生物の〈生〉を例に説明する西谷修の議論に拠って整理しよう。西谷に拠れば、単細胞生物の〈死〉と〈誕生〉は未分化で、同じひとつの出来事として起こる。そこでは〈誕生〉が〈死〉に重なり合い、〈死〉は〈誕生〉に覆われ〉る。死ぬべき細胞が〈伸長して隣のインターヴァルと重〉なり、生まれる細胞との連続性を持つからであり、そこで〈個体の〈生〉〉は〈固有の死を保証する非連続性、すなわち〈個体性〉〉を〈喪失〉しながら〈不死〉を示現する。[*14] これが、ドッペルゲンガーの体験を生きる〈生〉の内実とされる。これに拠れば、引用箇所に示された「私」の《生》は、「私」の生存とのあいだにインターヴァルを持たぬ「兄」の死とともにあったこと、ゆえに「私」は、「兄」の死を自らの生存の代償とはし得ず、その〈固有の死を保証する非連続性〉を喪失した〈不死〉を生きてきたことになろう。このことと「小説」を《書くこと》が不可分であったということだ。しかし、「熊の背中に乗って」では、この前提を揺るがす事態として、「路地」解体が進行した現実が示されている。

〈さらに私は思い描いた。山が消え、忽然と昨日まで人の住まぬ廃墟であったにもかかわらず建っていた家々が消え、白亜の住宅があらわれた。そこにいた人らは何処かへ行き、何処かから来て白亜の住宅に人らは住んだ。私が以前の私ではないように彼らも以前の彼らではない〉(「熊の背中に乗って」)

「私が以前の私ではないように彼らも以前の彼らではない」とある。これは奇妙だ。「以前の私ではない」という断定は、《いるのにいない》という「私」の感覚に反するからだ。しかし、そのためにむしろ、「私」はその感覚を、「以前」との差異に担保される「個体」としての認識のもとで宙吊りにし、「小説」を《書くこと》と不可分の「不死」の感覚すら不確かなこととされる現実に直面していることになろう。さて、「熊の背中に乗って」に続いて発表された「鴉」は、この不確かさそのものを潜勢力として《書くこと》を位置づけようとしている。それがどのような営みとして浮き上がってくるのかを検証していきたい。まず、「鴉」に示された、「核兵器廃絶の署名を求めるアピール文」への違和にもとづく「世界」と「人間」と「死」をめぐる「私」の認識を入口として検討していこう。

そこで「私」は、「窮極のところ死に行きつく意識や精神が存在する人間」は、「核兵器を廃絶」できないという。「人間」が、「人間の死のイメージの変化した」「核兵器」をつくってしまった以上、「核という死の蜜の記憶は残り、新たな物は登場する」からだ。「人間」は「死の蜜の記憶」に横領され続ける。もはや「死」は現実世界を超越する審級になく、「死に行きつく意識や精神が存在する人間」は、「死」に担保された「個体」の生を持ち得ないため、生と死が複合化された存在様式を生きている［……］。この《人間》観は、「私」の《生》の感覚の連続線上にある。では、「私」も含め《人間》が、核傘下の現実世界で「死の蜜の記憶」に横領されないこと、そしてそのために《書くこと》はいかに可能か。この問題構成において「私」は、「死」を生きさせられた《人間》を「アウシュヴィッツ」の収容者を参考に洞察しつつ、「アウシュヴィッツ」の収容者に相同するかつての「路地」の者を提示し、その者らとの関わりのなかで《書くこと》を位置づけようとしている。この軌跡を精査し、「私」が《書くこと》がどのようなこととされているのかを意味づけていこう。「アウシュヴィッツ」の収容者をめぐる叙述をみよう。

人間の愛玩用に改良された鳥は、自然に適応する能力などないし、人間の手で区切られたその自然は鳥にとってはアウシュヴィッツどころではない。そう思いながら、愛玩用の小鳥を生かし繁殖させようとするのはアウシュヴィッツを完璧につくり上げる事だと思い、［……］。／［……］昨日まで雛の声がしたのに声がきこえないと思うと他のつがいに巣箱を奪われるといらだった親が雛を食い殺し食べてしまった。愛する人間を殺して食う事や自分の所有物だと思う赤ん坊をヒステリー発作で女性が殺す事は人間にもある動物の本能としてよくわかった。……アウシュヴィッツの中では、床の餌屑や糞の集積の上に卵を生み仔をかえし育てたのを見ると、やむにやまれぬ状態の中では習性を変えると分かった。（「鴉」）

「私」は「アウシュヴィッツ」に収容された《人間》を「改良された鳥」になぞらえる。鳥にとって鳥籠は「人間の手で区切られた」、人為的に生死を管理される環境である。そこで「小鳥を生かし繁殖させよう」という生殖管理も含めた環境づくりは、「アウシュヴィッツを完璧につくり上げる」に等しいという。注意したいのは、生殖管理まで行われるという意味で、鳥に擬えられる収容者が、生死を決定する権利を奪われた者とされながらも、そこから人間に回復する者としてではなく、その極限で、「本能」において「習性」を変容して生き延びる者として「私」に見出されることだ。[*15] そして、収容者の置かれた状況と連接するように「路地」の者が示される。収容者とのアナロジーを考えるなら、「路地」解体、すなわち土地「改良」の局面で「路地」の者が「習性」を変容することに、「死の蜜の記憶」に横領されないで生きることの方途が浮かび上がってくる可能性もある。「路地」解体への歴史が語られる箇所に注目し、検討しよう。

二十四年前、玉置という人物が「路地」の人びとに、土地を担保に金を貸した際の契約に基づき「家々ヲ撤去サセ市ニ土地ヲ貸ストイウ形デ市営住宅ヲ建テタ」。そのための契約は、二十五年後に土地を払い下げるが「建物ハ自分ノモノ」とするという内容で、建て前として「路地」の者らへの土地返却を語りながら、実質的には、「路地」の者らのものではない建物が土地を占有することを許した。この「説明」は、「路地」の者の同一性を支える土地所有を曖昧にし、「路地」の者が法の適用を受けつつ保護されない者とされたことを露呈する。つまり、法の虚構による生の一括担保により、「路地」の者が「路地」の者として死ぬことを留保されてきた歴史が明るみに出る。この歴史に連なる現在、「白亜の住宅」が占める場所に「以前の彼らではない」者たちがいるとされていたことを思い出そう。すると「路地」解体はここで、《いるのにいない》存在とされてきた者を《いるのにいない》存在としての「彼ら」「ではない」（傍点引用者）者へと、その表層のレベルで反転し、法の虚構の威力が及ぶ極限状態に「彼ら」を置いたまま、「習性」を変える「本能」を発現させない無力化も強い、いまだ持続する極限状態を「彼ら」に生きさせる出来事として浮上するだろう。法の言葉が、実際的に「路地」の者らを《いるのにいない》不死の者として来た上、「改良」と言われる最終局面で「彼ら」の「本能」すら励起させぬ状態で生かす。このとき、「私が以前の私ではないように彼らも以前の彼らではない」と、過去との切断を「私」に思わせた「路地」解体、すなわち土地「改良」が、《いるのにいない》ことにされてきた者たちの歴史をさらになかったことにする欺瞞として浮上してくる。ここで、次の引用にみられるように、「死そのもの」を奪われた《生》において《書くこと》を強いられる「私」の示現が、いかなる事態としてとらえられるのかを考えていきたい。

> 字ヲ一字モ書キタクナイト一種ノ眠気ノヨウニ呆ケタ白痴ノ状態ガ私ニ襲ウノハ、ソノ時、兄ガ二十四歳私ガ十二歳ノ時、泥酔シタ兄ガ包丁ヤ斧ヲ持ッテ母ト私ガ移リ住ンダ家ニヤッテキタ時、世界ガ急ニ遠ザカルヨウナ体験ト共通シテイルノデハナイカト思ウ。（「鴉」）

「私」に《不死》を生きさせた個人的体験を敷衍して「書キタクナイ」という「私」。しかし「私」は書いている。ここで「書キタクナイ」に担保された《書くこと》は、書きたいか「書キタクナイ」かを問う以前のこと、つまり

〈存在論的領野の内部の文法や相互作用の日常的記述のなかで生まれる能動―受動という区分の前提〉となる、〈受動性以前の受動性〉[*16]（ジュディス・バトラー）における営みとなる。それを裏付ける「白痴」という生存様式は、「世界」が「遠ザカルヨウナ体験」そのものを刻印し、「本能」を奪われながら無力とされつつ「やむにやまれぬ状態」で生きさせられる「路地」の者の《生》と連接すると言えるのではないか。《書くこと》は、「私」や「路地」の者を突き放す「世界」の持つ斥力――分離の暴力――との関係そのものという位相で、無力さにおいて繋がる「私」と「路地」の者との〈一定の共同性〉[*17]を示現し、その無力さを簒奪して人間に改変しようとする目論見を持つ土地「改良」への敵対的営為となる。それゆえ《書くこと》は、暴力を生存のための力に反転させる「妖霊星」と「路地」とのあいだに生じた共同性の延長上にあって、《人間》を隠蔽する分離の暴力として「改良」を反照し、その行いと自らとを切り離して人間であることの自明性に留まる振る舞いを、逆撫でする政治性も帯びてくるのである。

最後に、「私」の《人間》観を引き出した「核兵器廃絶の署名を求めるアピール文」（＝「核戦争の危機を訴える文学者の声明」）をみておこう。「鴉」の文脈に照らしたとき、「アピール文」に対する、次のような批評性が浮かび上がってくるだろう。「アピール文」は〈「ヒロシマ」、「ナガサキ」〉を体験した私たちは、地球が再び新たな、しかも最後の核戦争の戦場となることを防ぐために全力をつくす〉ことを〈人類の義務〉と語り[*18]、「ヒロシマ」、「ナガサキ」のみならず「アウシュヴィッツ」以後を生きた《人間》を、人間につなぐ理論的手続きもなく、さらにそれを〈人類〉に同化する。回復すべき人間の自明性を問わず、「核戦争」に「対抗」すれば人間の回復が叶うという「錯覚」において、自らが《人間》としてある事実と乖離しているようにみえる文言は、《人間》の度外視のみならず、無力化という要素を付加されて生き延びねばならない「路地」の者をさらに隠蔽する、分離の暴力としてみえてこないか。

＊

『熊野集』は、「路地」のモデルとなった地区が、ラディカルに様変わりする時期に発表された。歴史、そして政治の犠牲者（被害者）として、《被差別部落民》を措定することを前提とした同和対策事業特別措置法の公布・施行によって《改善事業》は遂行された。国家が《同和対策》の対象として公認した《被差別部落》とは、その認定を介した《改善事業》で近代化した。そして、『熊野集』の《私小説系列》に属す作品は、《改善事業》が「路地」に住む人びとをだますようなレトリックや歴史とともにあることを示しながら行われた。

たとえば第三章で論じた『紀州』では、言語や皮膚のように明らかな差異を持たない「日本」で起こる「差別」が「部落差別」で、差異の見えにくい場所に相違を持ち込み、固定する企図こそ「部落差別」の源泉にあるとされた。この定義に照らせば、差別は、区別不可能な者たちの間に持ち込まれた相違を以て《国民》としての本質的な類似性を強化するもの、すなわち、その強化にとって不可欠の負債を設定して排除する、あるいは排除するために作り上げた《部落民》を、原則強化のためのスケープゴードにする暴力である。『熊野集』の《私小説系列》は、自らが自らの成長のためにねつ造した《負債》を、さらに《改善事業》によって償却、あるいは《解体》することが近代化の果てにあること、すなわち、《近代》それ自体が《差別者》として振舞ったにも拘らず、《被差別部落民》を救済するストーリーの立役者となり、彼ら・彼女らを体内化して成長したという免責構造の欠陥を炙り出すテクストであった。

しかし、『熊野集』の《私小説系列》が、「路地」の人びとを、このからくりの被害者と同定するように描出しなかったことに注意しなければならない。ここであらためて、兄の死を「私」に想起させた山草取りの男をめぐる老婆の話（「蝶鳥」）や、病気の女を受け容れながらも、その女を連れて取り壊し間近の山に住みついた完治を「阿呆」と呼んだ「路地」の論理を思い起こしたい。この論理の限界を露呈させるように、テクストは、「私」の「兄」、そして、「路地」において周縁化され死亡した二人の「アニ」（ヤンピルと完治）と「路地」との関係を問い直し、《死》を生む「路地」における相互扶助の機能失調を確かなこととしていく軌跡を刻んでいたはずだ。

繰り返さないが、これらの語りにみられたのは、「路地」の《文化》が、その運用者において、身の潔白の証明、免責のために機能したことだ。免責とはここで、「路地」に生じた死、および死者と無関係になって、生者の側がその生の正当性を合理化することを目的とする方法、というほどの意味である。『熊野集』は、《改善事業》に直面する「路地」を、このような主体の現れに「路地」の《文化》が寄与することの問題を露呈する場としても描出した。この描出は、『千年の愉楽』のように、「平等思想」によって「路地」が「駄目」になったと言い切る視点人物（オリュウノオバ）ではなく、《近代》の側に属す視点の持ち主として、《書くこと》の暴力性を痛感する「小説家」が、その力をこそ照らし出すように自らを対象化し、ついには《書くこと》を、「小説家」自身が瓦解する局面においてのみ可能なこととして導くことと並行している。このようにしか「路地」を《書くこと》ができない「私」の提示が、《改善事業》による「路地」の《解体》そのものの証言となっていよう。もちろん、その証言に留まるのではなく、それでもなお「路地」を《書くこと》はいかに可能か、その論理について検証したつもりである。

さて、『熊野集』に続いて論考対象とする『地の果て　至上の時』は、いま述べたような《近代》を根拠づける、この免責および犠牲の構造と、主人公が格闘する軌跡が埋め込まれている。すでに「路地」は「更地」――「路地跡」――となり、そこでは、かつてあった人間のつながりは失せ、新たな住人たちによる生活が営まれ、さらに、元「路地の住人」と呼ばれる人びとは「路地」から離れた浜の「傾斜地」で生活を営んでいる。主人公とは、『枯木灘』で弟を殺害した秋幸だ。刑務所から戻り、「路地」の変貌を目の当りにする秋幸が、「路地」の者をいかに犠牲の構造に取り込まずに新しい「路地」を構想するか、という問題が、『地の果て至上の時』には浮上している。この秋幸の構想については、『熊野集』の「私」における、「路地」を《書くこと》の論理との近さを念頭において検証したい。「路地」はない。しかしそれゆえに現れ出た新たな状況にこそ、どこにも帰属し得ぬ者たちが集える関係のための論理が成るかもしれない。「路地」を「路地」たらしめたことを忘却するように「土地改造」を施し、免責の構造を強化する《近代》の先に、『地の果て至上の時』は、いかなる生存様式の確保を構想するか。次章において、このような観点から『地の果て至上の時』を読み解きたい。

## 注

＊1　『熊野集』／一九八〇年六月〜一九八二年三月、『群像』に掲載。十四の作品より成る。作品名および発表年は以下の通り。単行本は一九八四年八月、講談社より刊行された。①「不死」（一九八〇・六）②「桜川」（同・七）③「蝶鳥」（同・八）、④「花郎」（同・九）、⑤「海神」（同・一〇）、⑥「石橋」（同・一一）、⑦「妖霊星」（同・一二）、⑧「勝浦」（一九八一・一）、⑨「鬼の話」（同・二）、⑩「月と不死」（同・三）、⑪「偸盗の桜」（同・四）⑫「葺き籠り」（一九八二・一）、⑬「熊の背中に乗って」（同・二）⑭「鴉」（同・三）。このうち①、⑧、⑨、⑩、⑪が古典に材を採る小説であり、②〜⑦および⑬、⑭が「路地」解体に並走する、一人称小説である。⑫は、現在時の熊野山中を材に取り、二系列を架橋するものと捉えられる。本稿は②〜⑦および⑬、⑭を、紅野謙介氏が規定したように〈私小説系列〉と呼び、これを対象に論じる。（引用：『中上健次全集5』集英社、一九九五・七）

＊2　＊1参照。〈私小説系列〉という文言は、＊6に示した、紅野氏の規定による。

＊3　井口時男『危機と闘争　大江健三郎と中上健次』（作品社、二〇〇四・一一）

＊4　一九六五年八月一一日、同和対策審議会が内閣総理大臣・佐藤栄作に答申した〈同和対策審議会答申〉に〈同和問題とは、日本社会の歴史的発展の過程において形成された身分階層構造に基づく差別により、日本国民の一部の集団の経済的、社会的、文化的に低位の状態におかれ、現代社会においても、なおいちじるしく基本的人権を侵害され、特に近代社会の基本原理として何人にも補償されている市民権利と自由を完全に保障されていないという、もっとも深刻にして重大な問題である〉と示される。これに基づき同和対策特別事業特別措置法が成立した。（部落解放・人権研究所編『部落問題・人権事典』（解放出版社、二〇〇一・一）参照）

*5　G・C・スピヴァク『サバルタンは語ることができるか』（上村忠男訳、みすず書房、一九九八・一二・一〇）〈もしわたしたちが同類や自己という席に座っているわたしたち自身の場所にのみ引き合わせて一個の同質的な他者を構築するだけでおわってしまうならばわたしたちにはその意識をつかまえることの不可能な人々が存在する。最低限度の生活を維持できる程度の自作農民、未組織の農業労働者、部族民、街頭や田舎にたむろしているゼロ労働者たちの群れである。かれらと向き合うということは、かれらを代表することではなく、わたしたち自身を表象する方法を学ぶことである〉。

*6　紅野謙介「『熊野集』・大いなる問いの書　勝浦ノ妖霊星見バヤ」（『国文学 解釈と鑑賞　別冊中上健次』至文堂、一九九三・九）

*7　同じモチーフを持つ「修験」（『文藝』一九七四・九）は、忘却された記憶の可知化、そして現在的苦悩それ自体を再現的に映し出す場として「熊野」を描き、自らの記憶に苦悩することができること自体を《救済》としている。他方「不死」でそれが不可能にされていることは、『熊野集』における「熊野」およびそれと共通する特徴を持つ「路地」の特異性を鮮明にするとも言えるだろう。

*8　五来重『熊野詣　三山信仰と文化』（講談社、二〇〇四・一二（講談社学術文庫・1685））

*9　大澤真幸『身体の比較社会学Ⅰ』（勁草書房、一九九〇・四）

*10　熊野純彦『レヴィナス　移ろいゆくものへの視線』（岩波書店、一九九九・六）／ほか、熊野純彦『差異と隔たり　他なるものへの倫理』（二〇〇三・一〇、岩波書店）参照

*11　E・レヴィナス『全体性と無限　外部性についての試論』（国文社、一九八九・三）

*12　後藤丹治・釜田喜三郎校注『日本古典文学体系34　太平記一』（岩波書店、一九六〇・四）／「相模入道弄田楽□闘犬事」「天下将乱時、妖霊星ト云悪星下テ災ヲ成ストイヘリ。サレバ彼媚者ガ天王寺ノ妖霊星ト歌ヒケルコソ怪シケレ。如何様天王寺辺ヨリ天下ノ動乱出来テ、国家敗亡シヌト覚ユ。哀国主徳ヲ治メ、武家仁ヲ施シテ消妖謀ヲ被致カシ。」ト云ケルガ、果シテ思知ル、世ニ成ニケリ。彼仲範実ニ未然ノ凶を鑑ケル博覧ノ程コソ難有ケレ」

＊13　西谷修『不死のワンダーランド』（増補版）青土社、二〇〇二・一〇）
＊14　注13に同じ。
＊15　ここには、例えばフランクル『夜と霧』（一九五六（初版））が示したように、収容者を非・人間＝動物とし、動物から人間への回復の物語（「人間中心主義」のビルドゥングス・ロマン）を通して、既存の「人間」概念を強化することの相対化がみられるだろう。
＊16　ジュディス・バトラー『自分自身を説明すること—倫理的暴力の批判（暴力論叢書）』（月曜社、二〇〇八・八）／〈レヴィナスが「受動性以前の受動性」と呼ぶこの受動性［他者の主体への原初的侵害による根源的受動性—浅野］は、能動性の反意語としてではなく、規定の存在論的領野の内部の文法や相互作用の日常的記述のなかで生れる能動—受動という区分の前提条件として理解されねばならない。この存在論的領野を共時的なかたちで横断しているのは、その逆へと転換することはありえない受動性という前存在論的条件である。これについて理解するためには、［……］他者への感受性について考えなければならない。とりわけそれが意味するのは、この感受性が非自由を指しており、いかなる選択の余地もないこの感受性に基づいてのみ、私たちは他者に対して責任を負うようになる、ということである。〉
＊17　竹内章郎『いのちの平等論—現代の優生思想に抗して』（「第5章　身体は私的所有物か」・岩波書店、二〇〇五・二）／〈交換価値の担い手たりうる身体は、同時に一定の使用価値の実現者でもあり、こうした身体や能力の使用価値ないし有用性も、ほんらい諸個人に内属しているレベルにはない。この身体は、諸個人自体から分離した諸個人の関係自体というレベルにおいて、付言すれば、社会的・文化的関係自体—物との関係の介在も含めて—と、そこに成立する一定の共同性として示現する。〉この〈身体〉概念を前提に行論している。
＊18　「核戦争の危機を訴える文学者の声明」（『核戦争の危機を訴える文学者の声明—全記録』（非売品）・「核戦争の危機を訴える文学者の声明」署名者、一九八二・八（なお、この声明の日付は一九八二年一月、「私」のもとへ届いたと思われる「署名についてのお願い」が書かれた手紙の日付は一九八一年一二月。）

# 第六章　死者と共同体――『地の果て　至上の時』

## 1　《路地に対抗する原理》と《新しい路地構想》を読むこと

古井由吉氏は『地の果て　至上の時』[*1]について、次のように述べた。

中上健次氏の「地の果て　至上の時」（新潮社、書きおろし）は人をあやめた子と昔人を殺したらしい父と、陰惨なものを下地にしたはずの小説であり、血の騒ぎを喚ぶような勢いで書かれているが、［……］中上氏の作品の気韻はそこにはなさそうだ。むしろ人物は登場するところからすでに、太い肉体をつけたままに、個別を解かれて精霊がかってくるおもむきがある。［……］わずか数年前までの故地が経済成長の波によって崩され均らされて、わずかに、一見荒ぶるようで幽かな霊の舞いによってしか寄り添えない。作中を長くひそめて流れる、細い声のほうに、私は耳を傾ける者である。[*2]

本章もまた、『地の果て　至上の時』（以下『地の果て』と略記）を、秋幸と龍造との関係から生じる〈陰惨なものを下地にした小説〉としてよりも、〈経済成長の波によって崩され均らされ〉た〈故地〉――「路地跡」――に〈寄り添うように形象された、〈一見荒ぶるようで幽かな霊の舞い〉や〈細い声〉に耳を傾ける。そして、〈人をあやめた〉主人公が、この〈細い声〉といかに関わり〈精霊がかってくる〉のか、過去の「路地」と、高度経済成長によって他の土地と均質化された現在の「路地」との懸隔を見据えつつ問う。

『地の果て』では、現在の「路地」は「路地跡」と呼ばれ、その変貌は取り返しのつかないかたちで人間関係を解体した出来事とされる。そこに湧き上がる〈細い声〉と秋幸との交渉は、解体を機とした新たな共同体構築の回路ともなる。本章では、この長篇における、その回路そのものを検証したい。

「路地」の変貌に関わったさまざまな人びと――「路地」を「路地跡」とする事業の恩恵を受けた者、恩恵を受けなかった者、土地を立ち退かせた者、立ち退かされた者、何もせず動向を見つめていた者たち――と、「路地」が「路地跡」になった瞬間に立ち会ってはいない秋幸。この関係に着目することは、《秋幸と龍造の物語》を副次的なものとすることになるが、むろん、その《物語》を度外視するわけではない。

ところで、古井氏の述べる〈細い声〉とは何か。本章では、その声の主をひとまず、「路地跡」に蔓延する、いかがわしい《ジンギスカン幻想》を抱えて生きる者、「水の信心」という新興宗教に依拠して生きる者、そして「路地」を「路地跡」とする事業に関わって「追い出され」、そしてまた「舞い戻っ」て来た元「路地の住人」らとしよう。このように複数の〈細い声〉と秋幸との関係を精読する場合、示唆的なのは、二〇〇〇年八月に熊野大学で行われたシンポジウムにおける星野智幸氏と鎌田哲哉氏の指摘[*3]である。

星野氏の指摘からみよう。星野氏はまず、『地の果て』に対する中上の執筆動機として、〈排除の実態を見えなくさせないこと〉、そして〈排除された者たちがそのまま存在できる場所を作ること〉を挙げる。その根拠は、秋幸が〈どこに力があって誰が排除されているのか、その力関係が固定されずにつねに移動し〉(この移動のために、『地の果て』は大長篇となっている)、〈徹底して締め出される側〉に立って、〈新しい路地を作るという明確な狙い〉から、父である〈龍造の解く孫一の仏の国を換骨奪胎する〉ことが認められる点にあるという。この指摘を踏まえて、さらに問うべきだと思われるのは、秋幸が〈新しい路地〉をいかに構想し得たのか、そのために秋幸が〈排除された者たち〉・〈徹底して締め出される側〉にいかに欺瞞を抱えずに立てたのかということである。

この《新しい路地構想》に関わって、鎌田哲哉氏の指摘には説得力がある。鎌田氏は、〈具体的な差別〉闘争の際、〈ある被差別的な空間を絶対的な根拠とすることは、それ自体が確実に差別を再生産〉する〈悪循環〉を生み出してしまうと言う。それゆえ〈路地の習性〉からの秋幸の〈脱出〉を〈主題〉とする『地の果て』の問題は、秋幸と〈路地との対決〉、そして〈路地の習性を覆す対抗原理〉の内実である。『地の果て』を通して、秋幸が〈路地という閉ざされた共同体から脱出していく過程〉こそ読まれなければならない。この指摘も重要である。

両者の指摘を交差させれば、問題は次のようになる。すなわち、《新しい路地構想》に関わって、〈徹底してしめ出された側につく〉（星野）ことと、〈路地の習性を覆す対抗原理〉を発見しつつ〈路地という閉ざされた共同体〉から〈脱出〉（鎌田）すること、この矛盾をはらむ二つの志向が交錯する局面を見据え、秋幸の〈差別との闘争〉の仕方、そしてそれを介した《新しい路地構想》の内実を明らかにすることである。秋幸は〈路地と対決〉している。しかしその対決が〈徹底して締め出された側〉につくことで行われ、《新しい路地構想》に結びつこうとしている。このことに支えられる《構想》の内実を可視化し、その可能性を考察したい。

## 2　ヨシ兄の幻想・鉄男の話から秋幸への作用

『地の果て』の物語世界は、秋幸が異母弟である秀雄殺害から三年後、服役していた大阪の刑務所から郷里に戻った時点から始まる。その秋幸の前には、「路地が忽然と消えた後に現われた草の原っぱ」があるが、彼はそこで「遠い昔、ジンギスカンとして果てしなく続く草原を馬で走っていた記憶をよみがえらせる」。秋幸にも「夢想」にすぎないと思われるジンギスカンの記憶が、奇妙にもここで「よみがえらせる」対象とされる。「夢想」にすぎない「記憶」を「よみがえらせる」ことは、「流れる者らが住みつき蓮池を埋め立ててさらに多くの流れ者らが住みついて出来た路地」を「夢そのものであったよう」に思う秋幸において行われる。つまり荒唐無稽な「夢想」を、自らの持つ記憶であるかのように擬装することで、秋幸は「路地も消えた」という現実に連なる「記憶」を、「夢」のように思うのだ。このような想像の方法を持つ秋幸に、これから「新たに生き直す」意志が生じる。この方法については後述することにして、まずは、この意志を持つ秋幸の造型を整理しておこう。

秋幸が、実父・浜村龍造の経営する浜村木材で働きはじめる直前、その労働に携わる資格を確信する場面をみよう。その確信は、「路地跡」に戻った秋幸が聞いた、ジンギスカン幻想に浸るヨシ兄の息子・鉄男が歌う「イーグル変成譚」を想起することに支えられる。

ヨシ兄の息子がつくっている歌に表れた空に群舞するイーグルとは、自分のもののような事を言うのだろうと考えた。男らが変ったイーグルは山で切り取られた空の中に突然現れて視界を横切るが、眼をこらしていないとたちまち一羽の変哲もない鳥に変ってしまう。秋幸はそんな人間を沢山見て来たように思った。フサの初めての夫だった西村勝一郎、秋幸には兄に当る郁男、同じ血筋のものが子供を持つ度に不安になり血の穢れを自覚せざるを得なかった弦叔父。みんなそうだったと思い、急に昂ぶった。〔……〕ふと杉の大木の幹に手をつき、イーグルに変成した者を何人も見て来たからこそ、樹齢が百年であろうと二百年であろうと、伐って売り飛ばす事が出来るのだと思った。

秋幸は頭上の鳥を、鉄男が歌う「空に群舞するイーグル」とし、それを「自分」に擬える。イーグルとは「路地」で語られた「男ら」の変成体、「眼をこらしていないとたちまち一羽の変哲もない鳥に変」る。「男ら」とは、秋幸の実母・フサの前夫の西村勝一郎、自死した実兄・郁男、路地の者らに「血の穢れ」を意識させ続けた弦叔父である。彼らは、その非業のありようゆえ「路地」伝承で語られ続けた。秋幸は「路地」で語られた者らと自らとを「イーグル」において一致させ、樹木を「伐って売り飛ば」す労働に従事することの裏づけとする。

秋幸のまなざしは、「一羽の変哲もない鳥」を、鉄男の歌の物語における「イーグル」――動物と人間の融合体――とし、さらにそこに路地の「男」を重ねるものである。それは、語りにおいて自然と人間を融化してきた「路地」の伝承主体のまなざしと同じものだ。そのまなざしを持つ秋幸は同時に、イーグルを介して死者への同化をも遂行し、路地の者らに語られる側に自らをも位置づける。

つまり秋幸は、まず第一に、「路地」の者に語られるような死を迎える者として自己措定し、そして第二に、「路地」の伝承コードを再生産する側に立っている。秋幸は、「路地」の伝承コードに即して、人間の生と死の境界域にある《生》自認を持ち、その生存のための労働として、「樹木」に関わることを正当化するのである。「路地」伝承の「物語」によって、自らの《生》を様式化する秋幸だからこそ、「路地跡」に生きるヨシ兄と鉄男という親子が語る「ジンギスカン」の「幻想」や「歌」によっても《生》を様式化できる。このような位相において、秋幸は〈徹底的に排除された者〉(星野智幸)と関わるのである。では、「ジンギスカン」という言葉と秋幸との関係を確認しよう。

「うちはグズグズしたのあまり好きでない。キノエさんらと同じ性分よ。男の人でもスカッと竹を割ったような人が好きでまァ言うたら昔やったらハンゾウ、それに博突打ちのヒデ、その二人よりはるかに落ちるが時にええなァと思たのはトモキ、ヨシドド。[……]」ユキは言ってからさっき何て言うた? と訊く。/「ジンギスカンじゃよ」と秋幸が言うと、また呆けたような顔になって、ああ、とうなずき、秋幸の顔を見つめ、それは他所から来た鬼の事かと訊いた。[……]」「そうじゃ、鬼みたいなものじゃよ」秋幸は言ってうなずいた。

ここで秋幸が発する「ジンギスカン」という言葉は、親族のユキが、「路地」の者としての「性分」を再認するきっかけをつくる。ユキは、言葉の意味を了解しないまま、自らの「性分」とつなげ、そして「ジンギスカン」を、伝承で聞いた「路地の裏山の松に腰かけていた」「他所から来た鬼」に重ねる。そして秋幸は、「ジンギスカン」という言葉の意味をユキと共有せず、「ジンギスカン」と「路地」伝承の「鬼」との同定を肯う。ユキの過去語りと「ジンギスカンの娘」として自己措定する発話は、端的に言って虚構だ。この語りを肯定することは、秋幸が「ジンギスカン」という言葉に、事実と虚構の相互浸透を可能にし、両者を同一平面に存立させる蝶番の役割を担わせていることの証左となる。つまり秋幸は、「ジンギスカン」という言葉によって、他者の語りにおける事実性と虚構性の差異を均し、その語りの事実性に力点を置かないコミュニケーションを行う者である。このような秋幸は、龍造の前でも認められる。

「〔……〕秋幸、こうじゃよ、単純に言うたら、辰巳ら旧時代に甘い汁吸うた者が、戦後にGHQの手で農地解放の目に会うたのが逆に山林解放がなかったさかその勢力と新興の者らにヤキモチ焼いとるんじゃ。〔……〕弁慶じゃの。ドンキホーテじゃの」浜村龍造は目をほそめて笑う。／「ジンギスカンじゃの」秋幸は言う。

秋幸はここで、龍造が語る「熊野人」の振る舞いを、「ジンギスカン」のそれとして理解する。「熊野人」とは、「紀州家の血筋」を持つ山林所有者らに対抗するための表象だが、そこに「ジンギスカン」という言葉を重ねることは、「熊野人」として自らの行動を正当化する龍造の事実提示を共有しない振る舞いであり、ここで、龍造の事実提示との距離を、秋幸は確保することができる。

ユキ、そして龍造とのあいだで「ジンギスカン」という語を用いる秋幸の特徴を担保しているのは何か。「ジンギスカン」という語はそもそも、「路地跡」に住む「浮浪者」のヨシ兄が、息子の鉄男に語らされた「ジンギスカンの歴史」に基づく「妄想」の産物である。では、このヨシ兄とはどのような存在なのか。

［……］親爺の注文どおりに満州や朝鮮半島から海を渡って来たジンギスカンの歴史を話したんじゃ、一晩中。シャブ射ったら眼さえて眠れんし、しゃべりまくるさか、その時ジンギスカンは片目潰れなんだか、眼の下に青いアザがあったじゃろと次々訊く。次々俺は答えもて歴史を変えてつくってしゃべる。戦闘の最中に矢が眼の下に当たった跡がアザになったしそれが潰れた眼のように人には見えたんじゃと言うと、親爺は三つ眼じゃの、と言う。そうじゃと間髪入れず相槌打たなんだら殴られる。この前の話ではとうとう三つ眼のジンギスカンで、そのうちジンギスカンの子孫で三つ眼の子が必ず生まれ、その三つ眼こそ方々に散った騎馬民族を統一するジンギスカンの末裔じゃという事になった。［……］

ヨシ兄のジンギスカン幻想は、彼の「注文通りに」「ジンギスカンの歴史」を語った鉄男の物語を端緒とする。ヨシ兄の欲望を凝縮した「歴史」は、ヨシ兄の都合で次々と語り換えられ、いかなる固定的な形態にも留まらない。《鉄男の物語》は、ヨシ兄にとって「シャブ」と等しい依存対象、事実の真偽を問われることなく、ヨシ兄が自らを「ジンギスカン」と信じることにとって不可欠である。自らの虚構を信じるための虚構が占める「妄想」は、それが決して周囲に了解されぬものとして位置づけられる。「路地跡」から少し離れて居酒屋を営むモンという女性とヨシ兄のやりとりをみよう。

［……］「このあたりから筏師がようけ行たんやから」とモンは言い、あわてて次の話題をつくろうとするように、「ヨシ兄は筏やめて満州の馬賊に入り込んだんやねェ」／「おうよ、あそこは綺麗なもんじゃったど、リラ

の花が咲いとるんじゃ。その時は満州じゃったがリラの花が咲いとってね、どこの国の姫様か知らんけど話しかけてきて、連れてってくれと言うんじゃろと察して後に乗せて抱えさせて馬で一目散に走ったんじゃ。駅まで走ったら降ろしてくれとしきりに言うんで降ろしたら、それまで知らん顔をしとった者らが姫様の周りに一斉に集まってくる。ジンギスカン、おおきにとその周りの男らに守られて姫様が俺に言う。いまでもシャブ射って眼がさえたり耳がさえわたったらリラの花が咲くしゅるしゅるという音とその声が聴こえてくるんじゃゃ」ヨシ兄は息をつぎ眼をとじる。「おうよ、リラの花が咲く時、しゅるしゅると音がするんじゃよ」／ヨシ兄は幻聴が起ったのか声を強めて言い、しゅるしゅる、しゅるしゅると小声でくり返す。［……］秋幸は見ていた。ヨシ兄が本当に鴨緑江へ筏師として行ったことがあるのか、馬賊に加わり満州を馬にまたがって駆けていたのか、誰も知らなかった。

モンは、「このあたりから筏師がようけ行た」事実に基づき、ヨシ兄の語りを補足しようとする。しかしヨシ兄は、その語りを虚構として作り変えてしまう。その物語行為は無為である。それは、麻薬に耽るように、事実に基づいて生きる手段とも目的ともならない物語を渇望させるトリガーそのものだからだ。極度に虚構化された記憶を現在に関連させるヨシ兄は、言語的享楽と本能的渇望のあいだを揺曳する愉楽そのものにおいて生きていると言えよう。

したがって、「ジンギスカン」という語を用いた秋幸も、ヨシ兄のように、事実の了解を目的とする言語コミュニケーションの不便を、あらかじめ排除したコミュニケーション領域に参入しているようだ。たしかに秋幸は、ユキが語る「路地の者」も龍造が語る「熊野人」も「ジンギスカン」とし、何が「ジンギスカン」の内実なのかを確定しない。秋幸は、この「ジンギスカン幻想」を規律として、「新たに生きる意志」を《新しい路地構想》に実現させるのだろうか。こう問うとき、ヨシ兄の「熱情と妄想」を増幅させ、「路地跡」の言葉を増殖させる鉄男――「ジンギスカンの歴史」を語る鉄男――と秋幸との関係が問題となる。なぜなら鉄男は、「ジンギスカンの歴史」を語る一方で、「路地の者」による革命の物語を語る者だからである。ヨシ兄の「ジンギスカン幻想」の基盤には、「路地の者」による革命の物語がある。秋幸の「新たに生きる意志」は、この革命の物語と接続し得るのか。

鉄男は「義勇軍」を組織しようと、一方で人夫らに労働の放棄を使嗾し、他方で路地跡の浮浪者を義勇軍の一員にしようとしている。彼は、「世界中の少数民族」のように「二千年の歴史を捨てて流れ」、「途中共産軍との交戦の間に、ロシアやモンゴルに散らばった少数民族との連合が出来る」と考える。そのために人びとは「世界の端で次々翔び上が」らねばならない。たとえば、死者たちを「鳥」に重ね見た秋幸が依拠した《イーグル変成譚》も、この《革命の物語》の一つである。この語りの主体・鉄男は、秋幸を次のように位置づける。

「俺らおまえらから見たら用なしなんじゃ。人を虫みたいに追い払いくさって」「そう言うおまえら、昔、路地があった頃、他所から来た者を追い出したじゃろよ。路地がええとこばかりじゃない、俺は他所に住んどったさか分る」秋幸は浜村龍造の姿を思い出して言い、鉄男の中に今はない路地がどんな姿を取っているのか、知りたいと思った。［……］秋幸は何もかもを引きずり下してしまう路地の習性を知っていた。

鉄男は、かつて「路地」の住人だった秋幸を、「路地の者」の側に属す者と見ず、路地を解体した者や龍造と同じ側に置き、「路地の者」として「虫みたいに追い払」われた怒りを秋幸にぶつける。これに応じて秋幸は、「路地」の者もまた「他所から来た者を追い出した」と抗弁し、鉄男の怒りを「何もかも引きずり下してしまう路地の習性」の系譜に置き、排除された者の怒りの正統性を相対化する。秋幸は、鉄男の怒りに同調しないが、かといって鉄男の怒りを否定することもない。しかし秋幸はここで、「路地」と自らとの関係をめぐって、「宙にせり上がる錯覚」に囚われる。この「錯覚」こそ、鉄男との関係から分節される、秋幸と「路地」との関係を指し示すものである。

［……］走り続けていると車ごと宙にせり上がる錯覚がわき起る。さと子を姦したのでなく殺した、秀雄を殺したのではなく姦した。秋幸はそう思い、体の中に丁度路地跡の草むらほどの血だまりが出来、日を受けた山の向うの斜面のように白くぎらぎらと光っているのを見つめる。秋幸の眼は錯誤の眼だった。見つめ続けていると、そのうち血だまりの中から、自分とそっくりの男が体を現わす気がした。秋幸はその路地の姿を言葉にして言おうとして鉄男を振り向き、言葉が一瞬に消えている事に気づいた。小声で歌いつづける鉄男を見て「何の歌じゃ?」と訊くと、路地の歌だと言う。〈Woe to the downpresser They'll eat the bread of sorrow〉鉄男は繰り返し、膝を叩いてリズムを取り、ふと気づいたように歌をやめ、［……］「その通りや、でっかい魚、いっつも小さい魚を喰おと狙とる」と言い、〈Woe always try to eat them the small fish〉と歌う。

秋幸はまず、「さと子を姦したのではなく殺した、秀雄を殺したのではなく姦した」と思う。異母妹、異母弟への自らの関わりを自覚的に混同することで、秋幸は行為の事実性を曖昧にし、その関わり方の差異を消去する。この自覚的混同（これは、ヨシ兄の「妄想」の方法に似る）により、秋幸は秀雄やさと子に対する行為を、龍造への侵犯行為として統合する。「路地」の側にも龍造の側にも属せない秋幸は、自らの行為を浜村龍造への侵犯行為として、作為的に合理化する。

この作為は、「路地の者」を排除した側に措定される秋幸を、「追い出された」者らの攻撃、つまり殺す対象として措定する鉄男の言葉の延長にある。ならばここで秋幸は、「路地」の側からみて《殺される者》とされた自らを、龍造との関係を援用して《殺した者》として統合したことになる。鉄男（「路地」）との関係に即して秋幸自身を死を被る者とし、また龍造との関係に即せば秋幸自身を死を与えた者とする秋幸は、死を与えた者が死を被るという因果律を圧縮して自己規定していることになるだろう。

ここで、フレイザーの『金枝篇』の《森の王》が思い起こされる。先に『熊野集』を論じた際に触れた西谷修に拠れば、その《王》は、死を与えることで死を自由に制し、その権能を実現する能動的行為ゆえに《王》である。[*4] このとき《王》は、彼の自由にならない、他所から降りかかる死の可能性を持つ外部にさらされ、そして死ぬ自由を奪われ、逃げ場のない受動性のなかに投げ込まれる。これに倣えば、秋幸は、かつて《死》を自由に制した行いとして、さと子を犯したことと秀雄を殺したことを置き、それゆえ《外部》の「路地の者」に殺される自己を位置づけていることになる。すなわち、鉄男の語る「路地の者」の怒りを自らの自由にならないこととし、これと同時に自らを《殺す》《外部》に位置するものとして、秋幸は「路地」を現前させようとしているということだ。これは、引用末部において秋幸に認識されている「路地」の特徴――「路地」もまたよそ者を排除してきたという事実――に即して、自らを「路地」と関係づける理路を成してもいる。

しかし、実際に、そのよそ者を排除する者とは誰なのか。「路地跡」に「路地の者」もいない。秋幸の「宙にせり上がる錯覚」とは、秋幸自らを《殺される》者とするこの仮構と、殺害主体の限定ができぬ事実との乖離を指し示すだろう。

この秋幸の「錯覚」に基づく「錯誤の眼」が、「体の中」の「路地の草むら」ほどの「血だまり」から「自分とそっくりの男が体を現わす」ことになる場面とは、まさにこの乖離に引き裂かれる秋幸自身を、秋幸が見出しているものに他ならない。「路地の草むら」に重ねられる「血だまり」は、そのまま「路地」が持つ排除の暴力の隠喩であれば、それは、「路地」の者を追い払い、「路地」を「草むら」に変えた《路地解体》事業そのものを指す。ここから身を起こす「男」には、「路地」に《殺される》秋幸と、「路地」との明確な線引きを施された「おまえら」（龍造の側）のうちの一人としての秋幸が重ねられるだろう。秋幸は、秋幸に死を与える「路地」との関係に結ばれる。そ「誰が抑圧された者なのか、何に抑圧されているのか」「わからない」混乱が秋幸を襲うのは、このためである。その混乱は、排除に関わる加害―被害の側どちらにも属すことができない状態で、追い出された者を《被抑圧者》に還元することもできないまま、「路地」に関わる方法を得ようとするために生じている。

追い出された「路地の者」を「downpresser」とする鉄男の怒りは、鉄男の意に反して秋幸に、加害―被害関係の循環性を認識させずにはおかない。そして秋幸は、「路地」をなす差別構造を抑圧の体系として把握できないからこそ、「誰」に、そして自分が「誰」として《死を与えられる》かわからないまま、「路地」から死を被る可能性、すなわち自らの死を自由に出来ない、逃げ場のない受動性のなかに投げ込まれる。

この不鮮明なポジションにある秋幸が、追い出された元路地の者らの「路地跡」における新たな定住生活を「非現実」とするのも理解できよう。誰に、どのように殺されるべきかが未確定であることと、秋幸が、立ち退きを強いられた元路地の者の「路地跡」での新生を「非現実」とすることは相補的である。では、秋幸にはどのようにして《新しい路地構想》が浮上してくるのか。立ち退かされた元路地の者らが集まり住む、浜そばの「傾斜地」に立つ秋幸の述懐をみたい。長くなるが、秋幸の《新しい路地構想》にとって重要なので引用したい。

日当りがよくおまけに斜面が潮風を遮るので地崩れさえなければ言う事はない。斜面を下の道から一望すると、小屋は空から舞い下りた者の巣箱のように見える。それはいつか鉄男がつくったという歌のイーグルに変成した男らの巣箱のようだった。ただ、イーグルではなかった。もっと弱い小さな鳥に女らは変成して舞い戻った。［……］秋幸は今、気づいたように胸が熱くなる。「他所の土地であんなにして勝手に小屋建てて住んどる浮浪者じゃが、あれら三年前は路地に住んどって出て行た者じゃ。他所にもおれんとやむにやまれず戻り小屋建てたんじゃ。役所が苦情出すじゃろし、消防署が立ちのきを言うじゃろが、わしはかまんと思う」秋幸はそう言ってさらに気づいたように、「消防署が防災上の為、あかんと言うんじゃったら、路地跡へヨシ兄らとテント張ったらええんじゃし家を建てたらええ」と言い、自分の考えが、浜村龍造や土地改造を推進した実弘や竹原建設と逆の方向に向っていると気づいた。その思いつきはまた、まっ先に路地の当人らに否定される事も分っていた。路地跡にある浮浪者の鮪箱と傾いたバラック小屋は傍目にはさして違わなくとも路地の者からみれば雲泥の差があった。たとえ土地を提供してもらっても家を建てるには金が要る。二つ共、路地の者には非現実すぎた。

「路地跡」から離れた、海岸近くの傾斜地に戻って来た「元路地の住人」らが、さらに「路地跡」に戻り生活を始めることは、「路地の当人らに否定される事も分って」いるからこそ「非現実」である。しかし秋幸は、この「非現実」の構想を手放すわけではない。傾斜地の人びとの「小屋」は、《イーグル変成譚》の「イーグルに変成した男らの巣箱」に喩えられ、「イーグル」より「もっと弱い小さな鳥」の「小屋」として秋幸の眼に映り、その変成体としての「女ら」が集う様子も想像されている。

鉄男は、追い出された「俺ら」を《被抑圧者》として実体化し、「俺ら」を「世界の端」で飛翔する鳥（「イーグル」）に喩えた。秋幸は、その「俺ら」のあいだに「イーグル」と「もっと弱い鳥」を画す分割線を引き、過去に「路地の者」であった「浮浪者」と傾斜地に住む「元路地の住人」の女らとに差異をみる。この差異に関わって思い出されるのは、かつて秋幸が、鉄男の語った「イーグル」を、「路地」で伝承される「路地」の死者たちに重ねていたことである。秋幸は、傾斜地に「舞い戻った」「もっと弱い小さな鳥」らのつながりのなかから「イーグル」を産出すること、すなわち、見て語る「小さな島」たちの場を構想しようとしているのではないか。ただし、この構想は、秋幸の父系および母系親族が推進した《路地再生事業》と「逆」を示す構想であり、また「非現実」であるのだ。

秋幸が、この構想の実現可能性を高めるには、「もっと弱い小さな島」としての「元路地の住人」らの他性――「路地跡」にすら住めない「弱」さに拠る〈生〉――を保証する空隙として「路地跡」を確保することが必要になる。空隙とは何か。実質的にはそれこそ、「路地跡」を「ジンギスカン幻想」で満たす不法占拠者たちに居続けてもらうことに他ならないだろう。

「路地跡」はいま、法律上の所有者と土地の現実的所有者――占拠者――とが異なるねじれのなかに置かれている。この事態は、「路地跡」を誰のものでもなく、誰のものでもある可能性のある場所――空隙――ともしている。もし、法律上の所有者と土地の占拠者が一致すれば、その空隙は飽和し、「元路地の住人」らは、もともと「路地」の者であったという事実を抹消され、同時にいつか「路地の住人」になる潜勢力――「路地跡」すら住めない弱さに拠る《生》――も絶たれることになる。「路地跡」が誰のものなのかが確定されず、というより、ヨシ兄らがいることによる無法状態において「路地跡」が維持されることが、「元路地の住人ら」の《生》に、いつか「路地跡」で「生活」することのできる可能性を担保することに繋がる。

こう考えると、秋幸に要請されるのは、「元路地の住人」らの多様性――他性――を縮減せず、彼女らがいつか「路地の者」になるための空隙としての「路地跡」が、飽和すること――「路地跡」の法的所有者と、実際的な所有者が一致すること――に抗うことになる。このためにも「元路地の住人」とは何か、「路地跡」とは何かの特定が秋幸にとって不可欠であり、ここに、秋幸に死を与える「路地の者」とは誰かを特定する理路の必然性も重なるということになる。

ここで、『地の果て』に示される「元路地の住人」の複数性に目を向ける必要が生じてくるだろう。そのなかでも特に、「土地」に発生した、「水の信心」を持つ「元路地の住人」の女たちをみたい。空隙の飽和への抗いを含意する《新しい路地構想》の活性化に、この女たちがいかに関わるのか。ところで、この存在に着目することの理由について、もう一つだけ触れておこう。この存在に対する秋幸と龍造との思考の差異が、龍造の想定する《路地再生事業》と秋幸の《新しい路地構想》の差異に敷衍されるということである。ではまず、秋幸の《新しい路地構想》にとって重大なファクター、「水の信心」を持つ者たちと秋幸との関係をみていこう。

## 3 秋幸に対する「水の信心」の作用／龍造の「路地」観との差異

水の信心が蔓延するのは土地の改造がはじまり壊した排水溝のいたるところから水が流れ出したのを眼にする事が多くなっている今、当たり前の事だった。建物が壊され道路が壊される事で排水溝の中に閉じ籠めていた水はふたたび頭をもちあげてふつふつとわき出、乾いた土を濡らし、それがどこよりも早く一面の草むらに路地を変えた理由だろうと秋幸は思い、そのうち行き場のない水は自然に草の根をひたし、根を腐らせ、またどこよりも早く池のように変るだろうと想像した。

右の引用は、初めて「路地跡」に直面した秋幸が、「水の信心」の「蔓延」を理解し、「水」について「想像」する場面である。それは、「路地」の起源と言われる蓮池の成り立つ様子を重ねる。「水」は、「路地跡」への現実的理解を秋幸にもたらしながら、過去の風景を転写した「路地」の未来図を秋幸にもたらし、その線的時間感覚を狂わす触媒である。これは、次のような場面にもみられる。

秋幸は身をかがめて水を飲み、［……］さと子やユキの信心する水の行に染ってしまったように思った。［……］秀雄を暗闇の中で石で打ち殺したのも、さと子と姦わったのも体の中にわく情欲からだとひとりごちた。［……］闇の中で流れた血は時間がたつと秀雄のものか秋幸のものかわからなくなる。血は精液のように粘った。［……］母の血でつながった兄の郁男が十二の時に自殺し、二番目の姉の美恵は一時期気がふれた。秋幸は父親の血でつながった妹のさと子を姦し、末の弟を殺した。まるで渓流に突き出た岩のように過去の事実としてそれらはある。怖ろしいが甘やかでもある意味不明の夢のようにみえる。

ここで秋幸は、「路地跡」に起こった「水の行」を行うように水を飲んだ後、秀雄殺害やさと子との近親姦を「体の中にわく情欲」による「穢」れた事件としている。「水」は秋幸を浄化せず、流れた「血」を「精液」のように想起させ、殺された秀雄の血に染まる自らの罪穢を増幅させる。そしてその「血」は、「母」や「父」との関係のただ中で起った殺害や近親姦を、「怖ろしいが甘やかでもある意味不明の夢」のように思わせる。秋幸が飲む「水」は、彼の属性や、過去の行為を非現実的なものとして秋幸に認識させ、記憶の不透明性や、出来事のなかで触れたモノの感触の曖昧さを補強する装置である。

さて、他方で『地の果て』における「水」は、「土地改造」によって解体された関係の再編成に寄与するものとされる。「土地改造」は、かつて「湿地」にあり「町」の「悪意の集積」とされた「路地」の与件を奪いながら、「町」を「いくつもの層」に再編した。そこで「水」は、「幾層にも分かれた町の者らをぬうように流れ」、「水の信心」者たちを集めた。

秋幸における「水」。「土地改造」の後、「水の信心」者を中心としながら人びとを再編成した「水」。その共通点と違いは何か。共通点は、「土地」の変化に随伴して、人びと（と秋幸）の不安を惹起する媒介となる点だ。ただし秋幸には、想起に伴う罪穢の再認識を惹起するだけ、他方「信者」の人びとには、不安を解消し、新たなネットワーク生成を媒介する。秋幸は、右に指摘した共通点から「水の信心」者へのある一定の理解を示す一方で、その違いゆえに留保も示す。この留保を前提として、秋幸が「水の信心」者とどう関わるのかが問題となる。これはもちろん、「路地跡」の新たなネットワークと秋幸との関係を探ることに関わる。

『地の果て』において「水の信心」は、「噂」によって、その奇異さが強調されるものである。「噂」は、「むち打つ行を繰り返し死んでいる」というスキャンダルを中心とし、「悪意の集積」とされた「路地」を失った町の悪意の的として「信心」を語るものである。

この「噂」とも、さらには龍造とも異なった関与と理解を、「水の信心」に対して秋幸は示す。秋幸は、《腐乱死体》を生み出すまで過熱した「信心」のメカニズム——信心の組織のなかで目論まれた、《腐乱死体》を蘇生させる儀式に対する信者らの期待——に関心を寄せる。そしてその読解は、変貌した土地と自らとの関わりをめぐる思考に連動していく。これが、秋幸による《新しい路地構想》と無縁でないことは言うまでもない。

土地改造によって小高い丘のような山が削り取られ隅に手つかずに放置されていた谷土砂で埋めたといっても、土地の条件は変らなかった。［……］昔は蟻の熊野詣と称せられるほど方々から人が幾日も歩いて来るほどの熱狂的な信仰の中心地だったし、その信仰と小さな浦々の漁師らが変じた水軍を統括した丹鶴姫や湛増の支配した土地だった。信仰の衰えと陸路の発達で歴史の動きから幾歩も遅れ、熱に蒸され透きとおった光をうけて隈取りの濃い物に煽られながら、なお眠り込んでいるような状態が続いた。／ありもしない物の腐乱する臭気を、一人が嗅ぎ、それが病院の待合室や法事の席で一人、また一人と数を増やして広がっていった水の信心の広がり方を逆にたどるように噂が広がったとしても不思議ではなかった。

「土地改造によって小高い丘のような山が削り取られ」ても「土地の条件は変ら」ない。「土地」は、「物」を鮮明にする「光」で何もかもを可視化しつつ「眠り込ん」でいる。その「土地」に広がる噂は、「ありもしない物の腐乱する臭気」をも可視化し、語る満足に拠る停滞に人びとを落とし込む。そして秋幸にとって「水の信心」は、この土地の停滞した様子を補完するものとなるようだ。次の引用は、「水の信心」の教祖である斎藤が行った儀式――自らの母親の死体を蘇生させようとする儀式――を信じようとした信者らの内面に対する秋幸の述懐である。

ここは砂漠ではなく、町から一歩の距離に、乾いた雨の降らない夏だというのに湿気を含んだ杉林がある、下草さえ瑞々しく青いところだと考えた。〔……〕秋幸は体毒のように節々が痛み、力なく息切れする老婆を想像した。老いによる体の不都合は、種子を散らし自然に黄ばみ赤茶化て枯れる草木を眼にしていると、万物の霊長である人間というものの業に見える。老婆は苦しんだのだった。いつの頃からか土地に広がっている自然な簡単な水の信心を知り、水を飲み、体毒そのもののような老いを吐き出そうとして道場にまで出かけ、水を飲みつづける。老婆は死に腐乱しつづけた。雨が降らず乾燥して暑い土地に臭気は土地全体の体毒のように広がった。

「湿気」に満ちた「土地」の草木の瑞々しさを感知する秋幸は、「体毒のように節々が痛み、力なく息ぎれする老婆」を想起する。「体の不都合」を意識する人間は「枯れる草木」と比べて次のように解釈される。「体の不都合」は「万物の霊長である人間というものの業のように見える」。「業」という語を用いる秋幸にとって、「赤茶けて枯れる」「草木」と同じであった「人間」の自然成長的老いを、「体の不都合」や「苦」と認識させる精神は、ネガティブに捉えられる。「信心」のモチベーション――老いを周縁化する精神――は、「体毒そのもののような老いを吐き出そうとして道場にまで出かけ、水を飲みつづける」プラクティスを持つ「人間」の傲慢さを映し出すものとされるのだ。

「老い」を、「不都合」な「苦」とし、「業」を解消するプラクティスを通して、人びとの不安は「信心」に変貌した。その「信心」の成就を象徴する、教祖・斎藤の母親（＝老婆）は、そのプラクティスによっても蘇生せず「死に腐乱しつづけた」。その身体は、結局、死に腐乱する状態しか導かない「水の行」の無力性を証し立てるが、信者は、その老婆――斎藤の母親――の蘇生を信じてプラクティスを続けた。

信者たちは、「水を飲む」ことを自己目的化し、プラクティスこそがもたらす未来の「腐乱」をみずに蘇生を期待する回路に閉じ込められている。自己完結した「信心」は、「眠り込ん」でいる「土地」という現実への侵犯力を持たず、それゆえ「水の信心」は、「噂」と互酬的に「土地」を無力化するものでしかない。そして両者は、「土地」が衰退する現実を構成し、「土地」をさらに病体化する共謀関係にある。

秋幸のフィルターを通して、ネガティブに浮上する「信心」は、ではどのように《新しい路地構想》に関与していくのだろうか。そこでまずみるべきことは、「水の信心」をめぐる秋幸と龍造との思考の駆け引きである。この局面こそ、「元路地の住人」とは何か、「路地跡」とは何かを特定することと、秋幸に死を与える「路地の者」とは誰かを特定することとを重ねて、《新しい路地構想》を開くものだと言えるからだ。

ではまず、「水の信心」の教祖・斉藤が、蘇生儀式のために、その母親の死体を放置して逮捕された事件の後、秋幸と龍造が対話する場面をみよう。

「[……]今日はわしの負けた日じゃ。見事に負けた」[……]「斉藤にこのわしがかつがれたんじゃよ。[……]」[……]一癖も二癖もある秀才タイプの斉藤は笑って、まだ宗教と言うには自然発露の状態が強すぎる水の信心を作る為に、どんな大きな宗教にも含まれている復活劇をつくってみせるのだと言った。／「あの男は芝居をしはじめて、本気になってしもたんじゃ」[……]「要するにあれは霊と肉のぎりぎりを見とって、よみがえっても腐乱してもかまんと考えて、死んでしもたのを届けんと家の中に閉じ籠めとったんじゃ」[……]「[……]それでも斉藤が面白いと思う。というのも[……]秀雄の霊魂だけでなしに肉にも未練たっぷりで、どっちが本物の秀雄じゃと一生懸命問うとった事あるんじゃ。ここに葬式の時、死体を安置させとったんじゃ」[……]「そうやんで、今日、復活じゃと擬装したんじゃや。腐乱してミイラになったのを喜んで集まった信者らに見せたんじゃの。[……]」

引用冒頭、龍造は斎藤に「負けた」と言っている。これは、斉藤による事実上の母殺しによって、教団を組織する斎藤の真剣さに対して「負けた」ということである。もともと龍造は、斉藤が信者たちをだまし、本当は生かしていた母親を蘇生者とみせかけることで、宗教組織を活性化する「演出」を目論んだと読んでいた。その読みを外した龍造が斎藤に「負けた」、「かつがれた」と言い、秋幸に次のように語る。「宗教と言うには自然発露の状態が強すぎる水の信心を作る為に」、「復活劇をつくってみせる」と意気込んだ斉藤は、「芝居をしはじめて、本気になっ」た。

まず龍造は、斉藤に対する誤読を反省できるメタレベルにおいて、土地で発生したすべての出来事を見通し管理できる父性的立場の優位性を秋幸に指し示す語りを行っている。

そして、この語りに保たれる優位性を裏づける内容を龍造は語る。龍造は、斉藤を「面白い」と思う理由として、

「霊と肉のぎりぎりを見とって、よみがえっても腐乱してもかまんと考えて、死んでしもたのを届けんと家の中に閉じ籠めとった」からだと説明し、龍造自らの生命観とともに、秀雄殺害に関わる秋幸の罪を赦すロジックを示しているからだ。

ここで龍造は、秋幸が秀雄を殺害した際、「秀雄の霊魂だけでなしに肉にも未練たっぷりで、どっちが本物の秀雄じゃと一生懸命問うとった」苦悩を語り、「霊と肉のぎりぎり」を見定めた自分だからこそ、「死んでしもたのを届け」なかった斉藤に共感できるとしている。つまり龍造は、身体に担保される「肉」と、それに担保されない「霊」のどちらに「秀雄」の実存をみるかに逡巡した自らの過去を、克服する姿を秋幸にみせることで、現在の龍造が、死体遺棄を犯罪とはみなさない者であることを、秋幸に指し示す。

龍造によれば、斉藤は、「霊」と「肉」の「ぎりぎり」、すなわち不可視と可視の狭間に位置する、人間の実存の境界域を捉えた。この領域をコントロールして宗教組織を活性化しようとした斎藤に対する龍造の共感は、宗教の体系化という《大義》に人間を供犠することへの共感である。この斎藤の《大義》のロジックを共有できる龍造の《大義》の前で、秋幸による秀雄殺害は赦された。つまり龍造は、秀雄の死を、秋幸の犯罪の結果とみない価値観において、秋幸を赦す龍造自身をメタ・メッセージとして発信しているのだ。

龍造は、法的処置の対象となる「肉」の消去（殺害）にこだわらない。ゆえに、秀雄殺害を秋幸の犯罪とみなさない。それゆえ龍造の語りは、犯罪と、それに伴う懲罰という因果から、秋幸を解放する恩寵を与えることのできる龍造を指し示す。そして龍造は、斎藤のように、秀雄の《生死》を管理し得る自らを「神さん」のように指し示し、秀雄の死と秋幸の犯罪を、龍造が想定する有用性のエコノミー――《大義》――に還元できる者として立ち現れる。この、龍造の《大義》とは、「路地の山と建物取った」「土地改造」を、「ヨシ兄ら居よと思たら居れる」状況にしておく《路地再生事業》である。秋幸が自分の《新しい路地構想》と「逆」だと認識したはずの龍造の《路地再生事業》は、秋幸が目指す《新しい路地構想》と重なる、というのだ。そして『地の果て』は、ここで龍造の語る《大義》に「宏大な共生感」を感じる秋幸を導く。では、なぜこの《大義》に秋幸は共感を覚えるのか。それは、龍造が秋幸を赦すからではない。

「［……］刑務所に入っとる秋幸と死んだ秀雄の事考えたら、少々キツイと思ても、強引に出来た。おまえら二人のせいでようけうらみ買うとるよ」／［……］下駄直しや皮張りをこの間までしとって、と言って息をつぎ、「俺がそんな律儀な事して働いた事あるかいよ。みんな作って言うんじゃけど。下駄直しも皮張りも並みの人間ならせん賤しい仕事じゃと思ての事じゃろが、わしはそうじゃで、下駄の一つでもつくれる材木持っとるんじゃったら直しを蔑んでみよと言うたんじゃ。［……］」／［……］「路地の山と建物取ったのはビルディングでも建てる為じゃないんじゃ。ヨシ兄ら居よと思たら居れるんじゃ」秋幸は［……］脳裡に日を浴びた草むらが浮かび上ってくるのに気づいた。宏大な共生感のようなものが芽生え広がる。

龍造が語る《路地再生事業》に、秋幸は「宏大な共生感」を感知する。それが、秋幸の《新たな路地構想》に不可欠とされた、空隙としての「路地跡」の確保を、龍造が企図していることを指し示すだけではなく、龍造の語りが「路地」の者らを蔑み、差別する者たちを凌駕する《平等観》を伝えるものとなっているからである。

龍造は、自らの来歴を秋幸に語りながら、自らに「蝿の糞」というレッテルを貼り、龍造をただの成り上り者に仕立てて蔑む者たちを批判する。龍造は、この差別の力学を浮き彫りにし蔑み返す。龍造の言葉を要約すれば、差別者の欲望は、「並み」の仕事しかできない成り上がり者たちが、「下駄直しも皮張りも並みの人間ならせん」仕事をする者に対して抱く羨望や気後れから、「賤しい」という価値を与える者をつくる欲望である。そして龍造は、差別者の限界をついて、「下駄」になる「材木」を所有するなら、その所有に疚しい良心を抱かず、所有する者として「下駄」に匹敵する「下駄」を作ること、つまり、「下駄直し」と競争して産業に携わるべきだと語るのだ。その語りは、労働そのものの配分を競い合う相手として「下駄直しや皮張り」を捉える、すなわち、生きる手段の配分をめぐって「材木」所有者と「下駄直し」が対等であるべきだという龍造の認識を指し示すものとなっている。そして龍造は、「路地の山と建物取ったのはビルディングでも建てる為じゃないんじゃ。ヨシ兄ら居よと思たら居れるんじゃ」と語る。つまり龍造の《路地再生事業》は、この差別者を蔑み返すことと等しいことなのだ。この龍造が示す「路地跡」の使用法に、秋幸が「宏大な共生感」を感じるのである。

しかし気をつけたいのは、ここで秋幸が、この「共生感」に「距離」をとることだ。この「距離」に寄り添って、龍造の《平等観》の問題を明らかにしよう。たしかに、龍造の語りは、生きる手段の配分をめぐる競争の機会において、人間を《平等》に配置する。ただしその《平等観》は、そもそも持てる者と持てざる者との関係の非対称性に対する配慮を欠落させている。龍造の思考は、なぜ、どのように、持てる者がそうなったのかを問わせない前提に立ち、その発想の起源を隠蔽している。これは二つの効果を発揮する。一つは、持てざる者と龍造（「材木」の所有者）との差異の消去、そしてもう一つは、持てる者となった龍造の非歴史化＝神話化である。

秋幸が龍造の語りに対して「宏大な共生感」を持ちながらも「距離」を取ることは、「路地跡」に「ヨシ兄ら居よと思たら居れ」るようにする龍造の力のあり方を問題とできる余地をうむだろう。しかし、実際的に、「路地跡」の土地に対する佐倉の法的所有状態を「路地跡の土地は佐倉の物などでない」と言い、その法を踏み破る自己を秋幸にみせる龍造は、「路地跡の土地」を、秋幸が目指す《新しい路地》に近づける有効性を握る。

秋幸に求められることは、《路地再生事業》という《大義》の実際的有効性を担保する龍造の力に還元されず、また、持てる者と持てざる者との関係の非対称性を配慮しない龍造の盲点に依拠しないで、《新しい路地構想》を練り上げることになる。龍造の《路地再生事業》に似る《新しい路地構想》の実現可能性は、この持てざる者との関係に担保されなければならない。ゆえにここにも、秋幸が、持てざる者――「元路地の住人」――とは何か、それに対する秋幸自身とは何か、という問いに答えなければならない理路が敷かれるのである。

ではここで、秋幸にみられる「幻」が、この理路の発端になると仮定して論を進めていきたい。それは、「路地の亡霊」がさまよい歩く「路地跡」を映す「幻」である。

「路地跡」の「草むら」が「風を受け、音を立てて揺れ」、その「風が渦を巻くと日の光が草の葉から滲み出した眩い液のように散ばり、練りあわされ」、その「光の液は、幻が腐るような臭い」を発し、「全ての幻という幻に腐乱する臭い」となって充満する。これは、秋幸がみる「幻」の光景である。

その「幻」は、「腐るような臭い」を放つ「路地跡」を映し、「路地跡」が「路地」の完全な死を指し示さないもの、「路地」は《ない》のに、そこに《ある》――不可視性を帯びながら可視化する――ように、秋幸に「土地」をみせる。斉藤の母親の「腐乱が、除湿冷房の新式クーラーのおかげで引きのばされた」ように、死が引き伸ばされたイメージのなかの「路地跡」。つまりこの「幻」は、「路地」がいまだ、「腐乱」し続ける身体のように《ある》ことを、秋幸に思わせる啓示である。このような「幻」をみることができる、とはどういうことか。

「水の信心」事件をめぐる、龍造の一連の語りとの対比において整理してみよう。龍造は、斎藤が母を腐乱させ死に至らしめたことを、「信心」を宗教として体系化する意志の真率さと、その実践力において語った。他方で、秋幸の「幻」は、斎藤が直面した腐乱する母の身体そのものに依拠する。ここで、「水の信心」の老婆らが、実際、死体が蘇生すると言う斉藤の言葉に拠って「水の行」を行い、その後、《腐乱死体》をみた、そしてそれを語ることで混乱した存在だったことを思い出せば、まず、秋幸の「幻」は、この「水の信心」の老婆らが語る《腐乱死体》に接続する位相に生じているといえる。《腐乱死体》そのものを敷衍し、そして《腐乱死体》を語った者たちの言説に依拠して生成される「幻」を秋幸はみることができるのである。
では、信者らの語りに〝依拠〟することができる秋幸とは、どのような存在だと言えるのか。それは、この「幻」をみた後の秋幸のありようからうかがえるだろう。

ふと秋幸は、水の底にいるような気がした。浜村龍造が思いを籠めて建てた遠つ祖だという戦に敗れて落ちのびた浜村孫一の碑も、火の子供を生み女陰を焼かれて死んだイザナミを祭った花の窟も、目と鼻の先にあった。夜、考えていた事ではなく眠ってみた夢の続きのように、岩で出来たそれら二つとも水の底にあると思い、水の信心で発見された斉藤の母親を想像した。[……] 静まり返った中に一人大きな体の男が歩いてくるのをまるで影の自分を見るように想像し、車に乗る。有馬からその土地へ。水の底から人の生きるその土地へ。

自らが拠点とする山小屋で、秋幸は「水の底にいるような」無重力感のなか、「浜村孫一の碑」と「イザナミを祭った花の窟」の「二つとも水の底にあると思い」、「水の信心」の渦中にあった「斉藤の母親」を想起する。「碑」と「窟」と「斉藤の母親」は「水の底」のなかに並置される。ここで、「碑」に担保される伝説——龍造が創出し、彼が依拠する「浜村孫一」伝説——も、「斎藤の母親」に担保される宗教——斉藤が成り立たせようとした「水の信心」の体系——も、秋幸において、「花の窟」を象徴とする神話、すなわち神話的《虚構》として位置づけられたと言える。では、「伝説」を《虚構》として読むとはどういうことか。
例えば、マリー＝ロール・ライアン（『可能世界・人工知能・物語理論』）は、〈伝説〉を〈虚構〉として読むことを、次のように述べる。〈虚構として読む〉こととは、〈ほんとうは違うということを重々承知のうえで、あたかも擬装行為のもとに伝説が着想されたものであったかのように伝説を読むこと〉、また、〈〈伝説の作者が、代理話者に化身し、テクストの言語行為について個人的責任を一切引き受けていなかった〉という擬装を読者がする〉ことである。[*5]これに倣って、龍造の伝説との関係に限って言えば、秋幸は、伝説作者としての龍造が、その伝説に対して〈個人的責任をいっさい引き受けていなかった〉者であるという〈擬装〉を行うことで、龍造の物語行為の真実性を棄却し、龍造を、伝説を受容する側との共同関係への支配力を喪失した存在と見なしていることになる。すると、次に問題となるのは、この〈擬装〉を行うことができる秋幸に、どのようにして龍造の《大義》——《路地再生事業》——を破綻させる可能性が生まれるのか、ということだ。

まず、確認しておきたいのは、秋幸が龍造（伝説の発話者）の支配力を弱める〈擬装〉を龍造に施したことによって秋幸自身——その伝説の読み手としての秋幸——も、その〈擬装〉の圏域に置かれることになることだ。ここで秋幸が、「大きな体の男が歩いてくるのをまるで影の自分を見るように想像」する事態が、このことを裏づけるだろう。この事態は、伝説の発話主体の龍造か、その対象となる孫一か、そして伝説の受容者である秋幸かが不分明の「影」を、秋幸自身を成り立たせる——秋幸自身を一つの個体とする——ものとして招く事態だからである。では、この「影」を、秋幸自身の個体化にとっての補足とすることは、龍造の《大義》——《路地再生事業》——を破綻させることに、どうつながるのか。この「影」を伴って「人の生きる土地」のある、すなわち「路地跡」を内包する現実世界に向かう秋幸に、再び、ある「幻」が生じる箇所をみたい。「人の生きる土地」に降りた秋幸が、まず耳にするのは「水の信心」の熱心な信者でもあった異母妹のさと子から、信者であった老婆らが《死》に恐怖を抱いている、という現実である。

「秋幸兄ちゃん、神さんのお母さんの腐っとった死体の事なんよ。この人らあんな風に腐って、臭いにおい出して死ぬのすぐやから、おそろしと言うとるんよ」／風が吹いた。さと子の髪も一層、乱れ逆立つ。木協からはすぐの距離にある海に今気づいたように秋幸は潮鳴りの音を耳にし、ふと秋幸は路地跡の茂った草むらが立てる音を幻聴のように思い出した。復活を待って腐乱した死体と路地跡、秋幸は水の信心の者らが分る気がした。〔……〕路地は秋幸だった。秋幸の過去のすべてだった。降り出した雨の日、土地の方々に根を張ったその根の一つ一つのような、老化で起る様々な障害に苦しむ老婆らがおぼつかない足取りで道場に出かけて眼にしたミイラ化した腐乱死体のように、路地跡は今、土地の真中に空洞としてある。

傾斜地に向った秋幸はさと子から、水の信心を信仰する老婆らが「腐っとった死体の事」で「おそろしと言」っていることを聞く。そして傾斜地で聴こえる「潮鳴りの音」から「路地跡の茂った草むらが立てる音を幻聴のように思い出」し、「腐乱した死体と路地跡」を明確に重ね、「水の信心の者らが分る」ようになる。組織が破綻し、死への不安を増幅させ、そして「水の行」を行う「傾斜地」の老婆らに秋幸は共振する。

先にみたように、秋幸はそもそも、草木の自然的生を引き合いにしながら、蘇生を期待した信者らが、停滞している「土地」と共謀関係にあることを見出した。その秋幸が、このように老婆らに共振する。ここでまず明らかにしなければならないのは、組織破綻と同時に死の「畏れ」に直面する老婆らがどのような領域（現実）を生きているのか、ということである。

信者たちはそもそも、信仰を通してどのような生活を送っていたか。例えば龍造の言葉によれば、その信心は「自然発露の状態」が強すぎるものだった。日常の生存に必要な「水」を飲むという行為に支えられた「信心」の時空間は、日常の補足領域としてあったということである。そしていま、老婆らは、この日常の充実を担保していた道場を喪い、蘇生が予期された身体を「死体」として認知し、死をおそれるようになっている。その認知と畏れは、「斎藤の母」の身体の意味の分割、すなわち聖と俗——蘇生を遂げる可能性を持つ身体と腐乱する身体——の区別の不可能性に連動して、日常の現実世界における信者ら自身の聖と俗――浄化され得る身体と死にゆく身体――との区別の不可能性に信者らが直面し、混乱していることを指し示す。この混乱は、水を飲んだ人間は《死》を通過して蘇生するという超自然的解釈と、《死》は通過点にはならないという合理的解釈の狭間に老婆らが生きていることを示す。この狭間は、聖と俗を分離できない未分化な状態で、自分の身体を捉えるしかないままに老婆たちを生かす場であり、極言すれば、自分の身体に「腐乱死体」を重ねてみてしまう混乱において、老婆らが生き延びるしかないことを示すのである。

この老婆らを秋幸は「分る」。秋幸は何を「分る」のか。この了解を経て秋幸は、先に引用したように、①「潮鳴りの音」を知覚し、②「路地跡の草むら」の葉擦れの音を「幻聴のよう」なものとし、③「路地跡」の様相を限定することになる、というシークエンスを踏まえて検討したい。

まず秋幸には「潮鳴りの音」が、現実の「音」とされず、「路地跡」の葉擦れの音を「幻聴」として聞かす媒介となっている。ゆえに、現実の「音」に「幻聴」を重ねる秋幸にとって、現実の同じ位相にあるはずの「路地跡」は《幻》に転位していることになる。老婆を「分る」ことを結節点として、この《幻》が生起しているのであれば、この《幻》は、《死》を猶予されている「路地跡」を確信させる啓示ともなっていることになる。すでにみられた「幻」――《「路地跡」は「腐乱死体」であるという幻》――は、レトリックの次元に留められず、「腐乱死体」として「路地跡」があるとした秋幸の認識を補完することになる、ということだ。このことは、帰郷したてで「幻」をみていた秋幸と現実との関係を比較対象にするとわかりやすいかもしれない。

帰郷したての秋幸は「路地跡」をみて、「路地はなかった」、「秋幸を知り秋幸も知っている者らは建物が消える前に方々に散っていた」、「秋幸が愛したものやなつかしいものは、まるで在った事が幻のように消えていた」とし、「路地」で過ごした「子供の時代」も「幻だった」とした。「刑務所から戻ってこの足で路地の土の上を歩き廻って」

「泣いた」秋幸にとって、「路地跡」は、「在った」「路地」に代わって出現し、「路地」が《ない》状態を指し示す場となっていた。そして「路地」で体験した過去も「幻」とし、過去も「路地」も《ない》という現実に秋幸は立った。ここで秋幸は、「路地」での過去を「幻」とし、いわば現在の現実と切断された領域へと「路地」を囲繞したのである。

しかし老婆らを「分る」秋幸は、ここで「路地跡」を《幻》とする。そしてその上で「路地は秋幸」であり、「過去の秋幸のすべて」であるとする。このことは、秋幸が現実の「路地跡」を、「路地」が《ない》状態こそを可視化する《幻》に反転させたことを指し示す。この反転を介して秋幸は、「路地跡は今、土地の真中に空洞としてある」と言う。この「空洞」は、《「路地」が《ない》状態を可視化する路地跡》を指し示す文言だ。したがって秋幸が「路地跡」を「空洞」とすることは、現実の「路地跡」が《ある》ことに等しい強度で、不可視のはずの「路地」が《ある》ことの強度を感知する秋幸を浮き彫りにするだろう。したがって「路地は秋幸だ」という認識は、現実に代わる《幻》ではなく、現実の秋幸を補足する《幻》として、この「路地跡」を自らに内在させる秋幸を指し示す。この秋幸に、現実を「幻」とする明瞭な認識が起こり、その「幻」に拠る現在の「愚か」さが意識され、この「愚か」さを象徴する「親を殺す」未来が想像されていくことになる。

［……］徹を連れて浜そばに出かけた。［……］カーブの辺りに何軒も集中して家が建っていた。そこを抜けると、すぐに路地の者らが舞い戻って住みはじめたという傾斜地が見えた。［……］波音が響いていた。傾斜地のバラック小屋をみながら秋幸はその昔、路地もこのようにして出来上ったのだろうと想像し、定かでない昔と今がよじれてつながった輪のようにあると思った。何もかも幻のような気がし、幻なら土地を所有する事も愚かな事だし、樹木を切って何がしかの金に換えるのも愚かな事だ、秋幸は頭の中で今、浜村龍造に向い合っ

ているように独りごちた。

「元路地の住人」らが住む「傾斜地」に来て、「傾斜地のバラック小屋」を観察する秋幸は、現実の風景に「定かでない昔と今がよじれてつながった輪」、すなわち不可視と可視のよじれ合いをみて、現在を、錯時性に規定される「幻」に移行させる。この「幻」は、先に指摘した「空洞」の存在論を踏まえれば、秋幸における現実の代替領域ではなく、補足領域である。したがってそれは、現在の現実の、次なる現実となる未来への到達関係のうちに現在を置く、つまり「路地跡」の未来にリアリティを持てる秋幸をつくり出す。だからこそ秋幸は、「土地を所有する事」、「樹木を伐って何がしかの金に換える事」といった、諸々の「愚か」さを否認して、「路地跡を誰の所有でもなくし、そこに小屋をつくって住む者らの共有にしよう」と思える。これは、秋幸に「非現実」と思われていたことのはずだが、老婆らのリアリティに共振することを発端に、「路地跡」を、「路地」が《ない》ことを可視化する場所――「路地」の死ないしは無を可視化するもの――として啓示する「幻」を現実的基盤とする秋幸にとって、《現実》となったのである。このように「路地跡」の「共有」を思い、そして「愚か」な「親を殺そうとする」――龍造の提示する有用性のエコノミーを破綻させる――回路に入ることができる秋幸に、この「共有」を妨げる一つの「不安」が兆す。それは、次のような「不安」である。

秋幸はその亡霊の孫の子が、親を殺そうとする、と思い、自分が亡霊の生きる支えになっていた熱情を潰してしまうのではないかと不安になった。教団の裏切り、手勢の者の裏切り、浜村孫一の仏の国の理想、それは亡霊を慰藉するためにつくり出した浜村龍造の熱病にすぎなかった。ジジは乞食同然の暮しをしながら怒り、［……］秋幸はそう考え、乞食同然の暮らしや有馬の里の者へのジジの怒りが、ペテンをやり手形パクリをやり、有馬の土地を買い占めて空地にし、路地を払って更地にする血も涙もない浜村龍造をつくったのだと気づいた。浜村龍造は地表から何もかも消し去る。［……］浜村龍造は意味があってそうしたのではない。蟻が巣を作るようにただそうしたかったのだ。意味はむしろ秋幸だった。意味の亡霊のように秋幸は路地跡を誰の所有でもなくし、そこに小屋をつくって住む者らの共有にしようと思っている。秋幸はそれをさと子にむかって浜村龍造を殺す理由として言いたかったが、もし言ったとしても話が抽象的でありすぎて捉えどころがなく、さと子には理解できないだろうと黙った。［……］「かまど、小屋の中につくって、火たくんかいの？」秋幸は相槌を打たなかった。ふっと小屋の中が生乾きの流木をくべたので煙が充満し眼が開けていられなくなった光景を想像した。それは浜村龍造が経験し、これから傾斜地の小屋で誰かが経験する事なのだ、とひとりごちた。

秋幸の「不安」は、龍造の欲望の源泉にある「ジジ」に由来する。「ジジ」は、有馬での生産関係から排除された被差別者であった。そしてこの「ジジ」に育てられた過去に規定されて、龍造は成り上がった。秋幸がもし、龍造を殺すことと、「路地跡」の「共有」を重ねた場合、「路地」の者らと同じ境遇であった「ジジ」――〈被差別者〉――の思いを犠牲にする理路を取ることになる。これが、秋幸の「不安」を構成する。したがって、秋幸は、「ジジ」の怒りに呼応した龍造の「熱情」を「共有」しつつ、しかし「熱情」に基づく龍造の有用性のエコノミーを逸脱するように、「路地跡を誰の所有でもなく」す未来を到来させなければならないことになる。この「熱情」にのみ呼応できる秋幸を示す呼称が、龍造に「意味」を見出した秋幸を脱臼した、「意味の亡霊」である。秋幸が「意味の亡霊」となるには、龍造にとっての「ジジ」と、自らにとっての「路地跡」に「小屋をつくって住む」「者ら」とを交錯させせなければならない。

「自分が亡霊の生きる支えになっていた熱情を潰してしまうのではないかという不安」を消し、「ジジ」の思いそのものを表象する龍造を消去することが、「ジジ」を冒涜することと引き換えに行われてはならないし、それが、龍造の行為に「意味」を与えていた秋幸自身を脱臼することと重ならなければならない。秋幸は、冒涜の回避と、差別され貶められてきた元「路地」の住人らが「路地跡」を「共有」する未来を調停する装置とならなければならないのだ。

この装置に化すことは、具体的には、「路地跡」を「小屋をつくって住む者らの共有」にすることと、龍造の《路地再生事業》との差異を秋幸が担保する際、「路地跡」の「共有」を龍造の消去という目的の手段として貶めないこと、そのようにして《親殺し》に「意味」を帯びさせないことが求められるということだ。では、引用末部にあるように、ジジの体験を未来の「誰か」に投影する想像が秋幸に起こることに着目して、秋幸が装置に化す理路を検証していきたい。

秋幸は、「元路地の住人」らが集う傾斜地の小屋で、「生乾きの流木をくべたので煙が充満し眼が開けていられなくなった光景を想像」し、それをかつて「浜村龍造が経験し、これから傾斜地の小屋で誰かが経験する事」とする。「元路地の住人」の現在、そして有馬の小屋で生活した浜村龍造とジジの過去、そして「誰か」が「経験する」未来が、生活の不如意を象徴する「光景」に交錯する。ジジの体験を、「傾斜地」に住むうちの「誰か」が相続する未来の「光景」とすることは、「ジジ」の「怒り」を私的に所有する龍造に対し、未来の「誰か」たちによって、「ジジ」の「怒り」を「共有」する可能性を映し出す。しかしこれはまだ秋幸の希望ないしは期待を映し出したものであって、「ジジ」の思いを抹消しないという制約において、龍造という「親を殺す」ことの可能性と、「路地跡」を「共有」することの可能性を一致させて実現する理路が敷かれたことを意味しない。「路地跡」の未来は、「ジジ」の思いを抹消せず「親を殺す」理路をいかに得るかに賭けられる。この理路の端緒は、龍造の《一の思想》と秋幸が向き合う局面にみられるだろう。

「兄やんがわしぐらい齢とったらどんな男になるじゃろ。何を考えるじゃろ。わしが聞きたいのはそんな事じゃ。［……］兄やんは子供にも孫にも浜村孫一の事を伝えるんじゃろか、孫から子へ、子から兄やんに、兄やんからわしへ、わしからジジへ」［……］「兄やん、わし知っとるんじゃ。木がどんなに生きて再生しても、そんな歴史よう持たんじゃろと言う事。木は木じゃし、獣は獣でないんかい。獣が遠い先祖の苦労しのぶとは、ついぞきいとらん」／「兄は獣でない人間じゃさか先祖に血道を上げとるんじゃと言うんか？　人間じゃさか、屑の連中を集めて浜村衆の再現じゃと喜んどるのか」／［……］「どっちにしてもわしは一たす一は一じゃし、三ひく一は一じゃと思とる。切手ほどの土地から始めたわしの計算方法での。わしも生きつづける。浜村孫一も生きつづける。秋幸も生きつづける。同じ一じゃ。同じ種じゃ。わしは杉や檜にヤキモチ焼かん。人に何と思われようと一は一じゃ。0じゃない、何しろ一じゃ、わしが生まれた時から始まっとったし、おまえがフサの腹から生れる時からはじまっとった。［……］」

ここでまず龍造は、「兄やんがわしぐらい齢とったらどんな男になるんじゃろ」、「何を考えるじゃろ」と述べる。龍造にとって秋幸は、自己と比較可能な他人であり、比較を絶する他者ではない。この規定を可能にしているのは、孫一に始まる時間の流れのなかに、龍造自らも秋幸も還元する《系統》の想像と不可分の《系列的思考》である。それが龍造にとって「人間」の証左であり、「人間」の「命」の生命線である。「先祖」を「伝え」「しのぶ」、《系統》への能動的関わりによって表象される「歴史」こそ「人間」を担保すると述べる龍造は、他方で、「木」や「獣」を、その「人間」の「命」を正当化するための否定的契機とする。その価値基準が「人間」にも持ち込まれるとき、《系統》を外れる「人間」も、「木」や「獣」と同じ扱いとなる。龍造は、《系統》の外部にある者の他者性を消すことで、《系統の思考》を強化し、それらを理解不可能な他者としてすら認知しないことで生きられる。この内部にあればこそ、龍造は、「兄やんからわしへ、わしからジジへ」という逆流も正当化できる。これに対して秋幸は「兄は獣ではない人間じゃさか先祖に血道を上げとるんじゃと言うんかい?」という疑義を呈す。それは、獣や植物との分割線をもとに「人間」の差異を消去する龍造の言葉への反問である。ここで秋幸に、龍造の《一の思想》に対する反論が思われる。

［……］浜村龍造の考えは、衣食足りての事で、否応なしに一でありつづける者はそれがたまらない。金で生死を買えるわけではないが、すくなくとも家を買う事が出来るし、土地を買う事が出来る。浜村龍造のように力を買う事が出来る。秋幸は鉄男が歌っていた歌を思い出した。スエコが同じ孕み女に食物を分け与えていた姿を思い出し、もし遠つ祖、浜村孫一が幾つ足しても引いても一である事を仏の国と言ったなら、あたうる限り持つ物が少なく、弱く、疎まれ蔑まされる路地跡の浮浪者や傾斜地の元路地の住人がそれで、浜村龍造も自分も一でありうるはずがないと思った。

「浜村龍造の考えは、衣食足りての事で、否応なしに一でありつづける者はそれがたまらない」。「否応なしに一でありつづける者」とは、「あたうる限り持つ物が少なく、弱く、疎まれ蔑まされる路地跡の浮浪者や元路地の住人」らである。彼ら・彼女らは、生産関係のうちに周縁化され包摂され続けた。ジジもこの存在と等しい。この生産関係の「愚かさ」は、龍造の示す《系統的思考》に支えられる。この思考の範囲に置かれる「一」としての「人間」に対して、秋幸は、「衣食足り」ない生活を強いられ、龍造の論理において「木」や「獣」と同じく「人間」に満たないとされ続けた者の「一」を思考しようとするのである。

「否応なしに一でありつづける者」とは単に、被差別者であることを制度的に固定化され、その社会的条件を生きる存在ではなかろう。「否応なしに一でありつづける」とは、己の意志によって決して「一」であることを選択できず、にもかかわらず「一」であることを強いられる者、すなわち、比較可能な他人との関係すら切断された者、「木」や「獣」を否定的契機として、自らが「人間」であることすら正当化できない者たちである。したがって、他者との関係において、己自身との差異を産出できず、その差異を担保にして己を様態化すること、そしてその様態化の先に見据えられる未来を、不可能にされ続けてきた者たちを、「一」なる「人間」として生かすことが、「追い出された」者らを代表せず、「路地跡」を「追い出された」者らの「共有」にすることに、必要不可欠となる。

では、「否応なしに一でありつづける者」が「人間」であることを正当化でき、そして己自身との差異を産出するためには何が必要なのか。その人らが差異を産出して様態化する、すなわち変成的な自己形成が可能なように、秋幸自らがその差異を成す他者となることそのものが必要となるだろう。

再び、龍造の言う「人間」を、「獣ではない人間」という言い方で秋幸が要約していることに留意しよう。すると「否応なしに一でありつづける者」の他者となるには、「人間」の人間性を成り立たす否定的契機としないように、「木」や「獣」を位置づける必要が生じる。「木」——植物的生——も、「獣」——動物的生——も否定的契機とせず、「否応なしに一でありつづける者」に「人間」としての様態化を可能にし、それらの者との差異を担保する他者として自己表象すること。秋幸には、龍造の「人間」観に関わって、「木」や「獣」の生を体現しつつ、「否応なしに一でありつづける者」の差異として自らを生成変化させることが求められる。また、「路地跡」とは、《路地（秋幸）の死・無を可視化する幻の場所》として、現在は位置づけられている。すると、この「路地跡」を「共有」するプロセスに、本章前半で示した秋幸の課題——自らを、「路地」の者らから死を与えられるべき者として生きさせること——が関わってくるだろう。

物語終盤、秋幸は「本当のジンギスカン」になることを志向する。最終節では、ヨシ兄が鉄男に襲撃される事件の後、秋幸が、自らを「ジンギスカン」として位置づけていくありようを追おう。襲撃後、《植物状態》となるヨシ兄をめぐる秋幸の思考が、まず第一に、「否応なしに一でありつづける者」の差異を担保する者として自らを措定すること、第二に、秀雄を殺してさと子を「姦」した自らの犯罪—加害に対する応答として、「路地」の者らによって死を与えられるべき者として自己規定すること、そして第三に、浜村龍造の示す《大義》を支える供犠の構造を裏切ること、これらが重なる理路を、いかに実現するのか、という観点から検証する必要がある。もちろん、これらの検討は、「路地跡」の「共有」という理念の実現可能性がどのように担保されるのか、という命題に属す。

## 4 「ジンギスカン」としての生成変化

ジンギスカンたるヨシ兄が何故、面白半分にしろ撃たれなければならなかったのかと考えた。［……］浜村龍造や秋幸の曽祖父に当たるジジの持ち出す遠つ祖浜村孫一より、何の根拠もなくシャブの妄想で持ち出されたジンギスカンの方が、からりとしていた。仏の国をつくろうと一向宗と共に織田信長と戦い敗れ教団からも百姓からも裏切られ、落ちて有馬にたどりついた浜村孫一より、単に女を強姦したいため、いい女を味わいたいため戦い侵略したジンギスカンを言うほうが、痛ましさは少なかった。［……］手術室の寝台に横たわり、生と死の境目をさまよいながらヨシ兄の頭に何が生起しているのか想像した。不意に秋幸に、火の熱のように、路地跡の草の感触がよみがえる。秋幸は立ちあがった。空が朝の徴候をみせてかすかに白んでいた。深い海の底のような有馬の朝に立って、秋幸は服を脱いで裸になった。見ている者は朝以外なかった。［……］草のにおいがしていた。火をみつめ、自分の周囲に立ちのぼる草のにおいに陶然となりながら、深い山の中に一人たたずんでいる気がした。頭の中に、それまで思いもしなかったような問答が生起していた。人生は尊いのか。山の中で秋幸は答をさがしていた。草木は人間をゆるすのか。［……］その問答は浜村孫一が考えたはずだと思った。

「面白半分」に撃たれ、「死線をさまよ」うヨシ兄をめぐる秋幸の思考は、ヨシ兄を「ジンギスカン」として把握することに基づく。そして秋幸は、「ヨシ兄の頭に何が生起しているのか」を「想像」しようとする。この際、秋幸に根底的な問いがもたらされる。「人生は尊いのか」、そして「草木は人間をゆるすのか」。こう問う秋幸の「想像」をみよう。

「ヨシ兄の頭」は、まさにいま「生と死の境目」の植物状態にある。シャブ中により「幻想」を生きた身体に死が可視化されつつある。ここで秋幸に、「熱のように」「路地跡の草の感触」がよみがえり、「人生は尊いのか」、「草木は人間をゆるすのか」という問いが生起し、「その問答は浜村孫一が考えたはずだ」と確信される。「人」の「生」と「草木」の生とを対称関係に置くことが、浜村龍造の語る「浜村孫一」の考えに合致するというのだ。

ここでまず、「草木」を「ゆるす」存在、すなわち「草木」を、知性を備えた人間の対応物として置く秋幸は、「人間」としての存在論的境界を越境する機会に立つ。それは、「人間」としての死を自らに呼び込む契機だ。しかし「草木」にゆるされるとは、どういうことか。

ここで思い起こされるのが、本章冒頭で確認した問題、秋幸が樹木伐採を自らの労働として正当化したエピソードだ。秋幸はそこで、自らが樹木を伐採する資格を「路地の者」のハビトゥスとして理解していた。それは、下駄直しや皮剥ぎという職業において、自然の加工に携わってきたがゆえに、自然と「人間」とを分離し得ない物語を伝承した「路地」のハビトゥスである。そして、ここでの秋幸の問いは、「樹木を伐る」資格を持つ自らの根拠それ自体への問いとなり、自然に対する贖罪の意識と表裏の「路地」の語りのハビトウスをも問い直すものとなっている。それは、「草木」にゆるされる資格を「路地の者」として偽装し、秋幸自身が、自然を犯す根本的な罪を止揚してきたことを暴露するきっかけになる、つまりここで秋幸が、「路地」の者を代表する資格も棄てられる。

　非人間と人間の境界を踏みまたぎ、また両者が融合する形象として「イーグル」のような存在を可視化し、自然と関わり得る自己を措定することが樹木伐採の根拠だった。が、秋幸はいま「人間」が「木を伐れる」のは「錯誤」だとし、「草木は人間をゆるすのか」と問い、樹木伐採に対する「草木」による罰、すなわち草木との関係において死を与えられるべき自らの位置を確保しようとしている。それは、「路地の者」としての偽装とともに、この偽装において樹木伐採した自らに、死を与える論理である。ここに、本章冒頭で引用した鎌田氏が述べるような、秋幸の〈路地からの脱出〉の回路も見出せよう。

　ヨシ兄をめぐる秋幸の「想像」は、自然を犯して生きた「路地の者」の罪を、元「路地の者」であり「ジンギスカン」でもあるヨシ兄が、どのように引き受けるのかをめぐる思考を通して、秋幸も《ゆるされない》者とする「想像」である。ヨシ兄がなぜ殺され、死なければならないのかという問いは、ヨシ兄が死を被る理由において、死を被るべき秋幸を措定しようとする発端なのだ。これは端的に、自らへの、そしてヨシ兄への《喪》の作業だろう。〈残余＝遺骸を存在論化すること、それらを現前させること、そして最初の場としては、まず亡骸を同定し、死者たちの居場所を特定しようと試みる〉[*6]こと。ここで秋幸は、「ジンギスカン」としてのヨシ兄の〈亡骸を同定〉することを通して、自らが死ぬ――生きる――論理を構築し、秋幸自身も含む「死者たちの居場所を特定しよう」としている。それはつまり、《死・無》としての「路地」を可視化する〈居場所〉に《幻》を実現することと同義である。

「うわ言を何遍も言うんや。分らん事を言うんや。逃げよと言うてシュッシュ、シュッシュと言うの」／

「シュッシュ……」徹がスエコにつられたように声を出す。秋幸はヨシ兄がシャブ中の幻覚で突然満州で見たリラの花の咲く光景を言い出したのを思い出す。ヨシ兄はリラの花が寒気の中で次々と咲き出した音のように、しゅるしゅるると言い続けた。しゅるしゅるしゅる。ヨシ兄は、シャブ中の幻覚で時間がとまったように言い続けた。ヨシ兄の周りは幻覚のリラの花で埋まっていた。満州も鴨緑江も幻覚のリラの花で埋まっていた。海峡を越えれば朝鮮半島から満州は陸つづきだったし、ジンギスカンの顕われた蒙古高原もすぐだった。秋幸の耳の中でリラの咲く音が鳴っていた。横たわって、静かに息をするヨシ兄の混迷を極めた意識に軍隊と共に悪辣の限りを尽くした満州が映っている。ヨシ兄は強姦した。痛めつけられる事がどんなのか知りもしないで痛めつけ、殺した。ヨシ兄は復讐されるようにしゅるしゅるると音を立て強い香りを放ちながら咲き続けるリラの花を見ている。花はヨシ兄の周囲を埋めつくすと、体に転移し、ヨシ兄の一等弱い部分から蝕むように咲き始め、息をする器官だけ残す。

秋幸は、半死半生のヨシ兄が、「ジンギスカン」として「悪辣」を尽くした「満州」に「復讐」されていると想像する。「本当のジンギスカン」の死に方は、「満州」の「土地」と不可分の「草木」に、その身体を浸蝕されることである。「リラの花」は、ヨシ兄がかつて自らを英雄とした物語に登場した。その物語の真実性は確保されておらず、「リラの花」は「幻想」の産物である。秋幸はそれをいま、ヨシ兄に「復讐」するモノとし、そしてヨシ兄が、自らの死を自覚しながら死ねない事態をみる。ヨシ兄は、束の間も「幻想」から解放されず、その終わりに至るまで徹底的に「幻想」を生き、「体に転移し」「蝕むように咲き始め」る「リラの花」に「復讐」される身体において「人間」から疎外される。死を自覚して死ぬ人間らしさを奪われながら死ぬ者、それが「本当のジンギスカン」であり、「否応なしに一でありつづける者」の差異を担保する他者としての死のサンプルなのである。そして秋幸がさらにその形象に、龍造の語る「浜村孫一」を重ねていくことは、《一の思想》のなかの「人間」として規定されていたものを簒奪し、それをも「否応なしに一でありつづける者」の他者となる秋幸に包摂していく過程として受けとめられるだろう。龍造の《大義》や《思想》のなかに組み込まれていた「人間」を、「否応なしに一でありつづけた者」の差異を担保する他者に組み込み、その《大義》を脱臼させるように、秋幸は龍造の措定する「人間」に組み込まれていた秋幸に多義性を帯びさせ、その「人間」を不可能なものにしていくのだ。しかしここで、龍造が縊死し、『地の果て』の秋幸は「違う」と言明させられることになる。《一の思想》における「人間」として生きる龍造に対して、《新しい路地構想》において不可欠の「否応なしに一でありつづけた者」の他者となる秋幸を指し示し、「人間」において孫一も龍造も秋幸も同一化させていた龍造の枠組を破綻させることを、「親を殺す」ことの理路としていたからこそ、秋幸は龍造の縊死を「違う」と言う。ここで龍造が死ぬことは《新しい路地構想》そのものを破綻させ、秋幸の理路も破綻させることだからである。龍造が死ねば、《一の思想》に組み込まれていた「人間」としての秋幸を否認する意味が消失する。この意味の消失は、当然《新しい路地構想》において秋幸が果たす役割の失効につながる。だから秋幸は「違う」と言う。

他方で秋幸が、龍造の「影」とされていた「ヨシ兄がおれの影かもしれん」し、「俺がヨシ兄の影かもしれん」とし、「影」で接続される朋輩関係にヨシ兄と自らとを置き、「否応なしに一でありつづけた者」の他者のサンプルであった「本当のジンギスカン」を自らに補足した個体化を遂行しようとする。龍造の言う《一の思想》の「人間」に組み込まれない属性を自らに帯びさせるのである。しかし、ここで考えなければならないことがある。このような朋輩関係は、果たして龍造の《大義》や《思想》の脱臼になるのか、ということである。龍造の死、そしてその後に生成される朋輩関係に担保される《共同体》の内実を、ここで一度確認しておく必要がある。この経緯のなかで、《新しい路地》には、新たな意味が帯びてしまっているだろうからだ。

フロイトの「トーテムとタブー」に示される〈罪を犯した建設者〉を、〈共同体の組織〉そのもののうちにうがたれた〈トラウマ、裂け目、空白〉であるとし、共同体と〈建設者〉の関係を思考したロベルト・エスポジトは、次のように述べる。[*7]〈共同体の設立という行為〉は、〈兄弟たちの側からの父親の暗殺のうちに追跡〉されると同時に、〈秩序の確立に必要な二重の取り下げによって承認〉される。エスポジトが指摘する兄弟たちの〈二重の取り下げ〉のうち、本稿に関わるのは、その二つ目、〈死んだ父の取り入れと父との同一化によってもたらされた自分たちのアイデンティティの放棄〉である。というのも、龍造の「影」を自称していたヨシ兄の「影」ともなり、またヨシ兄を秋幸の「影」ともし、そしてヨシ兄と接続しようとする秋幸は、このようにして〈死んだ父の取り入れ〉を行い、その〈同一化〉によって、〈アイデンティティを放棄〉していると言えるからである。そうであれば、秋幸の自己規定は、〈共同体の設立〉に寄与するだろう。龍造の《路地再生事業》に似ながらも、似ていないこととして《新しい路地構想》を持つ秋幸が、《新しい路地》という〈共同体の設立〉に際して、「否応なしに一であり続けた者」が集うための他者となることが、この〈アイデンティティ〉の〈放棄〉と同義となる。しかし、この〈アイデンティティ〉の〈放棄〉は、この〈共同体〉の成立において事後的に、龍造の縊死を〈兄弟たちの側からの暗殺〉として仮構することにしか担保されない。ゆえに、ここで〈兄弟たち〉には次のような生の様式がつくられてしまう。

彼らは君主の身体をむさぼり食いつつも、みずからの死を取り込んでいるのである。死に服従し、主体としての死をみずから経験することによってのみ、彼らは権力を手に入れることができる。それこそ、彼らが抱く罪の意識の真の要因である。父親を殺害したばかりでなく、その死を内面化し受け入れること、これは、政治的メランコリーの極端なかたちである。[*8]

秋幸は、物語の上では、龍造に対して実際に手を下していない。しかし〈父親を殺害した〉秋幸は実際、右に整理したように〈アイデンティティを放棄〉しているのであり、この放棄において秋幸には、龍造の〈死を内面化し受け入れること〉で、龍造の〈権力を手に入れる〉ことが可能な位置を与えられる。これはもちろん、秋幸にとって回避されなければならない。〈権力を手に入れる〉ことは、その〈権力〉のおよぶ秩序の内部に規定されることを前提とするからだ。そこでは、〈罪の意識の真の要因〉として「殺し」が位置づけられ、そしてそこに〈政治的メランコリーの極端なかたち〉が形成されてしまう。この因果を切断して〈権力〉を脱臼するには、この〈メランコリー〉そのもの、すなわち、自らもまた死んでいるという欠乏感において、〈権力を手に入れる〉という生産性の秩序に亀裂を入れるしかないだろう。つまり《親殺し》をした子は、〈権力〉に抗うメランコリーにおいて、自らを可視化（個体化）させる必要がある。実際、このような《自らもまた死んでいるという欠乏感》としての《メランコリー》の様態は、「路地」の者に死を与えられねばならない理路を持つ秋幸に馴染む。ただ、ここで秋幸に現前するのは、リーダーを失った「路地跡」の居住者たちが、「路地跡」にいて補助がもらえるかどうかを議論する、実体的な〈共同体〉が成ろうとしている「現実」である。この現実は、秋幸のメランコリーを共有する場ではなく、むしろ廃棄しようとするものとして浮かび上がってくる。

「兄さんら、若いし、体もあるさか、どこの船でも雇てくれるじゃろ。土方で流れ込んできた若いの、船に鞍替えしたと言うけどの。わしら町うろつくだけじゃけど」「補助もらおと思たら畳のあるとこに住まなあかんというけど」「もらえるものかい。たとえもろてもハナクソほどのもの」浮浪者の一人が鼻を鳴らす。「乞食と同じじゃけど、同じ事じゃ。わしらの方がおまけがついて、自由じゃ」浮浪者がうそぶく。秋幸は一瞬、ジンギスカンのヨシ兄ならそうは言わないと思う。［……］／「ジンギスカンおらなんだら、自由もないじゃろよ」

秋幸は不満げに言う。

先に引用したエスポジトの議論に再び拠ろう。エスポジトに拠れば、「補助」を議論の対象にしながら生き延びる者たちに「路地跡」が占有される事態は、〈ニヒリズム〉と結託した〈共同体〉の端緒となる。その〈共同体〉は〈共通語中心〉のもとに集まる者たちが、〈自分たちの可能性の条件に近づこうとして、共同の本質そのものを取り戻そう〉とする気配を持つからだ。この場合〈共同体〉は、〈本質的な空虚の消去―埋め合わせ〉を条件とする。「空洞」として「路地跡」を認識する秋幸に即せば、それは〈生産的、ニヒリズム的観点〉において、〈本質的な空虚〉を〈埋め合わせ〉、「空洞」としての「路地跡」、すなわち〈モノの本質的特徴である「モノの空虚」=無〉を〈忘却〉させようとする力学に貫かれるものだ。「モノの空虚」、すなわち《ない》「路地」=〈無〉を可視化する「路地跡」そのものを廃棄する場所として、「路地跡」の「現実」はあるということになる。

政治権力の直接的介入による保護を生の条件とする者たちが集う「路地跡」の「現実」は、元「路地の住人」の様態化をできるようにする他者としての秋幸も、また、《ない》「路地」をみる秋幸のまなざしも必要としない。秋幸のメランコリーが、この生産的秩序に取って代わる、ないしは抗争する余地は『地の果て』に残されているだろうか。

『地の果て』は、「路地跡」が燃える出来事を結末に置く。この喧噪に町が巻き込まれる時、誰もが秋幸の姿を見失っている場面で、この出来事は、「ヨシ兄のうらみ」、「オリュウノオバの亡霊か」などといった「路地」の語りを惹起することとなる。そしてここで、モンという女性に内的焦点化した叙述が、「路地跡の草むら」が燃える風景に、「燃えている路地」の光景と、そこに「かつてあった路地の家々が立ち現れる家々」が浮かぶ光景とを重ねて示す。

夜の闇に浮き出た空の明るみの方に向って美恵の後をついて歩き、モンは、どこかで秋幸がヨシ兄の死を 耳にし悲しみにくれていると確信した。路地の裏山跡まで来ると、夜空はオレンジ色に輝き、路地跡の草むら一面が赤い炎を立てて燃え波立っているのが見えた。［……］燃えているのは路地だった。生えだした一面の枯草が炎を上げているが、見つめているとそこにかつてあった路地の家々が立ち現れる。［……］消防車は炎の様子をみて、燃えているのが草であり不法に空地に入り込みつくったテントであり浮浪者の鮪箱を利用した小屋だと気づいて燃えるにまかせた。［……］モンはなお眼で秋幸をさがし、立っている自分の背後から、射すような眼で誰か男が見つめている気がして、何度も振り返った。そこに若い、生きている事そのものが苦痛のような、馬のような張りのある男はいなかった。

もちろんモンは、「路地は秋幸だった」、また、「路地跡」は「空洞」だと秋幸が認識していることは知らない。しかし、彼女の視点を介して、燃えている「路地跡の草むら」は「燃えている路地」に変更され、燃えているはずの「路地」に、「家々が立ち現れる」。秋幸において「路地跡」が、《ない》「路地」の、その不可視の強度を得させるトポスとして概念化されていたことを踏まえれば、モンのまなざしと想像力は、この秋幸に《幻》とされた「路地跡」に具象を与えるものだと言えるだろう。エスポジトは、〈共同体〉を実体化することに抗うことには、〈モノを無から救う無〉において〈純然たる関係性〉が集められることが不可欠だとするが[*9]、この光景をみるモンはまさに、〈モノ〉（＝「路地」）を〈無〉（＝秋幸の《幻》）から救う〈無〉（＝想像）を成し、「路地」の純然たる関係性を集める契機になっていると言えるのではないか。それゆえ、燃えている「路地跡」に不在の秋幸も、不在であっても《幻》のように可視化される可能性は残り、メランコリーにおいて「路地」に関わる表象を与えられる可能性も残る。

しかしモンの「眼」は、かつて「路地」に火付けをしてまわった噂のある龍造の姿を、その不在の秋幸に重ねる。

モンは、「一瞬、上半身裸になってぬらぬら光る汗にまみれて大鋸屑をつめていた若い男ら」が火を「煽っている気がする」。もはや不在の秋幸は、〈主体的実体の欠如〉を、〈いかなる補償や修繕によってもふさぐことはできない〉[*10]が、モンは、この不在を〈補償〉し〈修繕〉するように、この不在の秋幸から龍造らしき男を想起してしまう。秋幸はまだ、龍造の〈権力を手に入れる〉者として見出さなければならない、すなわち龍造の圏域にあるように、人に思われてしまう。とは言え他方で、モンの想像は、秋幸が「路地」と唯一関わることのできる理路を成してもいよう。秋幸は、「路地」に死を与えられる者にならなければならなかったが、モンの想像は、火付けをしたという噂のために、「路地」から忌み嫌われた浜村龍造らしき者の姿を秋幸に重ね、「路地」に排除される側に秋幸を措定してもいるからだ。しかしこの「路地」と龍造（秋幸）との関係も、現実の「路地跡」を構成する生産性の秩序にもとづく実体的〈共同体〉にとっては、救う価値のないものとして廃棄されるだろう。

『地の果て　至上の時』は、現実の「路地跡」の生産性の秩序に組み込まれないメランコリーを、龍造の《大義》を支える供犠構造の内部に留められる秋幸に与える。[*11]現実の「路地跡」の生産性の秩序に対して、このメランコリーは、いかなる抗争を形成することができるのだろうか。秋幸は、まだ《新しい路地構想》を実現する道程に留められ、秋幸のメランコリーは、現実の秩序の何を〈権力〉として分節することができるのか、という問いの端緒に置かれるのみである。それがもはや「路地跡」を介しては不可能になった、「路地」の延命に相関するどのような《構想》に繋がるのか。『地の果て至上の時』以降、「路地」なき後の「路地」を生成し、《新しい路地構想》を抱く作品への観点として、このニヒリズムとメランコリーの拮抗を読むことが、一つの鍵となるだろう。

## 注

＊1　中上健次『地の果て至上の時』（新潮社、一九八三・四）（『地の果て至上の時』は、『文藝中央』（一九八一・六／韓

国）に、その一部が韓国語で発表された。）（引用：『中上健次全集6』集英社、一九九五・二）

＊2　古井由吉「文藝時評　昭和五十八年五月」（『朝日新聞』（夕刊）、一九八三・五・二六）

＊3　星野智幸「意志の敗北」／鎌田哲哉「「路地」からの自立」（「シンポジウム　二〇〇〇年の中上健次―秋幸三部作を読み直す」『早稲田文学』、二〇〇〇・一一）

＊4　西谷修『不死のワンダーランド』（青土社、二〇〇二・一〇）

＊5　マリー＝ロール・ライアン『可能世界・人工知能・物語理論』（〈叢書　記号学的実践24〉岩松正洋訳、水声社、二〇〇六・一）

＊6　ジャック・デリダ『マルクスの亡霊たち　負債状況＝国家、喪の作業、新しいインターナショナル』（増田一夫訳、藤原書店、二〇〇七・九）

＊7　ロベルト・エスポジト『近代政治の脱構築　共同体・免疫・生政治』（〈講談社選書メチエ〉岡田温司訳、講談社、二〇〇九・一〇）

＊8　同前

＊9　同前

＊10　同前

＊11　木俣知史「『地の果て　至上の時』―空洞の物語―」（『国文学　解釈と鑑賞　別冊中上健次』（至文堂、一九九三・九）は、本作を〈象徴詩〉の次元でとらえ、〈消えた路地をこえてどのような新生が秋幸に構想されているのか〉を考察する観点で読み解く。そこで、〈路地の跡地に火が放たれ、空洞をさえ消してしまうように炎が燃えさかる〉風景について、次のように述べられる。〈この土地を離れることでしか、秋幸の新生は実現されないことが明白〉であり、こうして〈秋幸は龍造を切断するのだ〉。本論では、秋幸が〈土地を離れる〉ことと〈秋幸の新生〉が重なるとしても、秋幸が〈龍造を切断する〉ことは不可能であること、この不可能性に基づく〈新生〉の端緒となるポイントを抽出したものである。

# 第七章　「路地」なき後のアイデンティティ――『日輪の翼』

# 1　老婆たちの《語り》——作為——のエネルギー

『日輪の翼』[*1]は、「路地」解体以後の一九八二年ないし一九八三年の時空間を舞台とする、『地の果て至上の時』以後初の長篇作品である。したがってここで問われるべきなのは、「路地」なき後、人びとは、どのようにして「路地」の者としての生の様式を持ち、またつながりを作り続けられるのか、そしてそこで「路地」の文化は、いかなる機能を果し得るのか、ということだろう。このような問いにおいて『日輪の翼』を捉えていきたい。

物語は、「路地」解体に伴って「立ち退き」を迫られ、「養老院」への入居を拒否した七人の老婆らと、老婆らを「路地」外に連れ出したことを「路地の若衆の誰も出来なかった事」として自負するツヨシを主とした四人の若衆との、冷凍トレーラーによる移動を展開軸とする。その移動は、老婆らが手にした「路地」の「立ち退き金」を運転資金とし、また「皇居」を「一等心づもり」とする老婆らの「物見遊山」の欲望を動因とする。

その物語は、聖地巡礼の趣を持つがゆえに、天皇の物語である記紀神話の構造と、それを支えるイデオロギーに対していかなる批評的立場を持ちうるのか、という問いの対象とされてきた傾向がある。

例えば四方田犬彦氏は、老婆らの語る〈路地開闢〉の〈物語〉に、〈記紀神話の逆立〉した像を見出し、その〈パロディ〉としての様態から、天皇の物語に対する批評的要素を強調した。[*2] また浅田彰氏は、『日輪の翼』が、たとえ〈賎と聖の反転に基づく神話〉的色彩を持つ物語であっても、結局〈反転〉を構成するに過ぎない以上〈現実的な差別を固定化する〉ことに寄与する可能性があるとした上で、その可能性を除去する読みとして、老婆らの語る〈物語〉の〈荒唐無稽〉さを、『日輪の翼』の物語世界にも敷衍し、その〈荒唐無稽〉さにおいて、天皇の物語の意味が〈消尽〉され〈相対化〉されると指摘した。[*3]

四方田氏のように、〈記紀神話〉の〈パロディ〉を指摘しても、結局、天皇の位置も被差別部落民の位置も揺らがない。したがって〈現実的な差別を固定化する〉〈天皇〉と〈被差別部落民〉の二項対立を基幹とする差別構造を本質的に動揺させる論理を『日輪の翼』に読み込むことはできない。しかしまた浅田氏のように、『日輪の翼』が、〈現実的な差別を固定化〉する可能性を除去し得ているとする評価も、老婆らの語る物語の〈荒唐無稽〉さを検証抜きに措定し、その特徴を物語世界全体の解釈に援用している以上、あまり説得力はない。

〈現実的な差別〉の〈固定化〉に寄与する可能性を持つこのテクストを、どのように問題化すべきか。この〈固定化〉の根にある〈天皇とアウト・カースト〉の〈二項対立〉が、ジュネットの言う物語世界外の語りによって〈脱臼〉されていることを緻密に検証したのは倉田容子氏である。[*4] しかしそもそも、物語世界内の、〈路地開闢〉物語の〈記紀神話〉の〈反転〉構造が、老婆らの語るすべての〈物語〉に反復されてはいない。そうであるならば、その〈物語〉を〈記紀神話〉の反転としての〈路地開闢〉の〈物語〉に代表させて、その二項対立の一項を担わせた上で、二項対立を〈脱臼〉するテクストのダイナミズムを読み取る倉田氏の論考にも疑問が残る。

ここに言及した三者の論考は、老婆らの語る《物語》の取り扱い方において共通する。《「路地」の「物語」》と言ってもよいそれを〈記紀神話〉に対置することが、三者には前提されているのだ。この前提に立つと、老婆らの語る「物語」を〈記紀神話〉の外部に措定してしまう。そしてまた、「皇居」を「一等心づもり」とし、天皇と結節しようとする老婆らが語る「物語」や、天皇制の宗教的側面を補強する、数々の聖域での老婆らの宗教的行為にこそ読み込まれるべき、「路地」の者としての《語り》のエネルギーを読み落とす陥穽にはまる。言い換えるなら、老婆らの語る物語や宗教的行為のダイナミズムが読み落とされるということだ。

しかし、なぜそれを読む必要があるのか。『日輪の翼』の物語世界を構成する老婆らと若衆との関係、すなわち、中上の作品群において語る者と語られる者として位置づけられてきた両者が不可避的に接近する設定を、まずは問題化すべきだと思われるからだ。この設定において、両者の接近の根拠となる、「路地」出身者という共通項は、老婆らと若衆の世代、およびジェンダーの差異によって亀裂を入れられることになる。そしておそらく、その切断面が生成されるプロセスを、テクストが構造化していることが重要だろう。そのプロセスは、「路地」出身者のアイデンティティに密接する、文化的記憶のありようと、その再生産のありようを鮮明に示す場なのであり、そしてそれは、老婆らと若衆の、「路地」なき後の「路地」の者としてのアイデンティティの差異を刻む場となっている。

そもそも老婆らが、どのように文化を再生産し、そしてその再生産を通して当事者の老婆らに何がもたらされているのか、その行為遂行性は明らかではなく、そして一方、若衆には何がもたらされることになるのかも明らかではない。そして、老婆らの語る「物語」が生成されるプロセス、すなわち「路地」文化が再生産される現場に着目すれば、「路地」なき後の「路地」の者のアイデンティティがいかに形成されようとしているのか、という問題に接近できると思われる。

## 2　老婆らの「物語」と「信心」

まず、老婆らの「物語」生成の仕組みを検証することから始めたい。老婆らの語りは、移動への「不安」を動機として、移動を主導するツヨシの出生や「路地」の起源〈路地開闢〉についての「物語」の生成に始まる。

老婆らが、「斬られたのに傷がたちどころに治癒」し、「光の中にいると、全身が輝いて」みえるツヨシの超越性を語ることに着目しよう。この超越性に見合う出生の瞬間をめぐる語りを媒介として、老婆らに、ある想起がもたらされている。

それは七人の老婆らが暇にまかせて記憶していた事をつなぎあわせてつくりあげた話で、ああであったろうこうであったろうと意見がつけ加わったせいで、ツヨシの出生は、［……］生まれた時は人間の子とは思えない大きさだった事になった。［……］女らはたちまち思い出した。［……］女親が生んだ子が嫌がる素振りもしたので、女親の手から抱き取った。［……］路地の女らで育てることにした。（「I　夏芙蓉―熊野」）

まず、ツヨシ出生を示す「物語」が、「記憶していた事をつなぎあわせてつくりあげた」ことによるものでしかなく、それを根拠にして老婆らに、自分たちがツヨシの育ての親であったことが思い起こされていることに留意したい。ここには、事実の確認ではなく、「人間の子とは思えない大きさだった事になった」というような、事実をねつ造する語りが想起を導くプロセスがある。したがってその想起内容には、事実としての真実性が担保されない。よって老婆らは、ツヨシの育ての親であったという事実を確認するよりも、むしろ育ての親であったという内容の共有を一次的な目的とする語りを行っていることになる。老婆らの語りとはまず、自らとツヨシとの関係の根拠となる事実関係（育ての親と育てられた子）の無意識的なねつ造を通して、超越性を帯びたツヨシの「オバ」＝育ての親としての自己同一性を仮構しつつ、移動を主導するツヨシとのつながりを成し、ツヨシに移動のすべてを委ねることの正当性を確保するための「物語」を成すと言える。

また、「路地」起源についての語りでも、「路地開闢」の祖と言われる「二人づれ」を「アホな血」を持つ人だったとし、「路地の立ち退き金」を「物見遊山にパーッと使て、後は野となれ山となれ」と思う自分たちの軽薄さの起源として文脈化することからしても、その語りが、ツヨシ出生の語りと同じコードを持つことがわかる。老婆らの語りは、「路地」を離脱し移動することを「路地」の者の行為として正当化／正統化する機能を持つのである。

そもそも、その語りはいかなる条件下で生成されるのか。老婆らの語りは、「路地で噂されるものは信憑性のあるものなど千に一つあるかないか」ということを「女らの誰もが知っていて、噂を噂としてあえて疑わな」い「路地」の女の習慣だと説明されるが、しかし移動は、老婆らに「話すのはほんまの事」だが、「路地」を「遠に離れて」「どんどん嘘みたいにみえて来る」というように、「あえて疑わない」態度において語られる物語内容に対する疑義を生じさせる。ここで言えるのは、「路地」で成されていたからこそ疑う対象ではなかった「物語」の「ほんまの事」としての真実性が、移動によってこそ奪われるという自覚を老婆らが持つということであるから、その語りは、「路地」で繰り返された語りの連続線上にあるとは言えなくなるということである。この前提に立つと、語る老婆とは、移動とともに「嘘」になるとしてもなお語る者、すなわち、移動によって「路地」との距離を生んだ場で語りの慣習を再現することによって、「路地」の者としての自己同一性を確かめる存在だと言えるだろう。先にみたように、その「物語」が、「路地」の者のそれとして移動を正統化したり、ツヨシに移動の全権を委ねることの正当性の根拠となるという効果を持つことをも踏まえるなら、老婆らとはさらに、「路地」の者として語る役割を再現しつつ、「路地」の者としての同一性を仮構することで、「路地」の者として再主体化する存在と言えるだろう。

さて、老婆らを特徴づけるのは、その語りのみならず、信心深さゆえの宗教的行為である。例えば伊勢神宮では、「神さんの力にすがる為に奉仕する」という意思を持つ老婆らが、神宮での清掃奉仕を決行する。そしてその「奉仕」によって、「その昔、女郎に出て男衆にのしかかられた苦しさ」を持つ老婆の一人に、「自分が本来は尊い女人の生れ変りだった」という幻想が派生する。また、その「奉仕」は、「仏さんに参らせてもらうのに、花しおれかかとったら、水かえたり、新しのと取りかえたり」した「路地」での「仏さん」に対する奉仕と同じ水準で為されるものともされている。「路地」での宗教的行為の繰り返しによる「神さんの力」の発現を確信するうちに、自分を「苦しさ」から解放する幻想が導かれるという幻想生成の論理に確認されるのは、「路地」の者としての「奉仕」の習慣が、「苦しさ」の浄化に値する価値を持つと老婆に確信され、ゆえにその「奉仕」の再現に、「路地」で「仏さん」に対してなされた「路地」の者の行いの正当性が担保されるということである。

さらに記述しておくべきことは、ここでは浄化幻想によっても解消されない「苦しさ」が、老婆において増幅するありようについてである。冒頭に引用したように、浅田彰氏は、天皇制を基幹とする〈現実的な差別を固定化〉するテクストの限界の根拠として、老婆らに〈幻想的な救済〉しかもたらされないことを挙げている。しかし、聖域との接触によって導かれる老婆の浄化幻想は、その〈救済〉にのみ終わるものではない。その幻想に導かれる老婆の反応を確認する。

> 女人の霊は山河をうろついたのだった。どこの山も受け入れてくれず、霊になっても放浪い、最後、どんづまりの熊野にやって来、熊野の一等低い路地の裏山に来る。どこをどうさぐっても木馬引きや皮張りの血しか出て来ない者らの腹にサンノオバとなって宿ったのは、その女人の霊が実のところ、サンノオバ、七十四歳の折りに、結界を成していた路地の裏山が破られ、帰り道を求めてさまよい出ると何百年何千年も前に予知していたからだった。サンノオバはボンヤリと日が光り、わき立っている外をみつめて考えた。苦しかった、とサンノオバの体の中にいる女人の霊が言わすようにつぶやいた。サンノオバは涙を一滴流した。ミツノオバとヨソノオバが驚いた顔でサンノオバをみ、サンノオバが、女人の霊の苦難の旅と重なった自分の昔、女郎にも出た暮らしを思い出し、こらえかねて顔を悲しみにくしゃくしゃにすると、ミツノオバとヨソノオバについた霊も、共に響きあうように二人も涙を流す。（「Ⅱ神の嫁─伊勢」）

老婆の一人は、神宮への「奉仕」を通してつながる「神さんの力」によって、「女郎に出て男衆にのしかかられた苦しさ」が「浄め」られると確信し、その過去生を「神のみを男としてつかえるキヨラカな女」として仮構し、来歴を想像する。しかし「路地」を「立ち退」かされた出来事を、「路地の裏山が破られ、帰り道を求めてさまよい出」る運命と解釈し、「神」の元への再帰に浄化の契機を重ねても、導かれるのは「苦しかった」という吐露と一滴の「涙」でしかない。「苦しさ」は、「悲しみ」に結びつき、その過去生において「神」との結びつきがあったとする浄化幻想が派生する前よりも増幅され、揺ぎないものとして老婆に感得される。つまり老婆は、浄化の帰結としての「苦しさ」からの解放の境地に安住することはできず、むしろ浄化の切望ゆえに起こる想像的転倒という定型に回収され得ない「苦しみ」や「悲しみ」を、その定型の基盤となる「聖と穢」の相互補完関係の剰余としてはじき出している。聖域との接触は、浄化幻想には汲み取られきらない「路地」の者としての情念を強化し、神との結節点を仮構して救われようとする老婆において、逆に、自分が「路地」の者として生きたことを否応なく蘇らせる契機となっている。移動において老婆らは、語ることによって「路地」の者としての関係を復元しつつ、その正統化を遂行し、また、「神」と聖域に結節することで、「路地」の者としての情念を喚起し、そのアイデンティティを強化させる存在として表象されている。

## 3　ツヨシと「路地」文化

では、老婆らとともに移動する若衆の一人であるツヨシには、老婆らとの関りは、どのように作用するのか。ツヨシには、他の三人の若衆とは異なり、老婆らの語る「物語」を「本当かもしれない」と思う資格が与えられている。それは、同行の若衆の一人である田中さんが、「路地」の起源を語ろうとした老婆らの「頭のなか、ぐちゃぐちゃになっとる」として、その語りを拒絶することとは対照的に、「蓮池があったと聴いた事ある」として、その語りを促すツヨシの、老婆らの「物語」に対して開かれた態度に繋がるものである。このツヨシが、移動において

「路地」や「路地」的共同体の関係性を発見する瞬間に、老婆らとの関りがツヨシに与える作用が明らかになる。

一宮での老婆らの一人の死をきっかけとして、ツヨシが、次に訪れた諏訪において、老婆らが自分の「母親代わり」だったと気づくシーンがある。先に確認したように、老婆らがツヨシの育ての親だという情報自体、テクストでは真実性の曖昧なものとして置かれているので、このツヨシの気づきが、老婆らを自分の育ての親であるとする記憶に基づくとは断言できない。少なくとも言えるのは、この気づきが、ツヨシ出生「物語」の延長において、老婆らが自らをツヨシの育ての親であるとした想起内容に対応し、それを根拠にするものでしかないということである。また、瀬田において、二人目の老婆の失踪をきっかけに、ツヨシが瀬田の四つ辻に「路地」を発見するシーンにも、同様の事態が確認される。ツヨシは「切り花がそなえられた地蔵」を見て「路地にいる」「錯覚」に陥り、そこに老婆らと同じ「信心深い」土地の者の態度を連想して、その場を「路地」として確信する。この二例からすると、移動によって老婆らの語りや、その信心深さに接近するツヨシが、「路地」それ自体や、その共同関係を発見する仕組みがテクストに構造化されている、と言える。そして重要なのは、老婆らの語りが、ツヨシに「路地」や「路地」的関係の発見を導くのみならず、その語りによる「物語」に表象される記号や、そこに示される筋を模倣する態度が現れることである。[*5] 移動後半に東北地方を訪れた際にツヨシは、「いくら俺のように天狗の孫じゃとて、雲かき分けて走り続けたら息切れする」と、自らを「天狗の孫」に喩え、また、吹雪の中の恐山において、「オバ、雪の中で集団心中じゃねェ」と、「女を口説くような優しい声」で老婆らにささやく。自らを「天狗」に喩えることは、老婆らの「物語」に示される説話的記号の模倣といえ、また「集団心中」の誘いは、瀬田で老婆らがツヨシに「あの盆踊りかい」と思い出させた、「路地」に伝承する「きょうだい心中」に示される関係の模倣といえる。とすればツヨシは、老婆らに再現された「路地」の「物語」や文化を模倣することで自己表象し、その「物語」や文化に関ると言える。ただし、そのツヨシの行為は、ある条件に規定される。

ツヨシは例えば、「われら、こんなとこおりくさって、出ていけーと頭の髪つかんで放られた」被差別の記憶を伝える老婆らの語りに対して、「何時の事を言っているのか聞く方が混乱する」という態度で、その語りと自分とを切断する。また、「女工」や「女郎」として「路地」外部での労働体験を持つ老婆らを、「路地を出る事も知らなかった」存在として、その歴史を共有していない。老婆らは言うまでもなく、「路地」の者としての記憶と不可分の語りや宗教的行為を行っているのだが、ツヨシはむしろ、その語りの条件となる記憶とは切り離されながら、老婆らの語りや宗教的行為と関係しているのである。その関係を、ツヨシにおける文化受容のあり方としてみるなら、それはさらに、ツヨシの「路地」文化の継承の様式として捉えることもできる。そしてそれは、ツヨシの年齢に関って限定される「路地」とツヨシとの関係、またその関係に作用する社会的文脈によって規定される特異性を持つと言えるだろう。

一九八二年ないし一九八三年という物語内の時間[*6]において、「二十二歳」とされるツヨシの出生は、一九六〇年ないし一九六一年となる。この時期に出生したツヨシと「路地」との関係を記述するために、「路地」のモデルとされる、和歌山県新宮市春日で行われた「同和」行政による「改善」事業をめぐっての、若松司氏の整理[*7]を参照したい。若松氏の調査と整理によれば、「路地」のモデルである春日を含む、四つの被差別部落を配する臥龍山への新宮市市庁舎移転が一九六一年に決定して一九六三年に終了し、また一九六四年までに臥龍山が姿を消したとされている。そして、一九六〇年から一九七五年に、新宮市のモデル地区事業と並行して、「同和地区」の郊外移転が行われ、そこで被差別部落の人びとの一部が、郊外に移住させられた歴史が確認される。

この調査に拠れば、『日輪の翼』におけるツヨシは、新宮市春日をふくむ地域の大胆な地殻変動期に出生し、また行政による被差別部落再編事業の進行と、それによる地域共同体編成の変化とともに育った青年として設定されたと言える。老婆らの記憶や歴史の共有を前提としないツヨシの「路地」文化の継承様式も、このように地域の政治的・社会的変化のなかで、その共同体編成を変容させ続けている「路地」をしか知らないツヨシのものとして限定される。これを踏まえてさらに、ツヨシの「路地」文化の継承様式の特異性について、被差別部落文化と被差別部落出身の青年の関係を規定する、『日輪の翼』発表当時（一九八二年〜一九八三年）の部落解放運動における議論を参照して限定してみたい。

一九八三年に行われた部落解放同盟の第三十八回全国大会の運動方針報告において、部落解放同盟は、〈部落にある伝統文化〉を〈差別の実態のなかから生み出されてきた〉ものと規定し、さらに〈部落解放の価値を生み出すところの文化を創造し、発展させる〉ために、「文化活動の手引き」（私たちの創造）」なる冊子の活用を述べた。[*8]「「文化活動の手引き」（私たちの創造）」とは、一九八二年九月に解放出版社から発行された、『私たちの創造　書く・創る・演じる・唄う――部落解放の文化活動・手引き』のことを指すだろう。それは、各地に点在する被差別部落の文化活動や、運動の組織化に求められる文化理論を紹介した、部落文化創造の指導書である。

そこでは、部落文化の継承と、文化創造の次代の担い手として要請される、『日輪の翼』のツヨシとほぼ同世代とみられる青年たちの文化活動の実践が示されている。

それは例えば、地域にいる水平社の活動家であった老人が伝える歌を、〈ぼくなりにつくり変えて歌〉い、〈運動〉と切り離さず、むしろそれを活性化していく歌づくりを提唱することや、また、〈うたをつくってゆくのは、もう一回自分のおふくろたちの歩んできた道をしっかりつかむことであ〉って、さらに〈おふくろたちの歩んできた〉被差別体験や抵抗の軌跡を、〈自分の息子たち〉に〈どう伝え〉られるのかを模索しつつ、体験と文化を〈しっかりしたかたちで伝える〉意欲と使命感を示すものである。[*9]

これらの青年の言葉は、いかなるポリティクスのうちに置かれるものであったか。同時代の部落解放運動はこの時期、〈部落問題〉の〈人権問題〉化を志向していた。[*10] それは、D・ハーヴェイが述べたように、〈人権とか尊厳とかいった普遍的レトリック〉で〈統合された対抗政治の原則[*11]〉が、部落解放運動をも貫き始めていたことを示すだろう。そして、未〈改善〉地域が残されていることを《部落差別》の中心的問題に据え[*12]、それを〈人権問題〉として取り扱い始めていた運動は、さらにハーヴェイが言うように、〈現地の特殊な現実と政治的・経済的な日々の営みにそぐわない〉特徴も持っていたと言える。〈特殊な現実〉とは例えば、都市のある〈部落〉の〈同和住宅〉で、一人住いの老人が死に、一週間発見されなかった事件が起こるような、〈部落の共同体が崩れつつある〉という証言が示す[*13]、関係の貧困にさらされている現実を指す。解放運動言説を調査するなかで、このような現実を、解決すべきものとして問題化した事実は確認されなかった[*14]。とすると、同時代部落解放運動のなかで紹介された先の青年らの言葉は、〈改善〉によって従来の共同体関係が崩れ、関係の貧困にあえぐ被差別部落の〈日々の営み〉とは切り離されて浮かび上がってきてしまう。それは、被差別体験の記憶の共有や、文化継承を可能にする従来の共同体関係を自明とする場合においてのみ実効性を持つものだからだ。

ここで翻ってみえてくるのは、〈改善〉途上の、もしくは〈改善〉以後にあって、共同体関係の崩壊状態にある被差別部落の〈現実〉を生きる者が、体験の共有や文化の継承を通して被差別部落の主体になることを不可能にされる〈日々の営み〉である。『日輪の翼』と同時代の被差別部落の〈悲惨〉さを、〈改善〉されるべき地域の劣悪さに代表させてしまうような部落解放運動言説や、それに包摂されてしまう代表的青年像の影に、新たな劣悪さに侵され始めている地域、すなわち同和行政によって物理的な被差別体験からは解放されつつも、しかし一方で、被差別体験を共有できず、またその共有にあたって切り離すことのできない文化の継承を行えない場所に生きる者が、不可視化されていく事態が浮かび上がって来るだろう。

さて、先に明らかにしたような文化の継承を行うツヨシとは、この代表的青年像にも、またそれを求める〈対抗政治の原則〉によっても不可視化されていった青年のアレゴリーとして捉えられる。ならば、老婆らの被差別体験と切断される形でしか老婆らの「物語」を受けることができないツヨシのありように関って、次のような問いを立てることができるだろう。具体的な被差別体験を持たず、またその記憶を共有しえないという条件のなかで、老婆らの再現する「路地」文化に関る青年の主体性がいかに成り、そこにおいて文化はいかに作用するのか。新たな「路地」の者としてのアイデンティティ形成の道筋を問うこのような視座に立って、移動の最終局面となる東京でのツヨシのありようの検証をつづけたい。

## 4 「路地」なき後のアイデンティティの行方

複数の人びとの流出入により転型を繰り返した集団は、最終的に五人の老婆と二人の若衆で構成されることとなり、出羽、恐山を経由して東京に入る。そして数日の東京滞在を経た後にツヨシは、「自分は何なのか？」と自問を発し、それに対して「路地も要らない」と応え、さらに、「都会は路地の中に広くあった話の世界」に似ているとする。「路地」を否定する一方で、現実の東京を「路地」の「話の世界」と把握するほどに、老婆らの語る「物語」を内面化しているツヨシが確認できる。そしてツヨシは、「路地」出身であることを明らかにせず、自らを京都出身者と詐称して活躍する「少年歌手」を、「路地」を裏切った者にしようとして失敗する事件を招き寄せる。ここにおいて、認識レベルでは「路地」を否定しつつも、その「路地」の「話の世界」の世界観を現実把握に機能させてしまうツヨシの、「路地」とのねじれた関係が、明らかとなる。

「少年歌手」が所属する事務所の女に、「少年歌手」が「仲間を見殺しにして逃げた」と伝えるツヨシは、その理由を尋ねる女に「うまく説明するのは無理」と思い、さらにそこで、出身地など「京都であろうと東京であろうと、どこでもいい」という女の価値観を前に言葉を失う。ツヨシは、「路地」の者として発する言葉が孤立化させられる事態に直面するのである。そしてツヨシは、自分の主張など「さっぱり分からない」存在として女を拒絶することになる。ツヨシには既に、自らの出自の特異性を、老婆らの語りによって想起された「きょうだい心中」の筋になぞらえながら理解し、自分を「路地」の者とする認識が確認される。そうであるならば、この事件を通してツヨシは、老婆らの語る「物語」に根拠づけられる「路地」の者として東京の女に対立しつつも、その認識レベルによる対立を媒介としても「路地」の者として主体化できない状態に置かれたと言えよう。老婆らの語る「物語」や宗教的行為によって、「路地」の者であるという認識を醸成されるツヨシは、しかし「路地」の者としての歴史や記憶と切断されているがゆえに、「路地」出身であることを隠すことの意味を説明できず、また自分が「路地」の者であると説明し、「路地」の者として社会化する契機を逸するしかないのだ。老婆らの語りや行いに依拠した言葉を用いたとしても、「路地」の者にはなれないジレンマに置かれたまま、ツヨシは老婆らに失踪されることになる。

失踪する老婆と、失踪されてしまう若衆との関係を構築することで終わる『日輪の翼』は、では「路地」の者としての両者を、どのように位置づける帰結をもたらしているのか。

東京での老婆らの失踪の先例にあたる、集団からの《老婆の離脱》について検証してみよう。それはまず、一宮での老婆の死、そして瀬田での老婆の行方不明というかたちで現れる。この、二度にわたって描かれる《老婆の離脱》とはいかなる出来事であるのか。

一宮での老婆（ハツノオバ）の離脱は、一宮での労働経験を持つハツノオバが、昔そうしたように、「白粉」を顔に塗り、夜道に立って客を取ることで金を稼ごうとして風邪をひき、それをこじらせて死亡するエピソードに示される。また、瀬田での老婆（キクノオバ）の離脱は、路地に伝わる盆踊りの名手であるキクノオバが、その盆踊りのオリジナルを生み出した瀬田で行方不明になるエピソードに示される。キクノオバは、かつて近江で「女工」として働き、またその後、「女郎」として売られた経験を持ち、老婆らのなかでもっとも瀬田に親近性を持つ。

『日輪の翼』には、老婆らがなぜ離脱したのかの理由は記されていない。ただ、その離脱は、他の残された老婆らによって、「ええ思い出」があったからこそ行われた、と解釈される点で共通する。その解釈に拠れば、離脱した老婆二人はともに、集団に帰属するよりも、「思い出」との結節を優先した存在となる。集団とは言うまでもなく、移動によって形成されている擬似「路地」共同体であり、そこは、自らを「路地」の者にするフィクションを再生産する場であった。二人の老婆は、その再生産の場から離脱した存在なのである。これはなにを意味するだろうか。

離脱という局面は、「路地」なき後の「路地」の者になるというフィクションを生きつつ、しかし離脱した老婆らの身体に、「思い出」を構成することばに拠る輪郭を与えなおす。そして、移動において「路地」の者として仮構された自己同一性を否認する存在として、その老婆らを表象する契機となっていると言えよう。なぜならその離脱は、「路地」の者として過去に担った個別的な役割の再現に帰結し、移動集団に帰属することで確保される「路地」の者としてのフィクショナルな生ではなく、「路地」の者として個別的に体験された役割を完遂させるものとなっているからである。

この先例に即して、東京での老婆らの失踪を考えてみたい。老婆らの一人であるサンノオバは、「一等心づもり」にしていた「皇居」を前に、次のように反応する。

門の向うに日より眩しい人が居て、サンノオバが見聞きしたものを鉄さびてしゃがれてしまった声で話し出すのに耳をそばだて待っていてくれる気がする。サンノオバは胸がいっぱいになる。まるで年若い頃男に捨てられた時の気持ちのように、熊野の一等低い山の裏の路地に何千年も棲んで味わった悲しさ、ただ日の温もりを恋うて、日の為なら矢盾ともなり命の一つや二つの犠牲など厭わない気持ちを抱きつづけて来た、と直に訴えたかったが、声が長旅で鉄さびて、言葉が物重く、くだくだしく物語ってしまうと畏れ、ただ辛く、としかつぶやけない。手を合わせると、ぶるぶる震えが来る。(「Ⅸ　婆娑羅――東京」)

サンノオバは、自分の「声」による「話」を「日より眩しい人」が聞いてくれると予期し、伊勢で想像した自分の過去生と重ね合わせられた「路地」の者としての「悲しさ」と、「矢盾」になろうとして叶えられなかった挫折感をない交ぜにして発話＝直訴しようとするが、そこに収まりきらない「物語」を語ってしまうことを「畏れ」、その「声」を自ら抑圧してしまう。サンノオバは「畏れ」を抱かせられる、すなわち、「日より眩しい人」に対して物語ることで受ける罰を想定することにより、語ることそれ自体を自己規制する。つまり、「天子様」の前で、「路地」の者になることが断念されるとも言い換えられる。そして、直訴と「物語」に代置されるのは、次のようなことばである。

後から、「オバ」と呼んだ。サンノオバは声に振り返り、日を背にしたツヨシの顔が眩しいとすが目にしてから、ゆっくりと立ちあがり、「やっぱしええねェ、天子様ここにおってくれるさか、わしらクズのような者が生きておれるんやねェ」と言う。／「クズてかい？」ツヨシが訊くと、サンノオバは玉砂利の上で靴をはき、「おうよ、わしらクズじゃだ。チリ、アクタじゃだ、天子様の他、誰が上で誰が下という事などあるもんか。皆なクズじゃだ」(「Ⅸ　婆娑羅――東京」)

「天子様」の存在ゆえに、自分ら「クズ」のような者が「生きておれる」という事実確認が行われ、さらに「天子様」以外を「皆なクズ」とする断定により、「皆な」が「クズ」として平等にある世界に、「クズ」としての「わしら」の生を再配置する発話が成る。確かに、これは〈幻想〉（浅田氏）だが、その指摘に留まることはあまり意味がない。ここで重要なのはまず、ツヨシに対するこの発話において、「天子様」が慈恵としての「生」を「わしら」にも公正に分配する存在とされ、また「皆なクズ」の世界を維持する上で必要な中心として措定されていることである。この「天子様」観は、近代天皇制を支えた天皇と赤子という封建的家父長制イデオロギーとも、また天皇と臣民という忠孝イデオロギーとも切断されており、信仰の領域に「天子様」を取り戻す志向を持つ。さらにこの発話は、「犠牲」になる機会すら与えられなかった「路地」の「アホな血」ゆえの「生」を、「クズ」のそれとして仮構し、そこで「日」が当たらなかった「路地」と「日」を受けてあった非「路地」との分割線を抹消し、「クズ」と「天子様」の二項対立による関係を仮構するものとなっている。であるとすれば、この発話は、「アホな血」という特異性を、移動における語りによって反復することで自らに充填し、「路地」の者となってきた「わしら」を「クズ」に横滑りさせ、「天子様」の慈恵を受けて「生きておれる」「クズ」の内部に非「路地」の者をも再編し、人びとが「クズ」として一元化される世界に「わしら」を転生させる「物語」の端緒として位置づけられる。

封建的家父長制的イデオロギーとも忠孝イデオロギーとも結節しないがゆえに、明らかな歴史的錯誤に基づくその発話は、人びとを「日」に対する「クズ」として、「天子様」からは未承認のままに生きさせようとする論理を持ち、天皇に承認される恣意的なプロセスによる国民化の否認を構成するものとも言える。

さて、このような世界観のもとで、もはや老婆らは、自らを「アホな血」の者とすることがない。老婆らは、「物語」をすら語らなくなる。以後、「Ⅸ婆娑羅―東京」に示されるのは、「天子様の体温の伝わる距離に居つづけられると喜び」、皇居前を清掃奉仕し、そして、「信心の仲間」として純化されるつながりにおいてともに行動するなかで、東京の人びとに「信心深さ」を読み込み、また、それに同調してゆく老婆らの姿である。このことに、「物語」の減少という事態を重ね合わせるなら、「路地」の者としての「苦しみ」や「悲しさ」からの解放を切望するエネルギーに支えられた宗教的行為と互酬性を持つ語りを展開してきた老婆らが、「信心深い」「クズ」に占められる東京で、「アホ」から「クズ」に移行し、「アホな血」を持つ「路地」の者という語られた規定を脱ぎ捨て、「クズ」の「信心深い」者として新生するさまが指摘できよう。東京での老婆らの失踪とは、移動が確保させた「路地」の者としてのフィクショナルな「生」を完全に否認し、また「天子様」の承認に拠らない世界を提起する帰結をもたらしているのだ。

一方ツヨシのありようは、これときわめて対照的である。ツヨシは、老婆らの語る「物語」に拠り、「路地」の者としての自己認識を醸成させていた。しかし、もはや語らず、「路地」の者になることからも解放された老婆らに失踪され、その自己認識を確認する場を喪失する。しかも、サンノオバが「クズ」として自己規定した際に、ツヨシは、次のように位置づけられている。

「クズてかい?」ツヨシが訊くと、サンノオバは玉砂利の上で靴をはき、「おうよ、わしら、クズじゃだ。チリ、アクタじゃだ、天子様の他、誰が上で誰が下という事などあるもんか。皆なクズじゃだ」と言い、ツヨシがそれなら俺もそうかと訊くと、天に太陽が二つあろうはずがないと笑う。(「IX 婆娑羅――東京」)

ツヨシは、「クズ」とも断定されず、「太陽」にもなれない境域に置かれている。いとうせいこうが読んだように、〈〝俺もクズか〟と聞いたはず〉のツヨシに対して老婆の一人が、〈〝俺も天皇か〟と聞いたかのような答え〉[*15]をしているとするならば、ツヨシは、自身が「クズ」であるかどうかをはぐらかされていると考えられるからである。したがって、ツヨシに曖昧な位置をしか用意しない老婆の言葉は、「路地」の者として認識させられながらも、非「路地」の者の前で「路地」の者とはなれなかったツヨシのありようを補強するだろう。ツヨシは老婆らのように、自らを、「路地」の者として根拠づける「アホ」ということばも、そしてその規定を「クズ」へと転回させることばも持たないがゆえに、「路地」の者にもなれず、またそうかと言って「路地」の者であるという認識から解放されることもない。『日輪の翼』の老婆らの失踪は、ツヨシを「クズ」の剰余、そして「路地」の者だと思いながらも「路地」の者にはなれない、また「路地」の者としての自己認識からも解放されない困難を生きる存在として、構造化する契機ともなっているのだ。

記憶や歴史を共有できないがゆえに、ただ語られることばによって自己規定してしまうツヨシの空虚さは、被差別の体験や記憶を源泉とする文化的行為の主体となることで、自らのアイデンティティを再認する契機すら欠落させられている点に掛かっている。『日輪の翼』の移動の物語は、「路地」の者としての記憶や歴史と切断される者が、模倣を通してその文化を継承しても、そのマイナー性の実現を不可能にされるという、「路地」なき後のアイデンティティの困難をあぶりだす大掛かりな設定として捉えられるだろう。

## 5 『野性の火炎樹』との類似性

本章の試みは、『地の果て至上の時』以降の作品に対して、「路地」解体以後の「路地」の者の生がいかに描かれるのか、という観点からのアプローチを通して、『日輪の翼』以降の作品を読み直すことにもつながるだろう。次章との関連から、『日輪の翼』の一年後に連載が始まる『野性の火炎樹』を例に、その可能性を示しておく。

『野性の火炎樹』[*16]は、「黒人兵」を父に、「路地」の中本の一統の血を引く女を母に持つ、「混血」のマウイ（マサル）という少年が、「路地」を立ち退かされた人びとの新たな拠点となった「フジナミの市」から東京に向かい、危機に巻き込まれていく《現》のパートと、マウイの《幻》に現れる、『千年の愉楽』で死亡したとされるオリュウノオバの述懐が占めるパートで成る。マウイの最終的な危機に連なる物語の結末は、マウイがフィリピンのダバオを「仏の楽土」として夢想する時点で閉じられる。「仏の楽土」とは、元「路地」の人びとに周縁化され、かつてダバオに出征した体験を持つ一人の男性＝「オジ」が、夢想を織り交ぜて語った「物語」に示したダバオのことを指す。マウイが、「路地」解体以後も「路地」的共同体を維持する人びとから疎外された「オジ」の「物語」を想起する事態は、『日輪の翼』のツヨシが、「オバ」の「物語」によって、世界を把握する事態に近接しているとすれば、『野性の火炎樹』もまた、「路地」と有縁の少年において、「路地」文化とのいかなる関係のうちに、いかなる主体が築かれるのか、という問題を提起している。『野性の火炎樹』における「路地」の「物語」は、たとえば元「路地」の女が、「中本」の血を持つマウイに対して、その生を「中本」として全うせよ、と述べる際の根拠として用いられるなど、「物語」に見合うようにマウイの生を矮小化しようとする欲望と不可分のものとされている。従来の文化形態の維持を不可能にさせられている共同体の変化を忘却しながら、従来の「物語」のあり方に固執するしかない元「路地」の者が表象される一方で、そこから疎外される「オジ」の「仏の楽土」の夢想を元にした「物語」を引き継ごうとするマウイを形象することで、その「物語」にはいかなる、文化基盤としての可能性が刻印され、またマウイにはいかなる主体化が果たされようとしているのか。次章において読み解いていきたい。

**注**

＊1　中上健次『日輪の翼』（新潮社、一九八四・五（初出：「Ⅰ夏芙蓉―熊野」～「Ⅲ織姫―一宮」（『新潮』一九八四・一）、「Ⅳ白鳥―諏訪」～「Ⅸ婆娑羅―東京」（『新潮』一九八四・三））（引用：『中上健次全集7』集英社、一九九五・一二）

＊2　四方田犬彦『貴種と転生』（新潮社、一九九六・八）

＊3　浅田彰「移動と変身　新たな旅立ちのために」（『中上健次全集7』〈月報〉集英社、一九九五・一二）
＊4　倉田容子「中上健次『日輪の翼』における移動―非「仮母」としての老婆たち―」（『日本近代文学』第七四集、二〇〇六・五）
＊5　倉田論文に、既に指摘がある。倉田論文には〈七人の老婆とともに「路地」を後にした時点ですでに〉、ツヨシの〈身振りは、老婆らの創り上げた「名の残った男」としてのツヨシのイメージを忠実に模倣したものに他ならない〉とする指摘があるが、本稿は、その〈模倣〉の契機として移動を捉え、そこでツヨシに接触する「路地」文化が、ツヨシに作用する現場をこそ問題化するものである。ゆえに、移動の最初にみられるとされるツヨシの、老婆らの「物語」の〈模倣〉のありようのみに留まらず、移動とともにその〈模倣〉の質的変容があることに着意して行論している。
＊6　『日輪の翼』「IX婆娑羅―東京」に、東京の若者が老婆らを指して、「E．T．」とする場面がある。S・スピルバーグ監督作『E．T．』の日本公開は一九八二年十二月であることから、『日輪の翼』の物語内時間は、連載時と同時期の一九八二年ないしは一九八三年晩夏～冬にかけてのものと言える。
＊7　若松司・水内俊雄「和歌山県新宮市における同和地区の変容と中上健次」（『人権問題研究』一号、二〇〇一・三）／若松司「和歌山県新宮市における同和対策事業による公営住宅の建設過程と部落解放運動1953―1975年」（『人文地理』第五六巻第二号）における記述を参照。
＊8　「部落解放同盟第38全国大会報告集／一九八三年度（第三八期）一般運動方針　六　対策別闘争の方向　8　文化活動を重視し強化しよう」（『部落解放』第一九九号、一九八三・六）
＊9　本稿に引用した青年の言葉の典拠を示す。前者は、「仲林弘次「カラオケ歌てるよりこのギター一本抱いたら」からの引用、後者は「作田晃「おふくろたちの歩んできた道を、しっかりつかんで」からの引用である。いずれも一九八二年九月に解放出版社から発行された、『私たちの創造　書く・創る・演じる・唄う―部落解放の文化活動・手引き』（解放出版社、一九八二・九）所収。
＊10　高野真澄「同和対策立法の原点と現点―「部落解放基本法」制定論議に寄せて」（『部落解放』第二〇七号、一九八

四・一)/同時代の部落解放運動言説における、「部落問題」を「人権問題」として把握する志向については、ほかに複数の論考からも伺える。

*11 デヴィッド・ハーヴェイ『ネオリベラリズムとは何か?』(本橋哲也訳、青土社、二〇〇七・三)

*12 「一般運動方針 六 対策別差別闘争の方向 7 「同和・新法」残り四ヵ年での部落の環境改善を達成させよう」(『解放新聞』一九八三・四・一)には、次のような記述がある。「[……]十四年経過した今日でも、部落の実態は放置されたままのところがある、ということです。[……]部落の環境改善を進めるためには、部落解放運動でかちとった成果が一般の行政水準を上げていく、ということを十分に啓発し、[……]闘いを進めていくことが重要です」。

*13 江原邦彦(足立ことばと子ども会・台東光子ども下位指導員)「(感想)(4)「文化」のとらまえ方」(第14回部落解放夏期講座 分科会議のもよう 第一七分科会 部落解放を闘う文化の課題)」(『部落解放』第二〇六号、一九八三・一二)

*14 調査対象は、一九八三年一月から一九八四年六月までの『部落解放』(部落解放研究所)、『解放新聞・部落解放同盟中央機関誌』(解放新聞社)、『解放』(部落問題研究所)の三誌である。

*15 『日輪の翼』(小学館文庫版)の解説「移動のサーガ/サーガの移動」(小学館、一九九九・五)において、いとうせいこうは次のように述べている。〈ツヨシは〝俺もクズか〟と聞いたはずなのである。だが、サンノオバはツヨシが〝俺も天皇か〟と聞いたかのような答えをしてしまう。/ツヨシはこの時、否定されながら天皇の位置を一瞬襲うことになる。[……]ツヨシは、まさにサンノオバが伊勢の神より偉いと暗示した熊野の神スサノオとなる〉と、『日輪の翼』におけるツヨシの位置に言及している。本稿は、その根拠となる一文の読解について、いとうと近接する。ただし、その結論は異なるものである。いとうの言及に拠ればツヨシは、「天皇」―天つ神を前提に表象可能となる「熊野の神さん」―国つ神の位置を与えられ、それゆえに「天皇」の位置を「襲う」ことが可能になるとされている。しかし検証したように、ツヨシには「路地」の者として社会化される可能性がないとすれば、「熊野の神さん」という神話的な位置にツヨシが立てることもない。ツヨシが、「路地」の者としても、またそのアレゴリーとしての「熊野の神さ

ん」にもなれないことこそが、「路地」なき後の「路地」の者のアイデンティティの指標なのである。

＊16　『野性の火炎樹』（マガジンハウス、一九八六・三（初出・『ＢＵＲＵＴＵＳ』一九八四・十二～一九八五・一〇））

# 第八章　妄想の反復・亡霊の期待——『野性の火炎樹』

## 1　「路地」解体以後に語る者たち

『野性の火炎樹』の先行研究は少なく、管見の及ぶところ、わずか三本ほどである。物語構造分析を主眼とした原善氏[*1]、〈戦後部落解放運動〉言説と関らせた友常勉氏[*2]、そして主人公マウイと、初期中上作品の主人公や『十九歳のジェイコブ』の主人公表象と関らせた野谷文昭氏のものなど[*3]である。本章では、論考の最後に、主に友常論との差異を踏まえた考察を行うことになるが、そのことについては後述したい。

さて、例えば高澤秀次氏が、オリュウノオバが登場する中上の小説に着意し、〈『千年の愉楽』と『奇蹟』の関連では、他に晩年の九十年代初頭に『週刊ポスト』に連載された『熱風』というものがある[*4]〉とし、その存在すら忘れられてしまうように、そもそも『野性の火炎樹』は、中上文学としての評価があまり高くはなさそうだ。しかし『野性の火炎樹』は、「路地」の語り部であるオリュウノオバが「亡霊」として「路地」の少年に関わるという物語構造などからしても、また、『地の果て至上の時』で描き出された解体以後の「路地」が、いかなる場として構想されたのかを考える上でも重要であると思われる。また、高澤氏も述べるように、一九八九年に連載が開始される『奇蹟』との連関からしても、再読されてよい作品である。

『野性の火炎樹』は、『日輪の翼』のように、物語世界の同一平面上で実体化される、老婆と青年との関わりをドラマの主軸とするのではない。「亡霊」と化したオリュウノオバ、「黒い肌」で「淫蕩」な「血」を持つ少年、そして、「路地」を立ち退かされ、新たに集団生活をする「フジナミの市」という場で、語りに興じる者たちを、それぞれ視点人物とする言説の拮抗が、ここでは問題になるように思われる。「フジナミの市」で語りに興じる者たちによって、オリュウノオバは、語られる対象となる。その一方で、「亡霊」と化した「路地」の語り部のオリュウノオバも視点人物となり、両者の語りによって、少年と、「路地」の行く末もあぶり出されてくる。
この両者の語りに留意しながら、本章では、「路地」の延命が、どのように企図されていくのかを考察したい。『地の果て』を分析した際のキーワードで言えば、《新しい路地構想》そのものが、どのように構造化されたといえるのかを検討することになる。
その際、着目したいのは、『千年の愉楽』で示された、「路地」の論理を統御する「仏」の問題がどのように浮上してきているのかということ、また、元「路地の者」たちの「フジナミの市」という共同体における語りの特性である。

## 2 複数の語り手の交錯

『野性の火炎樹』は次のように始まる。

木の下に現れたのは、オリュウノオバそのものではなく、死んで葬られ霊魂となったオリュウノオバだと気づいたのだった。

「路地」が、「更地」となって物理的に消滅した後、「フジナミの市」に転居した「路地の女ら」や「男ら」は、「向井織之進記念病院」という「産婦人科医院」の庭に移植された「夏芙蓉」の木の下に、「オリュウノオバ」の霊魂の出現を噂する。「オリュウノオバ」は死に、思い出される者となって久しい。「路地でたった一人」の「産婆」のおかげで「現在がある」という「感謝」とともに、元「路地の者ら」は「オリュウノオバの話」をする。そしてそこでは同時に、「黒人のような少年」をめぐる噂話が盛んに語られている。

オリュウノオバは、「路地の若衆の本当の産みの親」のようであったが、いま、その噂に上る「黒人のような少年」の「秘密を一人握る」特権的な存在だった。噂によれば、「黒人のような少年」の出生について、オリュウノオバは一切明かさなかったし、その子の里親を「中本と同じように路地開闢以来続く向井の方」から選んだのもオリュウノオバだ。オリュウノオバは、その少年に「中本」の宿命とは異なる人生が迎えられるように、その少年を「中本」の里子にはしなかったのだし、そうしてオリュウノオバは、「中本」の悲劇と少年を引き離そうとした。それほどに「中本」の悲劇は悲惨なものだった……。元「路地の者」らは、オリュウノオバが「中本の血に七代に渡って清算すべき仏の因果が、その子に及ぶのを止めようと思ったから」だという憶測を拡張して語ることで、悲劇としての「中本」の物語の強度を保ちながら、その共同性を高めている。彼らの〈共通語〉（エスポジト）としての「中本」は、言わば〈ニヒリズム〉による〈全体主義〉の末期をつくり出す装置である。

それは例えば、オリュウノオバをめぐる、次のような元「路地の者」らの憶測によっても裏づけられる。オリュウノオバは、「自分で仕立てあげた因果話を、黒い肌の子に与え、結局は高貴にして穢れた血が半蔵の奥深くを蠱惑する輝くような性の眩さをつくったように、その黒い子も中本の血が駆けめぐっているので女を性の奈落に引きずり込むという若衆に育って欲し」いと思っていたにちがいない。

「路地の者ら」の語る噂は、「黒人のような少年」（＝「黒い肌のマサル」（後に東京でマウイと名乗る））を、「仏の因果話」を下敷きとする「中本の血の一統」の「若死」の物語に還元して語りたいという欲望を露呈させながら、何もかもを記憶していたという属性を持つ物語の語り部、そして、「路地」の産婆であったことに由来する権威を持つ存在としてのオリュウノオバを召喚する。元「路地の者ら」の欲望にもとづくこのような語りの暴力性と加害性が、露骨に示されるのも『野性の火炎樹』の特徴ではある。

「俺、色黒いだろ。誰が見たって、黒人の血か土人の血、混じってるって分かるだろう。それなのに、俺が高台で石切人夫のオッサンに、ディスコでの踊りをちらっと見せてやっていると、いつもぺちゃくちゃ話している路地の女、来て、おまえはマサルじゃがい、由緒正しい中本の一統のマサルじゃから、黒んぼのような真似するなと言う。マサルじゃないよ。黒んぼのマウイだよ。俺が言うと、何をよォ、と怒るの。本当に怒るの。マサルに一滴も黒んぼの血ィ、入っとるものか。〔……〕中本の血がどうしたと俺をつかまえて話し出す。俺は頭がクラクラしちまう。〔……〕」

マウイの言葉は、彼を「中本の血の一統」と見立てたい「路地の女」の欲望を暴き、その欲望に基づく語りの暴力性をあぶり出している。マウイの行動は、「路地」の者らの欲望から逸脱しているとわかると「怒」りの対象となり、抑圧されるものとなる。それほどに「路地」の者たちは、「中本の血の一統」の「由緒」を語ることを望むのである。

マウイの「黒い肌」を度外視し、「中本の血の一統」としてのマサルを、「若死」の物語の遂行者に仕立てようとする「路地の者ら」の欲望。それは、「路地」を立ち退かされ「フジナミの市」に退転させられた者が、失われつつある共同性を取り戻すように《物語》を紡ぐことで補強されるものなのだ。そこで「路地の者ら」は、生身の存在であるマウイを「勝手に都合よく想像し楽しむ」[*5]。

フジナミの市にいる「路地の者ら」は、オリュウノオバのいたあの頃はよかったという退廃的なノスタルジーを構成し、「路地」の「痛苦」の歴史とともに語られた「中本の血の一統」の「若死」を、《夭折譚》という枠組のみを再生産するため要請するに過ぎないのであり、そして、《被差別部落》としての「路地」の歴史を集団的に忘却していく。このような叙述が、テクストの《地》として構造化されている。

さて、一方で、マサル—マウイを行為主体とする物語《図》があり、それは同時に過去のオリュウノオバの、そしてまた現在「亡霊」となったオリュウノオバの想像世界としても位置づけられるという構造を『野性の火炎樹』は持つ。

オリュウノオバが丁度戸口に立ち、中に声を掛けて立ち上がろうとすると、二階からマサルが降りて来て、一瞬、オリュウノオバの顔を見て、けげんな顔をして立ちどまる。マサルはオリュウノオバが瞬時に判別出来ず、外へ出て行こうとした。「マサルかよ?」オリュウノオバが訊いて、やっとマサルは認め、「オリュウノオバか?」と言う。うなずくと、マサルは、「ここに居るの、今日で最後だから、遊んでこようと思って」と言う。「どこへ行くんな?」オリュウノオバは驚いて訊いた。マサルは何のつもりか、片目を瞑り、「船に乗って他所へ行く」と言う。「サンパウロか?」マサルはさあと首を傾げる。オリュウノオバは不意にマサルから手を払われた気になって、床の中で、マサルはオジに当たるオリエントの康が生きているならサンパウロかベノスアイレスにいると独りごちている。

この引用においてオリュウノオバは、過去の時空間に属す「床の中」で「独りごちる」者でありながら、「フジナミの市」でマサルと遭遇してもいる。「床の中」は、オリュウノオバが生きていた過去の時空に位置づけられるが、マサルとオリュウノオバが遭遇しているのは、その時空からして未来にあたる物語の現在である。この未来は、オリュウノオバが生きていた頃、オリュウノオバにみられる対象となったのであり、また予期されていた世界として表象されている。しかし、そのような世界を想像し得たオリュウノオバもまた、テクストでは元「路地の者」らに、思い出されるものとして対象化されている。

元「路地の者」が想像し、また復元していくオリュウノオバと、過去のオリュウノオバが想像する未来――現在――のオリュウノオバのありようには、どのような差異が刻まれてくるのか、ここが読解の一つのポイントにもなろう。

さて、「路地の者ら」が語るテクストの《地》――「フジナミの市の高台」に基く世界――は、「未来」を「透視」するオリュウノオバがみる対象になっていると同時に、フジナミから離れて東京で過ごすマウイが、想像する対象ともなっている。そして、その両者の想像はまた、《地》における「路地の者ら」の語りとして引継がれもする。『野性の火炎樹』は、現実と想像の境界を、きわめて不確定なものとし、マウイを語る「路地の者ら」の視点の絶対的安定性は保証されない。

「路地の者ら」は、オリュウノオバやマウイを想像し、語り、噂する。オリュウノオバは、「路地の者ら」の存在する「フジナミの市の高台」や「その下にだだっ広く網目状に広がった路地」、そしてマウイを「透視」する。そしてマウイは、「路地の者ら」が語るのを想像し、物語後半では「幻覚」の最中に、オリュウノオバと対話すらする。「路地の者ら」によって喚起される世界は、オリュウノオバの知覚によって喚起される世界の鏡像として（そして、その逆の事態も常に生起している）、反射的に関りながらテクストの《地》を構成し、その相互性を縫うようにして、《図》としてのマウイを行為主体とする世界が現われる。

また、テクスト後半、マウイとオリュウノオバとの対話は、オリュウノオバの「夢なのか現なのか」不分明の想像と、マウイの幻覚中の想像として、両者の想像を相互浸透させたところに成り立つものともなる。その対話は、また「路地の者」も知るところとなるので、「路地の者ら」も「幻覚」、ないしは「夢なのか現なのか実際にあった事なのか空想事なのか判別つかない」状況で語っていることにもなる。まるでテクストそのものが、集団催眠の幻覚に依拠しているようであり、示される出来事のすべては、「実際にあった事なのか空想事なのか判別つかない」曖昧さに担保されるようである。「路地」なき後の「路地」の語りは、「路地」なき後、想像と現実、および彼我の境界を喪い、ただ、その集団の共同性を高めることを目的としている。そこに、《個》の輪郭を持つ実体はなく、その共同性に溶融する人びとが、また、さらに語りを紡いでいく。

一つの主格において成り立たせられない語りと、そこに語り手として強大な権威を放つオリュウノオバの語りとが交錯することで、マウイの物語は進行する。それは、そもそもなぜ必要とされたのか。そしてそれは、「路地」の人びとをいかに構造化するものとして求められたものなのか。また、そこにあって、「黒い肌」を持つ「中本」という表象が求められたことに、《新しい路地構想》の去就が、どのように構成されたと言えるのか。構造確認が長くなったが、以下の節では、まず、オリュウノオバとマウイとの関係を解きほぐすこと、そして次に、マウイを語る「路地の者」らとマウイとの関係を解きほぐすこと、そして最後に、マウイをめぐる「路地」の人びととオリュウノオバの語りの《抗争》に焦点を据え、考察していきたいと思う。

## 3　共同体の否認と、離脱の擁護

オリュウノオバは、先に述べたように、「路地の者ら」による想像と噂話の対象となる言説と、彼女自身を言表主体とする言説との双方から、その造型の特異性が定められることになる。すでに大雑把に確認したが、あらためて「路地の者ら」によるオリュウノオバをめぐる語りを精読したい。

「路地の者」らによれば、「オリュウノオバは子供の顔を見るだけで、その子の男親も女親も、親の親も記憶し」、「その子が長じて成す子供の事も分か」る産婆である。『千年の愉楽』でも、「過去から今にいたるまでいや未来の姿まで頭に畳み込み、折にふれて話して」いたとされるオリュウノオバだが、死んで久くして未だ、「路地の者ら」に語られ続ける存在である。「路地の者」は、オリュウノオバの記憶を繰り返し言語化し、その記憶の共有を図りながら、物語を編む。オリュウノオバとは、彼女を語る「路地の者」が、「路地の者」であること、すなわち、かつての「路地」の成員としての自己への同一化を図るためにこそ要請される記号となる。

さて、彼ら・彼女らが、「黒い肌」を持つ「中本」のマウイに見る特権的な「輝き」も、何もかもを記憶している権威としてのオリュウノオバの「舌」の紡ぐ言葉こそが、マウイを「美丈夫の若衆」に仕立て上げるだろうという予断において分節されていくものである。「路地の者」は、マウイに対する評価について、自らの判断基準を明確に示さない。先にも触れたが、マウイが「中本の一統」ではなく「向井の方」に「里子」に出されたという事実も、マウイを「中本の一統」と知るオリュウノオバが、「中本の血に刻まれた仏の因果がたまらず」に、「仏の因果から守ってやりた」かったからだという推察に補完され、「中本の一統」の悲劇を再生産することを目的とするなかで、捏造されたフィクションのように浮かび上がってくる。

オリュウノオバは、「路地のたった一人の産婆」でありながら、「路地」の歴史の膨大な記憶を貯蔵した語り部であり、そしてまた「中本の一統」の「若死」を、心から悼む慈悲深さを持ち、「中本の血」を主人公にした悲劇を好む老婆だったことにされる。それはまるで、『千年の愉楽』で造型されたオリュウノオバの戯画のようであろう。しかし、そのようなオリュウノオバを持ちだすことによって、「路地の者」は語りの愉楽にまみれ、慰撫されるのだ。そして物語の進行と同時に、その性質は強化されることになる。

女らも作業服の男らも、路地の千年を生きてきたようなオリュウノオバと、路地に生れ落ちすぐに他所に出された黒い肌のマウイが対面する姿を思い出し、オリュウノオバの心の底にわだかまる路地唯一人の産婆としての苦しみを話しあうのだった。［……］女らも男らも自然に、今となっては跡かたもない裏山とその中腹にあったオリュウノオバの家を思い浮かべ、オリュウノオバがおびえた事、悲しんだ事、胸かきむしられる思いに駆られた事がこの上なく尊い事だと言いあった。［……］他所よりはるか彼方のあの世にいると思うと、［……］誰もがオリュウノオバの住みついた所で取り上げられて生まれ、祥月命日を記憶してもらって死ねる気がする。

オリュウノオバの「おびえ」や「悲し」み、「胸かきむしられる思い」の混交した「苦しみ」を、「この上なく尊い事」とする「路地の者」たち。彼ら・彼女らの解釈は、オリュウノオバがいればいつでも「死ねる」という安心にまで達する。

「路地の者」たちの語る《オリュウノオバの物語》は、「他所よりはるか彼方のあの世」で「生まれ」、そして「死ねる」という幻想を拡張し、人びとを思考停止に追い込むことになる。それは、オリュウノオバをキーワードに、もっと言えば、その言葉を念仏のように機能させた、極楽浄土への祈願である。

『千年の愉楽』で示されたように、救済の論理は「路地の者ら」に強く内面化されており、その論理と「平等思想」の合致によって「駄目」にされた者として象られた「路地」の者たちは、『野性の火炎樹』に示された「路地」なき後の時空間に至って、その発展形をみせている。「フジナミの市」では、オリュウノオバという語を念仏のように唱え、生き延びるための救済幻想の内部に強固に留まり、救済を現実的に追求できなくなった状態で語り続けているのである。

では、マウイの物語に登場するオリュウノオバは、どのように現れているのだろうか。

フジナミの市を出て、東京で暮らすようになったマウイは、常に「黒い肌」に依拠して自己表象する。先に示したように、元「路地の者」らの語りの暴力性に圧倒されているマウイは、しかし東京で、自らの「黒い肌」を強く前景化したサヴァイバーとなっている。
このマウイが「中本の血」という二つの属性の狭間で揺らぐ局面がある。それは、ケイという両性具有の白人女性との性交、すなわち、境界例を生きる女性との性交渉によって、マウイが、自身の体に流れる「中本の血」の所在を認識する場面である。[*6] その認識は、マウイがケイとの性交ののち、呼吸困難に陥る瞬間に起る。そこにオリュウノオバが出現することになる。

路地の昔からある言い伝えどおり、総じて色事にたけているが歌舞音曲で暮した淫蕩の血の応報のせいか、美男ぞろいの中本の一統の若衆が若死するのは、中本の若衆が路地に長くいるからだ。それなら、色が抜けるように白い半蔵とも三好とも違った黒い肌のその子を路地の外に出してみる。もし路地の外で育ったその黒い肌の子も中本の仏の因果からまぬがれる事が出来ないというなら、せめてその子に半蔵や三好と違う生き方をさせてやりたい。オリュウノオバは秘かにその子マウイが、仏の因果をものともせず生き抜いて、自分の枕元に来て北海道で殺されたという達男の真実や、ベノスアイレスに出かけたまま消息を断ったオリエントの康の姿を確かめて伝えてくれるのを心待ちにしていた。

オリュウノオバはここまで、マウイが「フジナミの市の高台とその下にだだっ広く網目状に広がった路地」と、フィリピンの「ダバオ」の「酷似」を知覚した時（①）、マウイが「東京」を「魅力」的だと思った時（②）、上京してから二度、「小さな金色の小鳥の群れる夏芙蓉」の植えられた「フジナミの市の高台」を想起した時（③・④）、「中本の血の一統」の「若死」の遠因とされる不法薬物の注入を拒絶する時（⑤）に出現している。その出現は、マウイが、いまここではないどこかを夢想する瞬間に起こると言えよう。この夢想に関わって、オリュウノオバは登場するのである。

①の場合、オリュウノオバはマウイの「直感は正しい」と肯定しながら、「路地」と「ダバオ」を「仏の楽土」として重ね合わせ、マウイが「仏の果報の子」としてその地を「廻る」ことを肯定し、その移動を励起する。

②の場合、オリュウノオバはマウイの認識を「中本の高貴にして澱んだ穢れた血の本能」に由来させ、「黒い子として生まれた本当の意味」をオリュウノオバ自身が自らに問い、その内省を通して、「中本の血の一統の若衆」が「どうして若死するのか」と問うに至る。

③④の場合、各々、「音楽」や「性」の愉楽に浸るマウイを、「中本七代に渡る仏の因果が焼け焦げた黒い肌のマサル」、「高貴にして穢れた中本の七代に渡る仏の因果の子」とし、やはりここでも「中本の血の一統」の系列に即して理解しようとしている。

ただし、⑤は例外的で、「中本の血が招き寄せるかげりを、マウイが「本能として気づき」、「若死」を回避するように動き、マウイがヘロイン注入を拒むことを、肯定することになる。

マウイを、「中本の血の一統」の「若衆」とみるオリュウノオバは、「中本の血」の「若死」という《悲劇》、「仏の因果話」としての《夭折譚》を必要とする「路地の者ら」の欲望と同調している。しかし右の⑤に、特にその徴候がみえることでもあるが、マウイが、ケイとの性交ののちの呼吸困難を、「路地で言われている自分の半分の血の因果がこの齢になってはじめて体に顕れ出た徴」として理解する際、そしてこれ以降に登場するオリュウノオバは、「中本」の「若死」の理由について、「路地に長くいるからだ」と、明瞭に説明するようになるのである。

「中本の一統」とは、その不遇な死のために「路地」で伝説化された存在である。「中本の一統」であるという属性ばかりを焦点化され、「路地」の者に語られる対象であらねばならなかったマウイが、この語りの符丁となった「中本の一統」に、出自を同一化する事態。ここで、オリュウノオバが、「若死」こそ「路地に長くいる」せいだと言明する転回、すなわち、「中本の一統」の「若死」の理由を明確化していくことは、東京のマウイという個に応じて、《路地の物語》を脱構築してしまうオリュウノオバ、すなわち、「中本」宿命論を脱構築しようとするオリュウノオバ登場の機会となっている。

ここでオリュウノオバは、「路地の者ら」のあいだで記号化されていたオリュウノオバと、異なる相貌をもって現れたことになる。マウイが東京に移動し、「路地に長く」いないおかげで「若死」しなくてすむような願いを織り込むオリュウノオバの言表は、「路地」の関係を再生産することに奉仕する語りによる、「フジナミの市」の共同性を否認する存在ともなる。では、それは、いかなる否認であるのか。「路地に長くいるから」「若死」したというオリュウノオバの解釈について、『千年の愉楽』との連関から把握したい。

第四章の『千年の愉楽』論で述べたように、オリュウノオバにおいて、「中本の一統」はなぜ、「若死」するのか？すなわち、宿命とは何なのか？ は問われつづけたものの、それへの回答は導かれなかった。『千年の愉楽』のオリュウノオバは、「中本の血の一統」の「若死」の理由を明らかにしなかったという意味で、『野性の火炎樹』の「路地の者ら」と同じ位相にあったと言えるかもしれない。

しかし、『野性の火炎樹』に至って、オリュウノオバと、「若死」を「言い伝え」として共有する「路地の者ら」との間に距離が生じる。「フジナミの市」で「路地」の語りを物神化する人びとのもとを離れて上京し、東京でもない、さらなる外部である「ダバオ」行きを夢想するマウイを、「仏の因果をものともせずに生き抜」く者として見いだすオリュウノオバのまなざしからも、その距離は明らかだろう。このような事態は、『野性の火炎樹』において、オリュウノオバが「仏への悪意」を言明するようになり、[*7]「幾種類もの噂」の坩堝だった「路地」を、「中本」を「若死」させた場として確定し始めることにも繋がっていく。

では、「路地」内部の論理を統御していた物語の、その中心にあった「仏への悪意」を言明することと、「路地」解釈が結びつくということは、どういうことなのだろうか。

『千年の愉楽』で「仏」とは、宿命論（「仏の国でつくられた物語」）を統御する超越的審級にあったために、「仏の国でつくられた物語」は、オリュウノオバにおいて言及不可能なものであった。『野性の火炎樹』では、オリュウノオバは「仏」を「ホトキさん」と称び、「悪意」をぶつけることのできる対象とする。このように、「仏」を交渉不可能な他者ではなく、交渉可能な他人として捕捉できるようになったことは、この審級を絶対化していた「因果話」自体を、語り換える可能性を持ったオリュウノオバを示唆する。

そしてオリュウノオバは、「仏への悪意」を前提として、「中本の一統」を殺すような加害者の役割を、「路地」に担わせようとするなか、「路地」と「仏」の結びつきそのものを対象化し、その内実を明らかにしていこうとしている。このような、「路地」の批評的捉え直しにこそ、「路地」の未来を拓く契機もはらまれるだろう。それはどのようなものなのか。「路地」、「中本」、そして「仏」の論理を交錯させるオリュウノオバの述懐に注目していこう。

「中本」は、「山のふもと」にある「蓮池」を埋め立て「路地」を開闢した始祖の一統である。「路地」が「蓮池」を埋め立てたという起源譚が語られること自体、「路地」の宗教的基盤の強固さ、すなわち「路地」の浄土真宗信仰の根強さを指し示す。ここで、『野性の火炎樹』には「路地」の信仰状況をめぐる具体的な叙述があることに注意したい。『千年の愉楽』では、「路地の者ら」の生活態度に、「仏の論理」に規定されるがゆえの両義性が示されていた。では、『野性の火炎樹』では、「仏の論理」はどのように示されるのか。

「……」どこに居ようと、そこが裏山で自然に他の町と区切られた蓮池跡の路地だというようにオバらは、すでにもう死んで立派な葬儀を出してもらい、白い小さな骨だけになって骨壷に納まり、浄泉寺の納骨棚に乗せられ、いずれ路地の者が路地の出の市会議員か成功した商店主らの企画する京都の本願寺もうでの折に運ばれるのを待っているオリュウノオバの霊を呼び出す。［……］高台で鳥の言葉で話を交わすオバらにはオリュウノオバの骨壷の行方は最大の関心事だった。というのも路地に近年になって他所から入りこんで来た者らが、もともと西本願寺に帰依していたのを嫌い、東本願寺系の寺の檀家になった。後から路地に来た者が成功し、土建請負師や市会議員を出すようになって、西か東かと時々争ったがオリュウノオバは「かまうかよ、どっちでも」と言った。

ここには、宗教と「路地」の政治との結託があからさまに示される。「路地」にはもともと西本願寺派、一向一揆を発起した浄土真宗本願寺派の門徒が多かったが、「土建請負師」や「市会議員」となって財産や権力を持つことになる「後から来た者ら」は、それを嫌って東本願寺派に「帰依」したと語られている。「西か東かと時々争」う、「路地」内部の争いが、「路地」の変化を象徴する出来事となる。後住者が「西」を嫌い「東」を選択するという現象は、これまでの作品にもみられた、「路地」に強くあるとされる《排除のシステム》を指し示すものだろう。例えばこのことは、『千年の愉楽』「ラプラタ綺譚」に示された、次のような「路地」の状況からも裏付けられるものである。

又之丞が区長代理をして同時に路地始まって以来あった町の草履や下駄の直しの座長をしていて、座長の許可なしに誰もその仕事につけなかった。今もって路地の中で尾を引いている家同士の反目は山の端にしがみつくように住みついた者らがたつきの道を立てるために何百年も前から選びとった直しの仕事に起因した。後から住みついた者らは路地のさらに端に追いやられ、一人として直しの仲間に入れてもらえなかった。池川、田川、木川という名のついた川から降りて来た一統や、住口、鴻池という海岸線から路地に集まった者らは町に流れて来たには来たが路地から追いやられてさらに頼みにした直しの仲間にも入れてもらえずオリュウノオバの記憶によれば二度死人が出る喧嘩を起こし、その度に元から路地にいた田畑、向井、楠本らは勢いがまさって勝ち、直しの仲間の結束はますます固くなっているが、中本もその仲間の一家だった［……］。（『千年の愉楽』「ラプラタ綺譚」）

「後から住みついた者ら」は、「路地始まって以来あった町の草履や下駄直し」の「仕事につけなかった」。そのようにして「後から住みついた者ら」を追いやり、「元から路地にいた」者らは、「仲間の結束をますます固く」させたという。

「元から路地にいた」者らは、『野性の火炎樹』に示された西本願寺派の門徒であったことになるが、「後から住みついた者ら」は、自分たちを排除する、「元から路地にいた」者らとの差異化をはかるために、東本願寺派に「帰依」した。

「後から住みついた者ら」が選択した東本願寺派とは、権力との癒着志向が強い体質の教団と言われる場合もある[*8]が、彼らが、権力と癒着して「成功」する「土建請負師」や、権力の権化でもある「市会議員」となる。ただし、「路地」解体に強く働きかけた「土建請負師」や「市会議員」は、もともと「排除」された系列に属す者だったのだ。

すると、『野性の火炎樹』において、「路地」解体の直接的原因は、「路地」それ自体の《排除のシステム》と、それに基づく争いに絞られることになると言える。「西」の信仰共同体と「東」の信仰共同体のあいだの「争」いは、「路地」の「排除」の循環に起因しており、それが「路地」解体を導き出すに至っている。

このような、東西の信仰共同体同士の「争」いは、《物語》への欲望の強度にも反映されよう。宗教的対立は、信仰心を過熱化する。「路地の者ら」が、「東」と「西」とに分裂し、競合すればするほど信仰は強固になる。もちろん、西も東も他力の信を説き、極楽浄土を夢想させる浄土真宗である。とすれば、「蓮池」を埋め立てる罰当たりな行為をし、「色事にたけ」、「歌舞音曲で暮」す「淫蕩な血」を持つ「中本の血の一統」の「若死」の物語が、「路地」に伝承され続ける理由も首肯できよう。信仰心の強さと、「仏の因果話」という物語を求める欲望は比例する。したがって「路地」内部の排除のシステムこそ、「路地」の人びとに「仏の因果話」を強固に求めるように作用し、「若死」を求めつづけるという陰惨な結果をもたらしているとも言えるだろう。

「路地の女」が、「中本の血の一統」としての行動をマウイに課すことは、この文脈で捉える必要がある。「中本」は「若死」して「仏の因果」を払うべきであり、そのような物語（「仏の因果話」）を踏襲してほしいとする欲望は、生産関係に関らない無為徒食の「中本の血の一統」ならば、排除され、不遇を生きさせられてもよいのだし、それゆえ、信心深くならざるを得ない者に、救済を確信させる犠牲として妥当な存在だと思ってもよい、という語りに直結している、ということだ。

つまりマウイに、「中本の一統」らしい振る舞いを強いるのは、信仰の見返りのための救済を確信する方便であり、享楽的に生きた「若衆」の死は、「仏の因果」＝救済を可視化するために、すなわち、「仏」を信心する「路地の者ら」の信仰心の正当性を可視化してくれるものになる。

むろん「路地の者ら」は、「中本の血の一統」の「若死」を求めていることを、直接的に明示するわけではない。しかしマウイへの態度は、「路地」の差別的な抑圧装置――不可視の暴力装置――を強化するものとして構造化されているのは確かだ。オリュウノオバが、「中本の血の一統」は「路地に長くいるから」「若死」する、と言明することで浮かび上がってくるのは、このような「路地」の制度疲労の陰惨な内実である。

そしてオリュウノオバは、マウイがさらに、日本を離れ、生き延びることに期待するのである。「路地」の排除のシステムに基く共同性の否認の先、「路地」からのさらなる距離の確保を期待されるマウイの生とは、しかしいったいどのようなものなのか。

## 4　亡霊の期待と妄想

もし路地の外で育ったその黒い肌の子も中本の仏の因果からまぬがれる事が出来ないというなら、せめてその子に半蔵や三好と違う生き方をさせてやりたい。オリュウノオバは秘かにその子マウイが、仏の因果をものともせず生き抜いて、自分の枕元に来て北海道で殺されたという達男の真実や、ベノスアイレスに出かけたまま消息を断ったオリエントの康の姿を確かめてくれるのを心待ちにしていた。

「路地」の共同性を否認しようとするオリュウノオバ。しかし、彼女は、マウイ（マサル）は「中本の仏の因果からまぬがれる事はできない」というのであり、「仏の因果話」にかなう「中本の血の一統」を要求する「路地の者ら」と親和する面を持つ。しかしまた一方で、オリュウノオバは、マウイ（マサル）が「若死」しないことを期待し、「話」の規範の効力が及ばないところで生きのびることを願う。

オリュウノオバは、「路地」に定住していれば回避できない「若死」を拒絶しつつも、しかし他方では、「路地」の「中本」としてのマウイ（マサル）の生存を切望している。では、その生存とはどのようなものか。

オリュウノオバはマサルがとまどうのを見ながらクスクスと笑い、マサルに言いたかったのはその事だったと独りごちる。たとえどのような男でもオリュウノオバの目にして来た子を産む女にはかなわない。それなら何一つちゅうちょする事は要らない。半蔵がそうだったように短い命を愉楽の中でまっとうさせればよい。マサルの育った他所はいざ知らず、産まれ落ちた路地は開闢以来、女らが網目を張り、子を増やし、支えて来た。「どのような男」も「女にはかなわない」のだから、「何一つちゅうちょする事」なく「短い命を愉楽の中でまっとう」せよ、とオリュウノオバはマウイに言葉を投げかける。

「路地」は「女らが網目を張り、子を増やし、支えてきた」歴史を持つ場所とされ、そのような「女」との関係において、「愉楽」をまっとうする「中本」たれ、とオリュウノオバはマウイ（マサル）に述べる。オリュウノオバは、「仏の因果話」の効力が及ばないところで、排除のシステムを持つ「路地」の論理に抗い、そして、「路地」の「女ら」に「支え」られて来たことを忘れずに生きろと述べているようである。ここでは、「路地」の「中本」として、しかし「路地」のシステムを切断する隘路を突破する期待を、オリュウノオバがマウイ（マサル）に賭けていることが示されている。

「路地」の「中本」の血を持つマウイ（マサル）に、「路地」からの離脱を促しつつ、離脱とともになし崩し的に「中本」の血を消滅させるのではなく、その特異性を残しつつ生きのびるために、マウイ（マサル）には「かなわない」「女」と生きることを求めるオリュウノオバ。彼女は、さらに、「仏」の住まう「天上」の「浄土」とも、「蓮池」を埋め立ててつくられた「地上」の「浄土」としての「路地」とも異なる場所で、「強い血と混じり増え広がる」「楽土」「建設」を、マウイに期待することになる。それは、「中本」を「若死」させない具体的な手段として浮上してくるのであり、「天上」の「浄土」と、そこに住まう「仏」を想定して、排除のシステムを強化した信仰共同体としての「路地」から離反する経路を仮構することである。

マウイ（マサル）は、このようなオリュウノオバの欲望に関わって「中本の血の一統」の「若衆」として、しかし

「若死」という規範から「まぬがれ」、「楽土」を「建設」するのだろうか。

「ずっと考えた事なかったんだよね。でも今は考えた。外へ行ってしまうんだから。ダバオから来たのなら、まずダバオへ行ってみる。」

マウイは、ダバオに行くことを選択する。ここで、確認しておかなければならないことは、このダバオとは、妄想のような語りを繰り返すために、「フジナミの市」で周縁化されていたケンキチノオジという老人が、「仏の楽土」のようだと「繰りかえし言」っていた場所だということである。ケンキチノオジとは、『地の果て至上の時』に登場したヨシ兄のように、妄想を語るために、「フジナミの市」で周縁化されている人物である。そして、マウイはここで、オリュウノオバの期待に同調しつつ、ケンキチノオジの言説に依拠して、「ダバオって本当にあるの」かわからないという前提において、「ダバオから来たのなら、まずダバオへ行ってみる」と選択しようとしている。「黒い肌」だからこそ、自分は「ダバオから来た」と思ってもよいという予断において、この架空の来歴を信拠として、マウイが仮構の起源におもむこうとする。マウイはここで、「ダバオ」との間に、擬制的な、自然継承関係を取り結ぼうとしている。

自らを生んだ場所だと思われる「ダバオ」に吸引されるように、マウイはダバオを目指す。ここでダバオはマウイ出生の場所として仮構されており、この選択は、オリュウノオバが期待したような「路地」の男の去就、すなわち、男が「かなわない」「女」との関係において、マウイが生き延びる展開につながりそうである。

マウイは、ケンキチノオジの「妄想」に依拠し、オリュウノオバが語る新たな「路地」の《物語》を生きるように、ダバオに行くことを選ぶ。「若死」を語るのではなく、マウイを生き延びさせる「路地」のケンキチノオジのの楽土」と呼ばれるダバオに向かおうとする。

「妄想」と、「黒い肌」に惹起された想像に依拠して、ダバオ行きを選択するマウイ。彼は、「路地」の「血」を持つ者として、その物語に依拠しつつ、しかもダバオの者であるというフィクションを裏づける「肌」に基づいて、「仏の楽土」と呼ばれるダバオに向かおうとする。

このマウイの選択は、「亡霊」・オリュウノオバの期待と、「路地」で周縁化された「オジ」の妄想を融合させたところにある。

「ダバオって、あの歌を歌ったり躍ったりするヤツばかりいるダバオ?」マウイは言う。[……]マウイはふと想像する。そこでは宝石のような石は道端に転がっている。甘い蜜を吸いに金色の小鳥が炎のように咲いた火炎樹に群がり、飛び交い、鳴き交っているのだ。マウイは目の前にある海を見る。ケンキチノオジの言う仏の楽土のダバオから、スカーンスカーンと斧の音が伝わるたびに海は波立ち、だから光は眩しく撥ねるのだ。

オリュウノオバの期待する「強い血と混じり増え広が」ってできる「楽土」「建設」の実現可能性が、「フジナミの市」で周縁化されたケンキチノオジの妄想のような語りに示された「ダバオ」のイメージを抱くマウイに託されるということ。

オリュウノオバの期待、すなわち、「路地」の規範に拠る宿命を拒みながら、「路地」の「中本」としてマウイが生き続けることは、オジの「妄想」に基くことでかろうじて可能なことになるように示される。

『野性の火炎樹』のマウイとは、いったい何者なのか。最後に、このことに関わって、極めて示唆的であった友常勉の論文をもとに考えたい。

## 5　妄想から生れる《他者》

友常勉氏[*9]は、『野生の火炎樹』について、〈生理学的遂行性と自己の帰属性とのバランスの上〉に成り立つマウイの物語が、〈マサルからマウイへの身体の転位〉において、マウイの〈生理学的な遂行性が国民主義と人種主義という権力を交渉可能なものへと引き下げ〉、それゆえマウイの身体が〈〈政治〉そのものに、投企的にかかわる可能性〉があるものとなっていること、それゆえ、〈無類の抗争関係〉との〈交渉可能性〉へと他者を開く可能性があると言う。

友常氏が述べる〈国民主義と人種主義という権力〉とは、友常氏が『異族』を論じて見出した力のことである。それはどんな力か。確認しておこう。

「路地」の神話が天皇制との〈オイディプス的な関係を結ぶ『異族』の構造〉のなかで、様ざまな〈人種的関係からこぼれ落ちるように投身自殺する「路地」出身者のタツヤが「てんのう」と叫ぶことに、友常氏は注目している。それは、〈国民主義の内部の差異[*10]〉としての「路地」の下に置かれる人種的関係によって、〈路地の神話〉が相対化され、〈「路地」のシンギュラーな起源を求める欲望〉が、〈国民主義内部〉で〈外部〉〈「人種的関係」〉を閉ざして〈微分化し内面化していく〉結果と捉えられる。その運動は、自身にしか参照項をもたない〈純然たる自己形成〉としての〈人種主義の神話〉と同型であり、『異族』において、自殺するタツヤの「てんのう」という叫びは、〈国民主義内部〉にある自身を参照項とした〈自己形成〉＝〈人種主義の神話〉となる。これが、〈国民主義と人種主義の権力〉の作用だと言う。そして、この〈権力〉作用を受けるタツヤとは異なる位相にある者として、『野性の火炎樹』のマウイがいるのだ。

『野性の火炎樹』のマウイにみられる〈生理学的政治の身体の遂行性〉とは、〈生理的な〈意志〉そのものの運動〉、すなわち性行為に伴う〈代替不可能性〉において、その只中にある者を〈無類の〈抗争〉へと開く〉性質とされる。マウイの〈生理学的遂行性〉が、〈国民主義と人種主義という権力を交渉可能なものへと引き下げ〉るということは、性の快楽に浸るマウイ（マサル）が〈二元的な「路地」への帰属をまぬがれ〉て〈「路地」を侵食〉し、「路地」の〈国民主義と人種主義という権力〉を〈交渉可能なもの〉とした、ということである。

しかし、ここで言う〈国民主義と人種主義という権力〉とは、『野性の火炎樹』では何に相当するのか。友常氏はこれを明らかにしていない。が、恐らくそれは、これまでの検証に照らせば、「フジナミの市」における「路地」の語りに内在していた《排除のシステム》そのものだろう。「フジナミの市」に集う、元「路地」の者は、マウイが「黒い肌」であることを悲劇的要素として焦点化することによって「中本の一統の血」の物語を語り続けた。その語りでは、「路地」（そして、「路地」神話）の〈シンギュラーな起源を求める欲望〉においてオリュウノオバが求められた。そして〈路地の神話〉を〈参照項〉とした〈純然たる自己形成〉が行われていた。このような語りこそ、〈国民主義と人種主義の権力〉を内在させたものだと言えるだろう。そして、『野性の火炎樹』では、このような語りを行っている「路地」の者たちを自覚するマウイを形象し、また、その語りによって〈シンギュラーな起源〉とされたオリュウノオバそのものが、「路地」の語りを批判するという構造を持つことで、友常氏の述べる〈権力〉が相対化されているとも言えるのである。

この指摘を受けてさらに考えたいのは、「路地」共同体で周縁化されたオジの妄想に拠り、そして亡霊のオバの語りと相互浸透を起こしながら、ダバオに向かう選択にみられるマウイのありようなのである。

マウイのダバオ行きという選択が依拠する妄想も、それから亡霊のオリュウノオバの語りも、現実世界の事実としての合理性を持たないことは言うまでもない。その意味において、それは〈無〉に等しい。この〈無〉に拠ってマウイは、ダバオへ向かおうとしている。それは、レヴィナスの言う〈無からの創造〉による〈被造物〉としてのマウイとして意味づけられるように思われる。

無からの創造はシステムを断ち切り、一切のシステムの外部に、つまり自由が可能となるような場に存在を置く。創造は被造物に依存の痕跡を残す。だがこれは比類なき依存の痕跡だ。なぜなら、依存する存在はこの例外的依存から、この関係から自立性そのものを、システムに対する外部性を引き出しているからである。[*11]

〈被造物〉は、出自や階層、〈システム〉から演繹されない。とすれば、それは、自らの生の条件を受容しながらも、その限定性からの離反は保証される。したがって友常氏の言うように、マサルがマウイとして選択するダバオ行きは、「路地」の者の生の条件を持ちながらも、「路地の者」であるという限定性からの離反を保証する出来事として捉えられるべきものなのだ。この渦中にあるマウイ(マサル)は、「亡霊」のオリュウノオバの言葉とケンキチノオジの妄想を招き寄せ、その両者の〈無〉が交錯する〈比類なき依存の痕跡〉からの〈自立性〉、すなわち〈外部性〉を〈引き出〉す他ない存在なのではないか。

無形の、しかも現実的には合理化されない語りと、妄想との関係において「ダバオ」に向かうマウイのありようは、誰とも代替不可能な〈自立性〉を引き出す。この意味でマウイは、共同体に疎外される人間として実体化されることはあらかじめ排除されていると言えるだろう。マウイには、疎外からの解放——救済を待つ未来——が到来することもない。すなわちマウイのダバオ行きは、何かからの解放を予期しない。それゆえ、フジナミの市で周縁化されるケンキチノオジの妄想を辿る、その動線の起点に〈創造〉されるマウイは、解放に向かうのではなく、ただその生の条件の限定性から離反しながら、しかし、その条件と繋がる結節点そのものを指し示すのではないだろうか。それゆえマウイの存在自体が、いまだ「フジナミの市」で語り続ける元「路地」の者たちに対し、救済を待つ状態に留まることの正当性を糺す、まさに《他者》として構造化されたとも言えるのではないか。

マウイのありようは、「フジナミの市」に顕在化してきた排除のシステムにおいて、むしろ求められる強度が増している《物語》を、語る者たちに対する〈外部性〉において、〈自由が可能となる〉ような、語る者たちを裏切る《他者》を指し示していると言えるのである。

『野性の火炎樹』の亡霊・オリュウノオバは、立ち退き金をもらって立ち退いた者たちの語る「物語」を成り立たすシステムの顕在化を批判した。「路地」の解体＝喪失以後、人びとは「物語」を失わず、「物語」によって集団催眠状態となりながら、〈虚無〉を埋め合わせ続ける。『地の果て至上の時』を論じて末部で引用したエスポジトの言葉を援用するならば、この〈虚無〉の埋め合わせこそ〈全体主義〉に組み込まれるものだ。マウイには、『千年の愉楽』でオリュウノオバが示したように、「まやかし」の「平等思想」によって〈虚無〉を埋め合わせようとする〈全体主義〉に、抗い得る可能性が賭けられているのである。

＊

『地の果て至上の時』の後に発表された『日輪の翼』と『野性の火炎樹』は、ともに「路地」なき後の共同性に還元され得ない青年らが、それでも「路地」との関わりを断たないで生き延びる様相が描きこまれる。そのようにしてしか、「路地」は継承されない。

そしてその継承は、「路地」なき後の「路地」を脱出した「オバ」たち、またはその共同体で周縁化される一人の「オジ」の、受け手にとっては荒唐無稽な「妄想」としか捉えられない《物語》を生み出す者と、実体としての「路地」の記憶を持たない、ないしは薄められている若者との関係において描き出されていた。振り返ってみれば、この関係は、『地の果て至上の時』で示されていた、ジンギスカン幻想を抱くヨシ兄と秋幸の関係の変奏でもあろう。

「路地」なき後の「路地」の周縁にある「オジ」や「オバ」が語る、信じるに足る根拠を持たない《物語》においてのみ、若者は「路地」に繋がる。それは帰属先のどこの誰にも合理化されない領域を、その若者たちが生きることを指し示すだろう。失踪した老婆、亡霊、妄想癖のある老人、といった、マイナーの言葉は、「路地」の中心にいる者には語りえない繋がりを浮かび上がらせようとしている。《物語》によって繋げられ、そして実質的な場所とは切断されていく若者たちのありようがみえてくる。それが正しいのか正しくないのかといった判断を経由せず、《物語》との非対称な関係のうちに置かれ、彼らは本当に自分が「路地」の者なのか、確かめることはできないまま「路地の者」になってゆく。

彼らは、何者であるかを説明できない不実の者であり、「路地」の外側で、識別され得ない「路地」の者として生き続け、その世界への存在論的な裏切りを持続するのである。

**注**

＊1　原善「野性の火炎樹　浸蝕しあう語り／浮遊する物語」（『国文学 解釈と鑑賞　別冊中上健次』、一九九三・九）

＊2　友常勉「路地とポルノグラフィーの生理学的政治」（『文藝別冊　中上健次』河出書房新社、二〇〇二・八）

＊3　野谷文昭「解説　青春と成熟のはざま」（『中上健次全集9』（月報）、集英社、一九九六・二）

＊4　渡部直己・いとうせいこう・四方田犬彦・野谷文昭・ジャック・レヴィ・高澤秀次「●特集Nという名の作家　シンポジウム『千年の愉楽』から『奇蹟』へ」（『早稲田文学』二〇〇〇・一一における「基調報告」）

＊5　「カンナカムイの翼」『千年の愉楽』におけるオリュウノオバの言葉。彼女は、この言葉を逆説的に用い、「中本の血の一統」の若衆をそのように捕捉してしまうことについて、内省することになった。

＊6　前章で論じた『日輪の翼』でも、主人公ツヨシが、マウイと同様の動線をたどる。ツヨシは、マウイと同じく「路

地」の直接的な記憶を持たないが、ともに日本全国を彷徨する七人の老婆らによって「路地」についての物語を聞かされ続ける。「四つの乳房を持つ女」「キツネの生れ変り」と措定される「ララ」という異人性がきわめて濃厚な女性との性交ののち、ツヨシは、自身を「異人のような」存在、「路地」の中でも特別な存在なのではないのか、と認識し始め、自分にとって不可知の「路地」に対して、落ち着き場書を持たない郷愁の念を抱き始めることになる。「若衆」が、現実も想像も侵犯しうるような存在の「女」と性交することによって「路地」の記憶に浸食され始めるという動線において、ツヨシとマウイは近接する。

*7 「[……]わし、ホトキさん好きやけど、もしそばへ行ても、手合わせる事せんと、人をどう思とるんな、なんでそんなに人につらいめにあわせるんな、と喰ってかかって礼如さんに、オリュウ、ここァ、天上じゃど、とたしなめられるんやろ[……]。」オリュウノオバはうつらうつらしたまま考える。「ホトキさん」が、「好き」嫌いの対象となる、すなわち理解不可能な存在として措定されなくなっている、という点が、『千年の愉楽』との大きな相違である。

*8 訓覇浩「大逆事件と被差別部落—高木顕妙の場合—信仰者として」(『中上健次と大逆事件』日本カトリック部落問題委員会、二〇〇二・三)〈皇室と差別の関りは密接です。天皇制が差別を生み出すということだけでなく、もう一ひねりあって、差別を受けるかわいそうな人を救うのが天皇、という構図です。[……]そういうことに大谷派はすべて加担しています。ハンセン病を患った人への隔離政策[……]、北海道に一番に入っていったのも大谷派です。当時の国家権力からいうならば、戦争協力に始まり、国家がなした人権侵害に対して、ほぼ百パーセント関っている教団が大谷派だといってよいと思います。国家がなそうとしていることをよく知っているわけです。〉

*9 *2に同じ

*10 友常勉「中上健次と戦後部落問題」(『現代思想』青土社、二〇〇一・九)
ここで友常氏は、〈国民主義の内部の差異〉として、「路地」(「被差別部落」)があった、ということを前提にする。その根拠は、戦後部落解放問題の言説に対する次のような指摘に依拠している。①戦後部落解放問題の言説は、〈排外主義的な平等主義〉を上から与えられたものとしてでなく、〈マイノリティとしての部落民自身の欲望に形象を与える

ものとして、部落民自身の欲望〉としてきた。②それは、〈部落民〉が〈占領政策と日本政府の合作としての単一民族主義的国民主義〉による〈自己形成〉を通して〈戦後社会に対応したアイデンティティを構成〉するように機能した。③それは、〈国民主義内部の差異〉である。この前提において、〈中上の文学〉を捕捉する友常の議論に関して留保したいことを記しておきたい。友常氏は、〈中上の想像力〉は、〈戦後社会の政治過程をつうじて形成された国民主義の言説の内部に明らかに制限されて〉いたとし、その論拠を〈「路地」の神話〉の定義に置いた。それは〈高貴にして穢れた血〉を起源として置く、〈マスター・ナラティブを転倒させる物語〉―〈部落が拝跪する道徳的な物神的対象〉―である。「路地」の神話とは、すなわち路地で語られる「物語」であり、またその物語の筆頭には「中本の血の一統」の「若死」というものが挙げられる。確かにそれは、〈高貴にして穢れた血〉を語るものだ。だが、中上はその物語を初めて登場させた『千年の愉楽』ですでに、その物語を語る産婆のオリュウノオバに、その物語を語ることを通して〈高貴にして穢れた血〉の者がなぜ死ぬのか？　という問いを繰り返させ、その神話的符丁を相対化したとも言える。また、その延長に置かれる『野性の火炎樹』は、そのような物語を神話化して権威づけること、それを介して人びとが「路地」への帰属性を高めることそのものを露骨に否認していたのではないか。

ここで友常氏が、中上健次の創出した〈物語〉を〈「路地」の神話〉としているのは、おそらく、中上が『紀州』で否認した「架空の物語」ではないのか。それは、〈マスター・ナラティブを転倒〉して、自らの起源を貴種とする物語を〈物神対象〉のように取り扱う欲望を指し示す用語だった。元「路地の者」が語る「中本の血の一統」の物語とは、この「架空の物語」と同じく、身分の転倒を元にした物語によって、自らの帰属意識を高めるものであり、同じ物語でありながら、語る者への作用において異なる「切って血の出る物語」と対照的なモノである。したがって、友常氏が〈中上の文学〉に見出している特徴、すなわち、〈「路地」の神話〉創出＝〈国民主義内部の差異〉創出の目的化に奉仕するという特徴と、それゆえに〈中上の文学〉が〈国民主義〉の〈制限〉を受けるという指摘は解除されねばならないと考える。

＊11　エマニュエル・レヴィナス『全体性と無限―外部性についての試論―』（合田正人訳、国文社、一九八九・三）

＊『野生の火炎樹』本文の引用は、『中上健次全集9』（集英社、一九九六・二）に拠る。

## 引用文献一覧


浅田彰「移動と変身　新たな旅立ちのために」（『中上健次全集7』（月報）集英社、一九九五・一二）

愛宕美「宗教と部落差別―差別戒名をめぐって」（『部落解放』部落解放研究所、一九八二・三）

磯前順一「近代における「宗教」概念の形成」（『岩波講座　近代日本の文化史3　近代知の成立』岩波書店、二〇〇二・一）

いとうせいこう「解説　移動のサーガ／サーガの移動」（『日輪の翼』小学館、一九九九・五）

Wilson, Elizabeth. *Looking backward, nostalgia and the city*, Sallie Westwood and John Williams (eds), Imagining Cities: Scripts, Signs, Memory. Routledge, 1997.

R・エスポジト、『近代政治の脱構築　共同体・免疫・生政治』（岡田温司訳、（講談社選書メチエ）講談社、二〇〇九・一〇）

大澤真幸『身体の比較社会学Ⅰ』（勁草書房、一九九〇・四）

鎌田哲哉「「路地」からの自立」（『早稲田文学』、二〇〇〇・一一）

姜徹『在日朝鮮人の人権と日本の法律』（雄山閣、二〇〇六・九）

「核戦争の危機を訴える文学者の声明」（『世界』岩波書店、一九八二・三）

木俣知史「『地の果て至上の時』――空洞の物語――」（『国文学　解釈と鑑賞別冊　中上健次』至文堂、一九九三・九）

熊野純彦『差異と隔たり　他なる者への倫理』（岩波書店、二〇〇三・一〇）

倉田容子「中上健次『日輪の翼』における移動―非「仮母」としての老婆たち―」（『日本近代文学』第七四集、二〇〇六・五）

訓覇浩「大逆事件と被差別部落―高木顕妙の場合―信仰者として」（『中上健次と大逆事件』日本カトリック部落問題委員会、二〇〇二・三）

紅野謙介「『熊野集』・大いなる問いの書　勝浦ノ妖霊星見バヤ」（『国文学　解釈と鑑賞別冊　中上健次』至文堂、一九九九

三・九）
後藤丹治・釜田喜三郎校注『日本古典文学体系34　太平記一』（岩波書店、一九六〇・四）
五来重『熊野詣　三山信仰と文化』（講談社、二〇〇四・一二）
E・W・サイード『文化と帝国主義1』（大橋洋一訳、みすず書房、一九九八・一二）
榊原富士子『子どもの人権叢書10　戸籍制度と子どもたち』（明石書店、一九九八・九）
柴田勝二『中上健次と村上春樹〈脱六〇年代〉的世界のゆくえ』（東京外国語大学出版会、二〇〇九・三）
絓秀実「性の隠喩、その拒絶―中上健次論」（『文学界』一九九六・三）
G・C・スピヴァク『サバルタンは語ることができるか』（上村忠男訳、みすず書房、一九九八・一二・一〇）
全国部落解放運動連合会「差別戒名など宗教界の当面する諸問題についての全解連の態度」（『部落問題研究』一九八二・一）
高野真澄「同和対策立法の原点と現点―「部落解放基本法」制定論議に寄せて」（『部落解放』第二〇七号、一九八四・一）
G・ドゥルーズ『差異と反復　下巻』（財津理訳、河出書房新社、二〇〇七・一〇）
G・ドゥルーズ『狂人の二つの体制1975―1982』、（小沢秋広訳／宇野邦一監修、河出書房新社、二〇〇四・五）
J．デリダ『マルクスの亡霊たち　負債状況＝国家、喪の作業、新しいインターナショナル』（増田一夫訳、藤原書店、二〇〇七・九）
友常勉「路地とポルノグラフィーの生理学的政治」（『文藝別冊　中上健次』河出書房新社、二〇〇二・八）
友常勉「中上健次と戦後部落問題」（『現代思想』青土社、二〇〇一・九）
中島一夫「隣接に向かう批評―絓秀美の〝六八年〟」（『収容所文学論』論創社、二〇〇八・六）
西谷修『不死のワンダーランド』増補版（青土社、二〇〇二・一〇）
西山慶一ほか『「在日」の家族法Q＆A』（日本評論社、二〇〇一・五）
野間宏・安岡章太郎・中上健次（鼎談）「差別　その根源を問う　市民にひそむ差別心理」（『朝日ジャーナル』一九七七・三）
野間宏・安岡章太郎「差別　その根源を問う／被差別部落を訪ねて」（『朝日ジャーナル』、一九七七・八）

日本共産党中央委員会出版部『赤旗』（一九八二・一）
野谷文昭「解説　青春と成熟のはざま」「月報9」（『中上健次全集9』（月報）集英社、一九九六・二）
D・ハーヴェイ『ネオリベラリズムとは何か？』（本橋哲也訳、青土社、二〇〇七・三）
蓮實重彦『小説から遠く離れて』（日本文藝社、一九八九・四）
蓮實重彦「中上健次論―物語と文学」『文学批判序説【小説論＝批評論】』
原善「野性の火炎樹　浸蝕しあう語り／浮遊する物語」（『国文学 解釈と鑑賞　別冊中上健次』、一九九三・九）
林屋辰三郎『古代國家の解體』（東京大學出版會、一九五五・一〇）
『私たちの創造　書く・創る・演じる・唄う―部落解放の文化活動・手引き』（解放出版社、一九八二・九）
古井由吉「文藝時評　昭和五十八年五月」（『朝日新聞』（夕刊）、一九八三・五・二六）
星野智幸「意志の敗北」（『早稲田文学』、二〇〇〇・一一）
G・バタイユ、『非―知―閉じざる思考』（西谷 修訳、平凡社、一九九九・五）
J・バトラー『自分自身を説明すること―倫理的暴力の批判（暴力論叢書）』（月曜社、二〇〇八・八）
E・バリバール「市民主体」、（松葉祥一訳、ジャン＝リュック・ナンシー編、港道隆・鵜飼哲ほか訳『主体の後に誰が来るのか？』現代企画室、一九九六・三）
M・フーコー編『ピエール・リヴィエールの犯罪―狂気と理性』（岸田秀／久米博訳、河出書房新社、一九七五・九）
Hooks, Bell. *Yearning, Race, Gender and Cultural Politics.* South End Press, 1990.
『部落問題事典』解放出版社、一九八六・九
P・ブルデュ『実践感覚1』（今村仁司・港道隆共訳、みすず書房、一九八八・一二）
松木田譲「宗教の原点にかえれ―曹洞宗差別戒名追善供養と差別戒名実態調査」（『部落解放』部落解放研究所、一九八一・一二）
三浦雅士「中上健次または物語の発生」（『主体の変容』中央公論社、一九八二・一二）
T・T・ミンハ「おばあちゃんの物語」（竹村和子訳『女性・ネイティヴ・他者』岩波書店、一九九五・八）
守安敏司『中上健次論　熊野・路地・幻想』（解放出版社、二〇〇三・七）

八木晃介（談）「部落差別問題と宗教者」（『部落解放』部落解放研究所、一九八一・一二）
四方田犬彦『貴種と転生』（新潮社、一九九六・八）
M・R・ライアン『可能世界・人工知能・物語理論』（〈叢書　記号学的実践24〉岩松正洋訳、水声社、二〇〇六・一）
E・レヴィナス『全体性と無限―外部性についての試論』（合田正人訳、国文社、一九八九・三）
渡部直己『中上健次論　愛しさについて』（河出書房新社、一九九六・四）
渡部直己・いとうせいこう・四方田犬彦・野谷文昭・ジャック・レヴィ・高澤秀次「●特集Nという名の作家　シンポジウム『千年の愉楽』から『奇蹟』へ」（『早稲田文学』二〇〇〇・一一における「基調報告」）
若松司・水内俊雄「和歌山県新宮市における同和地区の変容と中上健次」（『人権問題研究』一号・二〇〇一・三）
若松司「和歌山県新宮市における同和対策事業による公営住宅の建設過程と部落解放運動１９５３―１９７５年」（『人文地理』第五六巻第二号）

# あとがき

本書は、二〇一〇年二月に慶應義塾大学に提出した博士学位論文『中上健次　中・長篇小説研究―〈差別〉をめぐる想像と倫理』（二〇一一年一月学位取得）を改稿したものである。

学位の取得、および本書の刊行も含め、これまで研究を続けてこられたことについて、多くの方々に御礼を申し上げたい。ここにそのお名前をすべて挙げることはできないが、大学・大学院時代の指導教員であり、恩師である松村友視先生にはあらためて御礼を申し上げたい。また、学位論文の提出にあたって、審査を担当してくださった工学院大学の吉田司雄先生、慶應義塾大学の屋名池誠先生にも御礼を申し上げたい。吉田先生からは、学位論文執筆中に煮詰まっていた私の思考を解きほぐしてくださるようなご指摘をいただき、そのご指摘は、論理の筋道を明確に示していく意欲の源泉となった。

既出論文の寄せ集めにならぬ学位論文を完成させること。松村先生からいただいた、この言葉を念頭において学位論文を執筆する道は、自分にとってとても厳しいものだった。学位論文および本書の構想に合致させられずに、本書に収めることのできなかった作品論もあり、また、書き下しの作品論も多くなってしまった。しかし、ここまでの過程を通じて、中上健次の作品を貫く一つのテーマについて熟考することもできたし、新たな課題の発見も可能になった。まだまだ、考えていかなければならないことは山積している。本書では、中上の作品史を貫く主題の生成と変容を跡づけるにあたり、主に社会的差別と、それを対象化しつつ小説を〈書くこと〉とは、いったいどのような関係にあるのか、という問いにおいて、中上の作品解析に対する新たな方向性を示すことに局限している。

このことを通して、現代における〈他者〉や〈共同性〉の問題について考察したかったからでもある。だが、それゆえの限界もあろう。この限界を見極めつつ、一九七〇年代から一九八〇年代に至る歴史のなかに、その作品たちを再配置する仕事も、これからしなくてはならない。

最後に、本書刊行に向けて、作業が滞るばかりの私を見守ってくださった翰林書房の今井肇氏と今井静江氏に、そして、本書の表紙イラストを作成してくれた谷川果菜絵氏に、感謝申し上げます。

二〇一四年二月

浅野　麗

## 初出一覧

第一章 「〈女語り〉の原点―中上健次「補陀落」論―」（お茶の水女子大学21世紀COEプログラム「ジェンダー研究のフロンティア」『文化表象を読む ジェンダー研究の現在』、二〇〇八・三）に大幅な加筆、および改稿。

第四章 「中上健次『千年の愉楽』における〈解放〉の論理」（『昭和文学研究』第五一集、二〇〇五年九月）を改稿。

第五章 「〈小説〉の共同性―中上健次『熊野集』〈私小説系列〉をめぐって―」（『昭和文学研究』第六四集、二〇一二年三月）を改稿。

第七章 「「路地」なき後のアイデンティティ―中上健次『日輪の翼』論―」（『日本近代文学』第七八集、二〇〇八年五月）を改稿。

【著者略歴】
浅野　麗（あさの　うらら）
1977年愛知県生まれ。慶應義塾大学大学院博士課程修了。博士（文学）。現在、青山学院大学、亜細亜大学、共立女子短期大学、慶應義塾大学、玉川大学、日本大学、非常勤講師。「〈女〉と〈女〉の世の中の〈教義〉—筌野頼子『水晶内制度』における〈反権力〉—」（『藝文研究』92号、2007.06）、「〈きゃあくされ〉の思考—石牟礼道子『苦海浄土　第三部　天の魚』に関する覚書—」（『社会文学』第38号、2013.07）、「石牟礼道子『苦海浄土　わが水俣病』への道—「水俣湾漁民のルポルタージュ奇病」から「海と空のあいだに　坂上ゆきのきき書より」への改稿をめぐる検証と考察」（『叙説Ⅲ』10号、2013.09）など。

# 喪の領域
## 中上健次・作品研究


| | |
|---|---|
| 発行日 | 2014年4月20日　初版第一刷 |
| 著　者 | 浅野　麗 |
| 発行人 | 今井　肇 |
| 発行所 | 翰林書房 |
| | 〒101-0051 東京都千代田区神田神保町 2-2 |
| | 電話 （03）6380-9601 |
| | FAX （03）6380-9602 |
| | http://www.kanrin.co.jp/ |
| | Eメール● Kanrin@nifty.com |
| 装　釘 | 矢野徳子＋島津デザイン事務所 |
| 印刷・製本 | メデューム |

落丁・乱丁本はお取替えいたします


ISBN978-4-87737-365-8